Querido babaca

F✶SF✶R✶

VIRGINIE DESPENTES

Querido babaca

Tradução do francês por
MARCELA VIEIRA

Para Jean-Claude Fasquelle

OSCAR

Crônicas do desastre

Cruzei com a Rebecca Latté em Paris. Fiquei lembrando as personagens extraordinárias que ela interpretou, essa mulher que podia ser perigosa, mas também venenosa, vulnerável, comovente ou heroica — quantas vezes me apaixonei por ela, quantas fotos tenho com ela, em quantas casas estivemos juntos, em quantas camas —, personagens às quais me afeiçoei e que me fizeram sonhar. Metáfora trágica de uma época que foi pro saco — essa mulher sublime que em seu auge apresentou a tantos adolescentes o fascínio da sedução feminina acabou virando um sapo. Não apenas velha. Mas gorda, descuidada, a pele nojenta, uma personagem imunda e estridente. Fim de carreira. Ouvi falar que ela agora é a musa das jovens feministas. A Internacional das piolhentas ataca novamente. Nível de surpresa: zero. O máximo que faço é ficar em posição fetal no sofá ouvindo "Hypnotize", do Notorious B.I.G, em loop.

REBECCA

Querido babaca,

Eu li o que você publicou no seu Insta. Você é tipo um pombo que cagou no meu ombro enquanto eu passava. Sujo e muito desagradável. Aham, eu não passo de uma imbecil por quem ninguém mais se interessa e que se esgoela como um chihuahua porque a única coisa que quer é chamar a atenção. Glória às redes sociais: você teve seus quinze minutos de fama. Tanto é que estou te escrevendo. Tenho certeza de que você tem filho. Um cara do seu tipo se reproduz, acha que a linhagem não pode ser interrompida. Já percebi que, quanto mais idiota e inútil a pessoa é, mais ela se sente obrigada a continuar a linhagem. Então eu espero que seus filhos morram atropelados por um caminhão e que você assista à agonia deles sem poder fazer nada, e que os olhos deles saiam das órbitas e que seus gritos de dor te persigam todas as noites. Isso é o que eu te desejo de bom. E, por favor, deixe o Notorious B.I.G. fora dessa, palhaço.

OSCAR

Que virulento. Fiz por merecer. Minha única desculpa é que não achei que você fosse ler. Ou vai ver que no fundo eu esperava que você lesse, mas sem acreditar de verdade. Peço desculpas. Apaguei o post e os comentários.

Mas, de qualquer forma, é virulento. No começo, fiquei chocado. Depois, confesso, achei bastante graça.

Queria me explicar. Estava sentado a algumas mesas de distância da sua na calçada da Rue de Bretagne — não me atrevi a falar com você, mas te encarei com insistência. Acho que me senti humilhado por perceber que meu rosto não te dizia nada, e também pela minha própria timidez. Caso contrário, nunca teria escrito coisas tão abjetas a seu respeito.

O que eu queria ter dito naquele dia — não sei se você vai lembrar — é que sou o irmão mais novo da Corinne, vocês eram amigas nos anos 80. Jayack é um pseudônimo. Éramos a família Jocard. Morávamos pra lá da praça Maurice Barrès. Lembro que você morava no bairro Cali, seu prédio chamava Danube. Na época, você sempre vinha em casa. Eu era o irmão mais novo, ficava te espiando de longe, você quase nunca falava comigo. Mas ainda posso ver você diante do meu autorama e a sua única preocupação era me mostrar como descarrilhar tudo.

Você tinha uma bicicleta verde, de corrida, uma bicicleta de menino. Você roubava um monte de disco no Hall du Livre e um dia me ofereceu o *Station to Station*, do David Bowie, porque você tinha dois repetidos. Graças a você eu ouvi Bowie aos nove anos. Guardei esse disco.

Nesse meio tempo virei romancista — sem atingir o seu nível de fama, mas as coisas até que correram bem para mim, e tenho seu endereço de e-mail há muito tempo. Eu o recuperei porque queria escrever um monólogo de teatro para você. Mas nunca tive coragem de entrar em contato.

Atenciosamente.

REBECCA

Olha, moleque, guarda pra você as suas desculpas, o seu monólogo, guarda tudo: nada seu me interessa. Se isso faz você se sentir melhor, saiba que estou ainda mais puta da vida com o imbecil infeliz que me enviou o link da sua declaração, como se eu tivesse que estar a par de cada insulto que fazem a mim. Foda-se a sua vida medíocre. Pouco me lixando para a sua obra.

Não estou nem aí pra nada que diga respeito a você, exceto sua irmã.

É claro que lembro da Corinne. Faz anos que não penso nela, mas assim que vi o nome dela tudo voltou, como se eu tivesse aberto uma gaveta do passado. Jogávamos baralho em um trenó que servia de mesinha de centro no quarto dela. Abríamos as janelas e fumávamos cigarros que eu roubava da minha mãe. A família de vocês foi a primeira a ter micro-ondas e derretíamos queijo pra passar na bolacha. Também lembro de ir visitá-la em Vosges — ela trabalhava como monitora num tipo de chalé com cavalos. A primeira vez que entrei num bar foi com ela, jogamos fliperama com uma expressão confiante, como se tivéssemos feito isso a vida toda. Corinne tinha uma moto — pensando bem, dada a nossa idade, devia ser uma mobilete melhorada. Ela fumava Dunhill vermelho e bebia meio litro de cerveja com limão. Às vezes ela falava da Alemanha Oriental e da política de Thatcher, coisas que, naquela época, ninguém que eu conhecesse falava.

Eu odeio Nancy, quase nunca penso nessa cidade, e não tenho nenhuma saudade da infância — me surpreendi ao perceber que tenho alguma memória agradável dessa juventude.

Fala pra sua irmã que procurei o nome dela na internet e não encontrei nada. Vai ver se casou e mudou de nome. Manda um beijo pra ela. E, quanto a você, tomara que morra.

OSCAR

Corinne nunca teve conta em rede social. Não que ela tenha fobia de tecnologia, só é sociopata. Lembro de quando você vinha em casa. Depois você virou uma estrela de cinema e eu não conseguia acreditar que a mesma pessoa podia ter sentado à mesa na nossa cozinha e tido seus quinze minutos no Oscar. Naquela época, a fama só era acessível para algumas pessoas, não era para qualquer um. Era muito louco imaginar que isso pudesse acontecer com alguém do nosso bairro. Não sei se eu teria procurado um editor para o meu primeiro romance se não tivesse te conhecido antes. Você era a prova de que meu entorno familiar estava errado: eu tinha o direito de sonhar. Estou me sentindo um completo idiota por ter escrito algo chato a seu respeito. Você tem razão, foi uma forma ridícula de chamar sua atenção.

Você e minha irmã não estudaram na mesma escola, não sei como se tornaram amigas. Quando estavam no primário, a atividade preferida de vocês era construir conjuntos habitacionais para bonecas com grandes caixas de papelão. Vocês caprichavam, e até minha mãe, que não era dada à fantasia, deixava vocês brincarem sem reclamar que estavam virando o quarto da Corinne de ponta-cabeça. Certa quarta-feira, você chegou com uma caixa de geladeira e empilhou caixas de sapato dentro dela, como se fossem apartamentos. O teto era muito baixo para as Barbies, então você pegou as bonecas de coleção da minha mãe, que ficavam na estante da sala. Quando ela viu que as bonecas bretãs, sevilhanas e alsacianas dela mobiliavam esses apartamentos, eu fiquei esperando uma baita explosão de cólera. Essa lembrança ficou pra sempre na minha memória, porque minha mãe não conseguiu fingir que tinha perdido a paciência. Um tipo de felicidade prevaleceu sobre seus princípios. Ela disse: "vocês estão passando dos limites", mas, antes de mandar que botassem as bonecas na embalagem original e arrumassem o quarto, ela agachou diante da instalação e fez um movimento com a cabeça: "Meu Deus, como é que pode?". Ela estava resmungando só da boca pra fora, dava pra ver. Era muito raro que nós, os filhos, fizéssemos ela rir. Você venceu o mau humor dela. Depois disso, cada vez que minha mãe te via na televisão, ela falava a mesma coisa: "e aquela vez que ela e a Coco tiraram todas as bonecas folclóricas da prateleira pra mobiliar a torre de papelão... Que menina atrevida. E como era bonita, desde aquela época".

Eu nem tinha idade pra jogar Mil Milhas e já sabia que você era bonita, mas só fui me dar conta disso de verdade no fim de um verão, dias antes da volta às aulas, quando você apareceu em casa e disse: "vamos tomar um café?". A partir daquele dia, as bonecas ficaram pra trás. Você tinha crescido. E estava irreconhecível.

REBECCA

Imagino que saiba que não é o primeiro pirralho a me falar que sou gostosa, nem a perceber o meu sucesso...

Mas, pode acreditar, é o primeiro que tem a audácia de me insultar como um lixo e depois vir com esse discursinho "a gente é do mesmo bairro, temos memórias em comum".

A essa altura do campeonato, você tá forçando a barra com a sua estupidez. Só que isso não muda o essencial: estou cagando e andando pra você. Mas, por favor, envie todo o meu carinho para sua irmã, que foi uma amiga genial.

OSCAR

Não sei se você percebeu que minha irmã gostava de meninas. Naquela época, ela não tocava no assunto. Eu já tinha percebido que ela era meio abrutalhada, mais casca-grossa que as amigas, e me incomodava seu descaso para melhorar isso, mas eu não chegava a nenhuma conclusão específica. Anos depois, num mês de agosto, meus pais viajaram pra Espanha e eu fiquei na casa deles para cuidar do gato. Fazia uma onda de calor muito forte e Corinne, que já morava em Paris, me acompanhou, porque queria desfrutar do jardinzinho. Ela estendia uma toalha na sombra do pessegueiro e passava a tarde inteira lendo ou ouvindo CD no discman. De vez em quando pegávamos o carro para ir até a piscina. Antes, nunca tínhamos compartilhado uma intimidade de férias. Ficávamos cada um em seu canto, fazendo o que bem entendíamos durante o dia, mas certa vez ela encontrou uma fita VHS da trilogia *Mad Max* dentro de uma caixa na garagem, daí nos instalamos na sala, fechamos as cortinas e bebemos cerveja gelada assistindo ao Mel Gibson. No intervalo entre dois filmes, já um pouco bêbados, falei da menina que eu namorava e com quem não tinha coragem de terminar, mesmo estando de saco cheio. Corinne me ouviu sem me atacar, como costumava fazer. Contei que eu me obrigava a telefonar pra ela porque sabia que, se não ligasse, ela armaria um escândalo, e que no fundo eu ficava feliz por ela trabalhar, porque eu me sentia sufocado ao seu lado, entediado, era meio bizarro. Eu era incapaz de entender por que temia contar pra ela que tinha acabado. A gente não morava junto. No meu íntimo, acho que tinha medo de terminar e ser condenado ao celibato, então concluí que era melhor ter uma namorada que me dava nos nervos do que ficar sozinho para sempre. Mas como não tinha coragem de dizer isso em voz alta, perguntei pra minha irmã como ela era com os meninos. Ela nunca tinha tido um namorado, o que não era uma surpresa para mim. Não era muito bonita nem fácil de conviver. Se eu tinha medo dela, imaginei que também apavorava os outros caras.

Ela respondeu, sem tergiversar: eu fico com meninas. Foi assim que saiu do armário. Ela morava em Paris havia três anos.

Eu pensei "minha irmã é homossexual", mas aquilo não parecia corresponder à realidade. Sapatona não chegava a ser uma ofensa no meu vocabulário. Eu tinha vários palavrões ofensivos para me referir a minha irmã, mas "sapatona" nunca tinha me ocorrido. Nunca tinha me questionado se essas mulheres existiam de verdade, pois não conhecia nenhuma. Corinne me preveniu que, se eu contasse aquilo pra alguém, ela ia quebrar a minha cara; respondi que eu nunca tinha dedurado ninguém e ela disse: "é verdade que você sabe ficar de bico calado, fui eu que te ensinei isso". Isso a fez rir. A mim, não; quando eu era pequeno, ela me enchia de tapa só de eu chegar perto dela, e eu teria preferido que ela me contasse de um remorso sincero do que falasse sobre esse assunto naquele tom tão contente.

Botamos o terceiro *Mad Max*, mas eu não estava confortável. Pra mim era um absurdo que uma desgraça daquela tivesse atingido bem a nossa família. Uma coisa era ser uma mulher gorda e feia sem nenhum atrativo — outra era ser fancha. Fiquei com pena dela — imaginei sua vida em Paris, as pessoas jogando pedra nela, na rua; as meninas tirando sarro na cara dura, chamando ela de nojenta; os chefes mandando ela embora, enojados. Ela pegou o trem pra Paris alguns dias depois, e não tocamos mais nesse assunto.

Achei que era um segredo abominável que deveríamos guardar pela vida inteira. Mas um ano e meio depois tivemos um encontro de família no Natal, em Vosges, e depois de comer e beber muito, eu e ela saímos para dar uma volta na mata. Ainda posso ver Corinne, com luvas laranja emprestadas pela minha tia, o nariz vermelho de frio, sorridente entre os pinheiros, toda feliz dizendo merda, falando "dos héteros caipiras" com um desprezo sem fim. Hoje essa palavra é banal, mas era a primeira vez que eu ouvia alguém usando. O tempo de seu *coming--out*, digno e furtivo, já tinha sido superado. Agora era uma fanchona, um "sujeito político". Eu tinha trazido uma garrafa de champanhe escondida na jaqueta e quando a vi virar a garrafa no gargalo, seu júbilo me deixou impressionado. Ela deveria era cair de joelhos no meio dos pinheiros e implorar aos deuses para voltar ao normal, para ter filhos com um homem honesto, fazer um empréstimo pra comprar um carro como parte de um casamento respeitado pela família. Foi minha vez de beber e isso me encorajou a perguntar: "essa sua história com meninas não é só uma fase?". Ela enfiou as mãos nos bolsos: "espero que não. Como mulher hétero eu sou um fracasso, mas no mercado lésbico sou equivalente a uma Sharon Stone". Sua resposta me deixou perturbado. Desde pequenos, nós dois éramos um zero à esquerda na arte da sedução. Naquele dia era como se ela tivesse soltado a minha mão e me abandonado sozinho no escuro enquanto se esbaldava em praias ensolaradas. Ela havia encontrado sua turma, e eu, não.

A gente se perdeu na hora de voltar pra casa, a alegria dela em ser lésbica transbordava. Percebi uma coisa em seu discurso: eu também não tinha muita vontade de me parecer com os membros da nossa família. Na época eu queria virar jornalista e nunca tive coragem de confessar isso à mesa. Conseguia prever a reação de todo mundo, as gargalhadas e os olhos se revirando "ele sempre quer areia demais para o caminhãozinho dele", "você se acha", e toda a ladainha da classe média condenada ao salário, ao trabalho que se faz pela grana e nunca por vocação. Saber manter o próprio lugar era mais importante do que qualquer outra coisa. Durante o caminho, intui que, para a minha irmã, renunciar ao modelo das mulheres da família e da vizinhança tinha alguma coisa a ver com esse mesmo desejo de emancipação.

✳

Depois disso, reconstituí seu percurso. Na adolescência, ela teve alguns casos secretos com umas meninas, mas que saíam com uns caras sempre que podiam. Ela passou por momentos difíceis, no canto dela, enfrentando em segredo os horríveis sofrimentos amorosos, e eu sei como as mulheres são, elas não têm nenhuma piedade dos derrotados. Ora, as lésbicas, naquela época, eram piores do que os derrotados — elas não tinham voz alguma. No ringue da feminilidade convencional, elas não podiam sequer vestir as luvas.

Assim que passou no vestibular, Corinne foi para Paris; já na universidade, vivia de pequenos bicos, mas logo encontrou um trabalho fixo na recepção de um ginásio esportivo e abandonou o curso. Se apaixonou por uma menina do trabalho, seu primeiro caso sério. Elas faziam várias coisas juntas, iam a exposições, cinema, shows, e passavam o fim de semana na Normandia. Até que um dia a menina lhe disse que ia casar. Corinne foi madrinha. Ela a beijou uma última vez, com seu vestido branco de noiva. Se minha irmã tem coração, ele deve ter partido naquele dia. Depois tudo mudou — o ginásio esportivo fechou, e ela ficou sem emprego por alguns meses, quando começou a frequentar bares. Foi aí que encontrou aquela que mudaria tudo, aquela que lhe disse: meus pais já sabem, e se gostam ou não do fato de eu ser lésbica, quero mais é que se fodam, eles e quem quer que seja. Foram morar juntas. Frequentavam bares de mulheres, e Corinne se politizou. Sua aparência mudou, livrou-se de qualquer sinal de feminilidade, nada de cabelo comprido, nada de bijuteria, nada de sapato de salto ou maquiagem. Essas coisas que ela pegava emprestadas do repertório comum, desajeitada, mas que não combinavam com ela. Pequenos enxertos que ela foi rejeitando.

Foi o nascimento da minha filha que transformou nosso relacionamento. Por mais que minha irmã dissesse aos quatro ventos que se recusaria a reproduzir esse campo de concentração de neuroses repugnantes que é a célula familiar, e que a superioridade da lésbica sobre a mulher heterossexual tinha a ver com o fato de que ela não se sentia obrigada a ser mãe para existir, ela acabou assumindo o papel de tia com uma seriedade que beira a mania.

Posso contar com ela em qualquer situação. Minha filha se chama Clémentine e não posso dizer que ela tenha uma personalidade fácil. É campeã em dar trabalho. Mas nunca reclama quando lhe dizemos que vai passar quinze dias na casa da minha irmã. Léonore, a mãe da minha filha, que desconfia de tudo e de todos, também confia plenamente nela.

Minha irmã mora perto de Toulouse, numa casa em ruínas, porém grande, onde a menina tem um quarto só pra ela no sótão, e lembro da primeira vez em que a deixamos sozinha por alguns dias lá; quando fomos embora, já dentro carro, eu tinha certeza de que teríamos de dar meia-volta no fim da rua para buscá-la. Mas Léonore não exigiu que cancelássemos o fim de semana que havíamos planejado. Ela confia completamente na Corinne. E está certa. Vou falar pra minha irmã que você mandou um beijo, ela vai ficar feliz.

REBECCA

Você não tem um amigo com quem conversar? Eu nem tive tempo de perguntar como sua irmã está e você me envia toda a biografia dela. Ainda bem que isso me interessa, perdi a tarde toda lendo seu e-mail.

Não, eu não tinha sacado que a Corinne gostava de mulheres, mas, agora que você me contou, fico me perguntando como foi que eu não percebi. Lembro dela na MJC,* de shorts, com uma raquete de pingue-pongue, derrotando todo mundo, e, pensando agora, é óbvio que ela era um tipo caricato de sapatona. Mas não passou pela cabeça de ninguém. No nosso grupo tinha alguns viados. Mas, ao menos pra mim, nos anos 80, as meninas eram hétero e ponto final.

Eu podia ter me interessado por ela. Agora que estou pensando nisso. Corinne tinha uma coisa diferente, eu não teria rido na cara dela. Mas a situação nunca me pareceu ambígua. Pensando retrospectivamente, pode ser que tenha sido, sim. Ela me tratava como uma princesa, mas na época eu achava que não passava de uma grande amiga. Talvez eu tenha sido indelicada. Se for o caso, pode pedir minhas desculpas pra ela. Eu ficava contando sobre os caras de quem estava a fim.

Nossas mães trabalhavam juntas na Geiger. A minha não suportou por muito tempo a vida na fábrica, mas foi assim que eu e Corinne nos conhecemos. É engraçado que você tenha me passado tão despercebido, seu nome não é tão comum, Oscar. De você eu me esqueci, mas lembro bem da sua casa, com uma pequena cozinha à esquerda, bem na entrada, e a sala logo à frente; o quarto da Corinne ficava no fundo do corredor, à direita. Pra lá da praça Maurice Barrès. Naquela época, eles tinham senso de humor pra nomear os bairros. A gente morava no Californie. Se isso não é uma piada, não sei o que pode ser. Não tenho nenhuma saudade da infância, mas não era um bairro ruim para se crescer. Minha casa era apertada, é verdade. Tinha dois irmãos mais velhos, era tudo muito barulhento, e eles tinham uma energia animalesca que fazia nosso apartamento parecer uma jaula. Eu

---

* Maison des Jeunes et de la Culture, Casa dos Jovens e da Cultura, em tradução livre, é uma associação de educação popular espalhada em toda a França, com o objetivo de fomentar a emancipação individual e coletiva das pessoas. (Esta e as demais notas são da tradução.)

adoráva ir até a casa de vocês. Corinne tinha um quarto só pra ela. Seus pais nunca estavam em casa. Havia uma calma. Adorava aquele bairro. Nunca tinha pensado como era feio o lugar em que morávamos.

Mas hoje, quando volto pra visitar a família, vejo nossas casas de infância com o olhar dos outros. Não é bem a miséria. É ainda outra coisa. Um estado de abandono. É o fato de ter crescido num lugar onde ninguém te dá a mínima.

Quando comecei o ensino médio, em Nancy, alguns dos meus novos amigos viviam em apartamentos mais espaçosos no centro da cidade, ou em casas charmosas em conjuntos habitacionais recém-construídos. Eu achava isso tão chato quanto a minha casa. E os pais deles também não eram melhores. Dava pra ver que as mães bebiam e que os pais eram estúpidos e pretensiosos. Nem me passava pela cabeça ter vergonha. Nesse breve intervalo, completei quinze anos — estava me lixando que em casa a gente comprava uma marca genérica em vez de Nutella. Só tinha uma ideia fixa, sair daquela cidade provinciana e ir assistir a shows em Paris ou em Londres. Eu queria viver no meio dos músicos. Portanto, é claro que um lenço Hermès de uma baixota espevitada na varanda do café Commerce não ia me desestabilizar. Era toda essa vida que eu queria abandonar.

OSCAR

Ou talvez você estivesse se lixando para saber como as crianças ricas viviam porque você era bonita. Aos quinze anos, a beleza vale mais do que o dinheiro. E mais ainda para os meninos que para as meninas. Uma garota pode se sentir oprimida pelo efeito que provoca, ou ser desvalorizada pelo fato de brilhar, ou, ainda, talvez não saiba como tirar proveito disso. Mas se você é um rapaz bonito, você tem o mundo na palma da mão. Quando eu era adolescente, talvez por masoquismo, meus melhores amigos eram sempre lindos. A superioridade deles em tudo era fora do comum.

Mas eu sempre fui bem na escola. Era uma coisa de gente feia, mas também de gente pobre. Uma qualidade de mérito. Meus pais não aceitavam notas ruins. Nem minhas, nem da minha irmã. Era o mínimo que podíamos fazer, ter boas notas, já que tínhamos a sorte de ir pra escola e poder sonhar com um bom emprego. Eu sou da última geração que acredita que o trabalho duro permitia ascender socialmente. A crise de 2008 veio nos dar um banho de água fria.

Minha mãe repetia sem parar que não faltava nada em casa e nos comparava àqueles que tinham motivo pra reclamar; assim aprendi a reconhecer meus privilégios antes de aprender a ler e a escrever. Nunca me passou pela cabeça dizer que eu queria um walkman Sony ou uma calça Levi's. Meus pais pensariam que eu estava ficando louco. Descobri o rap no colégio. O filho da minha antiga professora usava um casaco preto de couro e era um delinquente. Estava um ano atrasado na escola e seu irmão mais velho, preso. Ele me impressionava muito. Era alto, loiro, arrogante e violento, e ia com a minha cara. Ele comprou a coletânea *Rapattitude* e me fez escutar Public Enemy e Eric B. and Rakim. Fiquei apaixonado por aquela música e, seis meses depois, era eu que apresentava as novidades pra ele. Foi aí que entendi que queria ganhar dinheiro.

Logo que publiquei meu primeiro romance e ele vendeu bem, procurei seu e-mail porque sempre sonhei em te escrever. Eu tinha encontrado o Philippe Djian em uma feira de livros, e ele foi muito educado, me disse que, para um autor, era interessante, do ponto de vista da grana, escrever teatro. E pensei em você — a maior parte dos meninos da minha geração pagava pau pra você, mas comigo era especial porque eu tinha te conhecido quando ainda era criança. Me chamavam de mentiroso e eu não tinha nenhuma foto pra provar que o que eu estava falando era verdade. Meu sonho era que você lesse um texto meu, porque além de tudo adoro sua voz e o ritmo da sua fala. Mas também percebi muito cedo que, entre meus novos amigos escritores, não eram muitos os que tinham trabalhado numa fábrica ou no supermercado Auchan, no verão, para poder pagar a carta de motorista. Um dia escrevi um roteiro com um cineasta da minha idade, ele tinha trabalhado na recepção de um hotel de luxo durante um verão — e falava sobre isso como se tivesse ido à guerra. Uma coisa excepcional, que o transformou em um ser mais consciente do que os outros, mais capaz de me entender por dentro. É por isso que eu queria te escrever. Queria estar próximo de pessoas que tivessem a ver comigo.

Entrei em contato com o seu agente para falar do meu projeto. Ele me respondeu que poderíamos voltar a conversar quando eu estivesse com o texto pronto. Isso aconteceu décadas atrás. Eu estava no começo da carreira, tinha certeza de ter conquistado a lua por ter aparecido na televisão. Desde então tenho visto caras mais jovens aparecerem no YouTube com a mesma arrogância que eu tinha antes. Nós nos embriagamos muito rápido com a própria fama. Isso não quer dizer que passamos a ser muito arrogantes ou que nos achamos melhores do que somos — mas ficamos com a impressão de sermos reconhecidos em todo lugar, de sermos objeto de cobiça e o assunto de todas as conversas. Por mais que o sucesso social seja limitado, ele acaba ocupando todo seu espaço mental. É como um filhote de elefante que você precisa alimentar o tempo todo, cuidar, levar pra passear, brincar. Um monstrinho simpático. De repente você acorda, sai na rua e, como diz Orelsan: "você é foda". Todo mundo quer alguma coisa de você, descobrem seu número de telefone, querem sair com você, te convidar pra uma pizza, tirar foto junto, te chamar para ver um show. Isso vai te deixando estúpido. Não conheço muita gente feliz com isso. Mas vi muita gente emburrecer por causa disso. Quando falei do meu projeto para o seu agente, achei que ele fosse pular de felicidade por um jovem autor com o meu nível de qualidade ter se interessado por uma de suas atrizes. Pensei que ele organizaria um jantar com você na mesma hora e que me daria as chaves da casa de campo dele para que eu pudesse escrever de lá.

Ele me pôs no meu devido lugar. Escrevi algumas linhas. A história de uma garota que sai da prisão depois de cumprir uma longa pena. Eu tinha lido vários relatos de mulheres que passaram um tempo na cadeia. Um deles me marcou, falava que as mulheres, na prisão, não recebem visita. Me dei conta de que nunca encontrei um cara que dissesse: minha mulher tá no xadrez, vou lá todo mês.

Só que eu não escrevi o texto. Faço parte desse tipo de autor — somos vários — que procrastina. A internet não me facilita a vida. Abro um documento no Word, falo que vou trabalhar e cinco minutos depois estou assistindo a algum filme pornô.

Tenho passado dias inteiros em joguinhos bestas no celular. Quando digo o dia inteiro, quero dizer o dia inteiro mesmo. Lá pelas nove da manhã enrolo meu primeiro baseado, boto um disco, ligo o rádio ou procuro um podcast e começo a jogar. Jogo até a hora do almoço. Como já fumei bastante, às vezes durmo e acordo lá pelas cinco da tarde, hora da primeira cerveja. Ou ela me dá vontade de sair e de ver o mundo pra continuar bebendo — e ir além disso, se for possível — ou volto pros baseados e acabo assistindo a alguma série. Continuo jogando enquanto as séries ficam passando na televisão. Fico de seis a sete horas por dia assim — meu celular é traiçoeiro, ele rouba o meu tempo direto. Quando eu falo jogo idiota, quero dizer idiota de verdade. Jogos gratuitos, desses de celular. Não jogos com mundos incríveis, com várias missões e design gráfico bonito. Nada disso. Uns jogos que não prestam. Se um dia alguém roubar meu aparelho, vou sentir vergonha de procurar por ele, de tanto que o meu nível é tosco. Por exemplo, terminei o Candy Crush. É claro que paguei pra ganhar os bônus. Sou desses que se deixam levar. Parece que tem o mesmo efeito da cocaína no cérebro. Eu não tenho a menor dúvida. Nada pode me acalmar mais do que passar três horas na frente da tela.

Dizem que as mentes mais sofisticadas trabalham duro para fazer com que você passe o maior tempo possível ali. É uma ciência do vício. Pessoas que poderiam se dedicar a descobrir como melhorar a nossa vida, ou tornar a internet menos destrutiva, que poderiam se perguntar como usar a internet para que o trabalho seja mais fácil e as pessoas menos infelizes, mas que empregam todo o talento para te fazer passar o maior tempo possível jogando uma partida de zumbi.

Fico procrastinando. Não é falta de inspiração. Tenho na cabeça os diálogos exatos, as cenas precisas, sei o que quero escrever. Mas faço outra coisa. Nem é que seja algo mais interessante. Ou mais divertido. É difícil de explicar. Ser escritor é chato, porque seus amigos pensam que você passa duas ou três horas por dia teclando uma babaquice qualquer, assobiando, e pronto, o dia acabou. É impossível explicar para eles que, devido à própria simplicidade da tarefa, é difícil escrever, e você acaba perdendo o tempo todo ao insistir na tentativa.

Por isso não escrevi o monólogo sobre uma mulher que sai da prisão e redescobre Paris quinze anos depois. Fico procrastinando. É uma coisa bem específica, fico completamente bloqueado. Acabo de lançar um romance, e meu nome está em todo lugar, mas não por causa do meu livro. Caí na lista do #MeToo. Não desejo isso nem ao meu pior inimigo. Tenho a impressão de que todo mundo está sabendo disso. Por isso estou te contando. Pode ser que a partir de agora você pare de me escrever. Não vou dizer que entenderia. Mas não seria a primeira vez.

ZOÉ KATANA

Crônica da minha mão na sua cara

Há anos eu escrevo num blog feminista. Já me acostumei aos ataques de raiva e às ameaças de morte e de estupro, aos comentários sobre o tamanho da minha bunda ou o estado deplorável da minha inteligência. Já me acostumei à sua raiva masculina.

Mas nunca tinha dado nome aos bois. A partir do momento em que mencionei Oscar Jayack, a indignação foi generalizada. Contei minha história com ele. Mas meu ponto de vista é terrorista. Claro, estou enganada sobre meus sentimentos. Deveriam arrancar a minha língua e deixar o cara falar. É o que eu digo: depois de meses sendo assediada, você para de se reconhecer. Leva anos para admitir que não dá para voltar atrás, que aquela pessoa que você foi desapareceu. Você tem medo do cotidiano e passa a ser outra. Você tem vergonha porque alguém procurou seu ponto fraco, e, ao encontrá-lo, te destruiu. Você tem vergonha por ser tão fácil. E está todo mundo pouco se fodendo. Aconselhei outras pessoas: se isso acontecer com você, vaza imediatamente.

O mais rápido possível. É o que eu digo: a vergonha precisa mudar de lado. Quem está exagerando é você. Não eu. E a sua raiva comprova minha decisão.

Quando eu digo "é insuportável", as pessoas me respondem "estava tudo bem até você se manifestar". Estava tudo bem, mas desde que pudessem forçar meu corpo nessa equação de desejo; meu corpo, mas não minha palavra. Precisam de mim para atuar na cena, sou a protagonista que o herói deseja. Mas não querem saber o que estou sentindo. Não são só os homens que me pedem para ficar calada. As mulheres também. Me explicam que aquilo que eu vivi sempre existiu e que elas conseguiram dar a volta por cima. Séculos de mulheres, antes de nós, souberam administrar a situação com dignidade. E eu falo que elas engoliram a vergonha e botaram um sorriso no rosto para esconder as noites de insônia. Explico que, cada vez que um homem impõe seu prazer a uma mulher, ele se submete instintivamente à lei do patriarcado, e o primeiro artigo dessa lei garante que sejamos excluídas do domínio do prazer. E nos reprimir desde nossa mais tenra idade faz parte dessa construção. É tarefa dos soldados do patriarcado nos barrar. Eles temem que, se nos deixarem gozar tranquilas, a ordem do mundo tal como a inventaram será perturbada. Esse medo ancestral, obscuro, é o tal do continente negro. Chamaram a sexualidade feminina de continente negro porque era fundamental não expor as práticas que a constituem. Incesto, estupro, coerção, assédio. As condições que obstruíam o desejo feminino precisavam ser caladas a qualquer custo. O que estamos revelando hoje não tem nada a ver com acidentes de percurso. Nossos corpos são envolvidos à força em um campo de batalha porque devem ser mutilados. Faz parte do espetáculo dizermos não. Podemos nos identificar com o touro em uma arena: somos bem tratadas e adornadas com o único objetivo de sermos postas para morrer em um circo que não nos dá nenhuma chance. O patriarcado é sempre um espetáculo de vitalidade e poder controlado por uma estrutura que protege o assassino e permite ao povo aclamá-lo em nome da beleza do ritual. Quando uma mulher é estuprada, e se fazem isso bem, é a própria essência do patriarcado que está sendo celebrada: o controle do poder por meio de técnicas mórbidas e estúpidas. Em outras palavras, comprova-se que a violência desprovida de poder pode triunfar sobre aquilo que provoca medo.

Hoje, porém, faço parte do exército de mulheres maltratadas que estão saindo do silêncio. Você pode me procurar, me ameaçar, me ofender. Não faz diferença. Nós abrimos a tampa do bueiro. A vergonha precisa mudar de lado. Quando um estudante publica a foto de uma menina lhe fazendo um boquete, ele precisa saber que terá o nome divulgado e que será humilhado. Devemos ensinar para as meninas que elas têm mais é que ficar orgulhosas de suas mamadas. É estarrecedor saber que algumas pensam em se suicidar porque há fotos delas se divertindo com caras com quem estavam saindo. Quem tem que pensar em se enforcar é quem faz uso do seu privilégio machista para humilhá-las. Os estudantes deveriam é prestar uma homenagem às boas boqueteiras, isso sim. Em vez disso, somos sempre reprimidas por querer trepar com eles. E quando recusamos é ainda pior.

Então o problema é a minha queixa no meio de milhares de outras queixas, aqui onde deveria existir silêncio e apagamento. Minha voz é um floco de neve na avalanche que te engole. Eu tomo a palavra e digo que fui todos os dias para o trabalho com o estômago embrulhado. Sentindo-me revoltada por estar tão angustiada e ir mesmo assim. Sentindo vergonha da minha raiva e do fato de não saber articulá-la. Nem todos os caras me sacaneavam no trabalho. Mas todos eram cúmplices, porque se trata de uma lei não escrita — o espaço público é o lugar da caça. Nem todos caçam. Mas todos abrem passagem para o caçador. E, no fundo, estou convencida de que sou tola.

Eu fui contratada por essa editora porque eu tinha diplomas, fiz bons estágios e era trabalhadora, dedicada, pontual. E porque aprendo rápido. Também fui contratada porque era jovem, magra, tinha os cabelos longos e sedosos, olhos grandes e claros, uma pele muito branca, me vestia bem, fazia as unhas. Minha juventude conseguiu o emprego.

Eu nunca soube como me comportar diante dele. Gaguejava, recuava, desviava o olhar, saía da sala, me apoiava na porta do táxi, mantinha as pernas fechadas, enrubescia, sorria sem graça, ia embora mais cedo, tirava a mão dele de perto, era discreta, usava sapato sem salto, corria em volta de uma mesa quando ele estava bêbado e achava isso engraçado, cerrava os dentes quando ele me apalpava, saía correndo dos lugares à noite. Corria igual a um coelho patético. As pessoas me viam indo embora, chorando, derrotada. Mas ninguém enxergava o problema. Só achavam a situação pitoresca. O autor machão e a pobre assessora de imprensa.

Oscar me telefonava no meio da noite — e eu tinha medo de pegar no sono de novo. Ele vinha bater na porta do meu quarto no hotel, e eu ficava com medo de voltar a dormir. Vomitava antes do trabalho, mas cumprimentava a todos com um sorriso, fingindo que nada havia acontecido, porque se por acaso gritasse eu seria a histérica que não sabe controlar os nervos, se fechasse a cara eu não estaria sendo profissional, incapaz de fazer um esforço sequer, e eu me sentia como em um pesadelo em que queria gritar mas não saía nenhum som. Eu gritava em silêncio e à nossa volta a situação animava a plateia — esperavam que eu acabasse cedendo. Ele me cortejava. Eu era desejada. Cada um desempenhava o seu papel.

Quando hoje ele diz que não podia imaginar que aquilo estava me destruindo a esse ponto, o que ele na verdade está insinuando é que eu era a única mulher que não o achava genial. O autor embriagado, machão, filho de desempregados das siderúrgicas do leste da França, a criança prodígio que se comportava exatamente como se espera que um puto de um proletário se comporte. Era um grande autor, vendia muitos livros. Quando a situação chegou no limite e ele começou a reclamar demais, disseram que era hora de trocar a assessora de imprensa, mas não poderiam perder o grande autor. E, até onde eu saiba, depois disso Oscar Jayack nunca se preocupou em saber o que eu estava fazendo da vida. Estou de volta para lhe contar. Nunca mais fui contratada.

No mundo, somos centenas de milhares dizendo a mesma coisa e eles são centenas de milhares de patrões fazendo troça disso. Nos dizem — "não estamos ouvindo". Não sabem virar o disco. Mencionam feministas mortas e enterradas para dizer que no passado era melhor. Pois até o feminismo pertence a eles. A boa Simone não reclamaria de uma mão na bunda, Simone não, ah, os bons e velhos tempos — as estupradas ficavam caladas, as feias passavam despercebidas, as lésbicas viviam escondidas e as funcionárias de baixo escalão eram logo engravidadas e depois enviadas para morrer em outro lugar. Os bons e velhos tempos de dominação bem compreendida pelas dominadas.

A emancipação masculina não aconteceu. A imaginação de vocês é submissa. É só ouvir "dominação" que ficam de pau duro. Se disserem para vocês que precisam se alistar, vão responder que as armas são mais importantes que o ar que respiramos ou que a água que bebemos, que as armas são o sal da humanidade. Se atacamos os patrões, vocês entram em pânico. Lutam para defender os patrões. É isso o que fazem — lutam para reafirmar o direito do patrão de fazer o que bem entender. O recado que querem nos passar, e nós ouvimos, é para nunca nos libertarmos de nossas correntes, porque, se o fizermos, corremos o risco de quebrar a de vocês.

REBECCA

Você não é um pouco estúpido quando se trata de procurar alguém para encher o saco? Os bons sociopatas conseguem perceber instintivamente as boas vítimas; já você, como perverso narcisista, está se saindo bem abaixo da média. De todas as mocinhas que trabalham no meio editorial, você foi buscar bem aquela que dá o que falar na internet com suas posições feministas.

Você não tem do que reclamar, ela nem procurou a polícia. Hoje em dia parece que as mulheres veem a delegacia como uma segunda casa e recorrem a ela sob o menor pretexto. Zoé Katana está se expressando, não dá pra entender muito bem o que você fez pra ela, mas pelo jeito não lhe caiu bem. É uma guerra justa, eu te vi falando por aí que era de esquerda, então você deveria é achar bom que aquelas que nunca puderam se manifestar estejam começando a falar o que pensam sobre a situação.

E não existe publicidade ruim. É ultrapassado dizer isso, e eu sei por experiência própria que é desagradável levar uma na cara. Mas é verdade. Nós, as pessoas públicas, somos como os postes de uma calçada. As pessoas colam coisas, mijam, se apoiam, se protegem, vomitam em você. Fazem o que bem entendem. O importante é que o seu poste esteja em uma rua movimentada. E depois de um certo nível de persistência, é automático, você entra na categoria de pessoas simpáticas. O problema da internet é que quem gosta de você tem menos necessidade de sair gritando isso aos quatro ventos do que as pessoas que querem te ver enforcado.

De todo modo, só pra deixar as coisas claras, se você está me escrevendo longas cartas contando com que eu te defenda publicamente, pode esperar sentado. Não vou causar raiva no meu bom público feminista para defender um cretino da sua laia. Você é escritor, então que se concentre em escrever. Vi que você reclamou por aí em umas entrevistas, mas não te vi publicando a sua versão dos fatos em lugar nenhum.

Temos que concordar que essa tal de Zoé é bem engraçada, dá pra entender que esteja fazendo sucesso. Essa geração é ansiosa. E não tem vergonha alguma de dizer isso.

E por que não? A minha foi genial por sua resistência. Disseram-nos "chega de feminismo, não tem a menor graça" e respondemos "não se preocupe, papai, não vou chatear ninguém com as minhas bobagens". Mas, no meu entorno, vi as mulheres se fodendo, uma a uma. Não ajudava em nada que isso estivesse acontecendo na dignidade do silêncio.

Quanto a mim, achei que o jogo estava a meu favor e me lancei com entusiasmo. Não precisei me obrigar a amar os homens e eles sempre foram recíprocos. Só que hoje estou com quase cinquenta anos. E meu problema não é que eles não gostam tanto de mim como antes. Sou eu que não os acho mais tão atraentes. Vocês, homens, não se mantêm à altura. O tempo todo temos que zelar por vocês, tranquilizá-los, compreendê-los, ajudá-los, cuidar de vocês. É muito trabalho. As meninas têm razão, a masculinidade é frágil demais.

Bom, além disso, você encheu meu saco com essa história de monólogo para o teatro e com suas dificuldades de escritor que não consegue mais escrever. Quando eu era dez anos mais nova, qualquer um entrava em contato comigo para me propor alguma coisa. E os caras como você não encontravam nenhum empecilho. Não precisa me fazer um relatório das dificuldades que você tem encontrado para justificar que eu não esteja recebendo convite para trabalhar. Para ficar tranquila, e podemos dizer que eu sou tranquila, preciso de tempo para descansar. Eu poderia até aprender uma língua morta, de tanto tempo que tenho para mim. Sou atriz. Vivo da atenção dos outros. Não me importo de encarar isso de forma filosófica, falando a mim mesma que essa é a regra do jogo. Mas não venha chorar no meu ombro dizendo que se você não escreve para mim é porque está com dificuldade de concentração. Cinquenta anos é idade demais para uma jovem protagonista, mas é pouca para desaparecer. Não quero ficar me lamentando, e você vai perceber que nunca faço isso publicamente. Sei que esse é o jogo. Durou o que tinha que durar, não tenho do que reclamar, ao menos aproveitei enquanto pude. Mas não me tome por imbecil. Você não entrou em contato comigo porque sabe que qualquer diretor de teatro — público ou privado, não faz diferença — iria te aconselhar a trabalhar com uma atriz que usa manequim 34 e que não sabe o que é um videocassete. As pessoas não estão nem aí se eu ainda sou ou não capaz de encher uma sala de teatro. Estão se lixando se o público cansou ou não de me ver. Não é o público que decide que não se deve escrever para mulheres da minha idade. Trata-se de outra lei.

Vocês me fazem rir com suas queixas lamuriosas — "ninguém pode falar mais nada, te cancelam por qualquer motivo, é uma maldição para a sociedade e para a nossa cultura". Você quer mesmo saber o que é ser cancelado? Converse com uma atriz da minha idade. E olha que eu tenho sorte, meu declínio tem sido suave. Para a maior parte de nós, esse purgatório começa aos trinta anos. E não conheço nenhum ator que seja solidário. Não que eles fiquem felizes que seja tão difícil para nós. Quando você cruza com eles em um restaurante, não comemoram por te ver descartada, ao passo que eles, por sua vez, nunca trabalharam tanto. Mas não passa pela cabeça deles dizer: "nesse filme eu transo com uma menina de vinte anos, mas estou com cinquenta, então por que não contratam uma mulher da minha idade para evitar que fiquem desempregadas?". Eles sabem que os produtores vão vê-los como uns pobres *losers*. Perguntei ao meu agente por que nunca me dão papéis que foram escritos para os caras. Veja só, em papéis viris sou mais convincente que dois terços dos atores do cinema francês... ele achou engraçado. Mas eu não estava brincando. Eu gostava muito dos crápulas — convivi com eles a minha vida inteira, sei do que estou falando. Por exemplo, no meu caso você pode me despentear, com a idade que tenho isso não me assusta — agora vai ver como é com esses atores mimados... Mas ninguém mais me pede nada. Nem para mim, nem para as outras. Quando eu era o centro das atenções, sabia que isso tinha a ver com a minha beleza. Sabia que, quando eu chegasse aos cinquenta anos, iam tirar de mim as cenas de nudez, as cenas em que a personagem faz uma ligação pelada da cama, ou está tomando banho, ou conversando em uma sauna pública. Eu mal podia esperar para ler os roteiros sem ter que discutir com o diretor: "mas por que ela está se despindo antes de regar as plantas?". Não imaginava que estavam pouco se lixando por eu ter passado a vida entre sets de filmagem e palcos de teatro, por eu ter refletido a propósito do que estava fazendo, construído uma relação com o público. No meu íntimo, achava que as coisas iam evoluir no mesmo ritmo que eu. Mas não foi o que aconteceu. Essa é uma das razões pelas quais, quando leio Zoé Katana, uma parte de mim se pergunta qual foi a mosca que a picou, e a outra diz que ela tem razão. As coisas não evoluem se você não se propõe a mudá-las.

As pessoas da sua geração tendem a expor mensagens privadas nas redes sociais e, como tenho dúvidas a respeito da sua inteligência, te escrevo com todas as letras: vou arrancar os seus olhos se você publicar minhas mensagens onde quer que seja. Dê uma olhada nas revistas de fofoca e você vai ver que tenho boas relações com a maioria dos meus ex e que eu gosto da masculinidade tóxica. Então, quando falo "vou arrancar os seus olhos", não é uma figura de linguagem, é um ameaça real — eu sempre terei ao meu dispor um guarda-costas boxeador, um motoqueiro ou mercenário para encontrar seu endereço e tirar os seus olhos com uma colherzinha quando você menos esperar.

OSCAR

Não estou te escrevendo em troca de apoio público. Postar uma selfie de nós dois comendo waffle num parque de diversões não vai ser suficiente para levantar minha moral. Com certeza vai manchar sua imagem. Mas não limpar a minha barra. Eu sou o ódio encarnado de metade da população deste país. É injusto e eu não desejo isso a ninguém. Uma assessora de imprensa me fez perder a cabeça um tempo atrás. Mas, hoje, se você fizer uma busca pelo meu nome no Google, vai achar que eu estupro criancinhas no pátio das escolas.

Estou te escrevendo porque estou definhando, sozinho, porque perdi tudo o que tinha e não sei onde me apoiar. Escrevo porque não botei uma gota de álcool na boca, não dei um teco, não dropei uma bala, não fumei um baseado nem tomei um comprimido pra dormir por quinze dias consecutivos, e estou me sentindo fraco como um menininho. Estou te escrevendo porque falar do meu passado me deixa mais feliz do que carregar o fardo da merda cotidiana.

Naquele dia que te vi, de longe, no café, na Rue de Bretagne, eu estava saindo de uma reunião dos Narcóticos Anônimos. Me incomoda dizer isso, então me forço a fazê-lo. Sempre menosprezei as pessoas que não se chapam. Verdadeiros machos tomam uísque, fumam beque, bebem xarope de codeína e cheiram umas carreiras de pó do tamanho de umas toras. Comem gordura, puxam ferro e estão cagando e andando para o politicamente correto. E os homens de verdade não se sentem destruídos porque uma filha da puta vem reclamar dez anos depois que passaram a mão na bunda dela. Eu fracassei em ser um cara de verdade em praticamente todos os aspectos. Sou franzino, tenho um apetite de passarinho, sou praticamente um hipocondríaco e perco o sono porque estão me detonando no Twitter. A única atividade masculina em que eu era realmente bom era ficar chapado. Era a única diferença entre mim e um intelectualoide de merda. Eu valorizava mais do que podia imaginar minha identidade de viciado em tudo. De certo modo, era só o que eu tinha.

Mas, instintivamente, sei que estou precisando pegar leve. Não consigo explicar muito bem. Quando revejo o que aconteceu, e eu faço isso a toda hora, sempre chego à mesma cena final. O momento em que volto para casa e sei que a única chance de escapar é parar de ficar chapado.

Me avisaram dessa coisa do #MeToo algumas semanas antes de estourar. Encontrei uma editora, Katelle, que estava acompanhando um romancista na Maison de la Radio.* Nos cruzamos logo na entrada, na hora de tirar as coisas de metal do bolso. Quando os vi juntos, me perguntei se estavam se comendo. O cara até que era bonitão, para um autor. Um homem bretão, de olho azul e uma leve aparência de marinheiro. Me perguntei por que ela estaria acompanhando o cara se não havia nada entre eles.

Aguardávamos o elevador quando ela me disse para esperá-la no bar Des Ondes, ali em frente. Eu tinha acabado de ler

---

* Maison de la Radio et de la Musique é a sede da Radio France, localizada perto da Torre Eiffel, em Paris.

algumas passagens de Calaferte para um programa. Sempre se lembram de mim quando um autor é proletário. Ou seja, quase nunca. Não tinha nada específico para fazer à noite, então disse: "claro, eu te espero", sentindo que havia um problema. Eu e Katelle nos conhecíamos um pouco, nos encontramos algumas vezes em feiras literárias no interior e fazemos parte do fino time de profissionais da bebedeira. Esse é um dos pontos fortes do álcool — a pessoa precisa ser realmente babaca elitista para não parecer simpática quando está bêbada. Então a gente se dá bem, mas não a ponto de se convidar para tomar um café cara a cara. O convite era intrigante. Me parecia pouco provável que ela estivesse fazendo alguma investida sexual, ela não é para o meu bico. Todos os casos conhecidos dela envolvem caras do primeiro escalão, ministros, jornalistas de TV importantes... eu precisaria pelo menos do Goncourt pra comer ela. Dito isso, eu ficaria excitado se tivesse um lance sexual entre nós. Percebi durante uma feira de quadrinhos em Lyon que, sob as roupas largas e cuidadosamente escolhidas, ela tinha peitos extraordinários. E ainda mais extraordinários justamente porque ela os escondia, o que é um fenômeno bastante raro: a mulher é gostosa até não poder mais e faz de tudo para que ninguém veja. Mas não tinha muita expectativa, supunha que ela talvez me convidasse para escrever um prefácio para um cara que publicaria um livro sobre sua experiência em uma fábrica.

Eu conheço muito bem o bar Des Ondes, é lá que você dá um tempo caso esteja adiantado. Ou onde chora as mágoas quando o programa não correu bem e você precisa recuperar as energias antes de entrar no táxi. Katelle chegou, ficou calada, olhando os carros e os ciclistas desfilarem pela janela, e enfim disse, como se soltasse uma bolsa pesada no chão para devolvê-la ao dono.

"Eu hesitei em tocar nesse assunto, mas gosto muito de você e o boato está correndo. Você já está sabendo?"

Ela viu na minha cara que eu não sabia do que ela estava falando. E continuou: "você lembra da Zoé, sua primeira assessora de imprensa?" e respondi sem pensar duas vezes, sem notar nada de delicado no assunto: "claro. Eu adorava ela. Ela fez um trabalho incrível pelo livro". Percebi que Katelle estava angustiada. "Ela não está mais trabalhando com edição. Mas lançou um blog muito acessado. É uma feminista influente nas redes sociais." Que bom pra ela, pensei, mas não tenho nada com isso. Eu deveria ter saboreado esse momento, pois foi a última vez que ouvi a palavra "feminista" sem estremecer.

"Ela ainda não publicou nada. Mas está preparando alguma coisa. Você sabe, né, tem a onda do #MeToo... é verdade que estamos um pouco atrasados em relação a isso no mundo editorial." Eu a escutei, tranquilo, ainda convencido de que o que ela tinha pra me contar dizia respeito a alguma outra pessoa. Alguém que tivesse feito uma besteira. Às vezes tem uns casos vergonhosos no nosso meio. E percebi que Katelle estava esperando que eu dissesse alguma coisa. Devo ter balbuciado algo genérico do tipo: "é importante que as pessoas se manifestem" e ela percebeu que eu não tinha sacado aonde ela queria chegar. "Oscar, ela vai escrever sobre a história de vocês." Eu caí na risada. Desculpa, mas se algum de nós tinha que se lamentar de alguma coisa, esse alguém era eu. Não tinha nenhuma vontade de me humilhar retomando esse caso tão triste, já que tinha sido completamente apaixonado por ela. E infeliz até mais não poder, porque não fui correspondido. Essa é a história da minha vida — encontro almas gêmeas em todos os lugares e elas me tratam como um inseto nojento que caiu por acaso na xícara de chá. Katelle precisou me explicar. O que a Zoé chamava de agressão era a minha insistência em lhe fazer a corte.

Na época do lançamento do livro, ou seja, durante no máximo três meses. Mas eu nunca a forcei a nada. Sou um cara calmo e estou acostumado a ser rejeitado. Não me masturbo debaixo da mesa, não fico andando pelado de roupão num hotel no interior e não tenho nenhuma vontade de segurar uma mulher contra a parede, a menos que ela me peça isso explicitamente. No auge do meu tesão, pode ser que eu tenha tentado buscar seus lábios na hora de me despedir. Eu a achava linda, adorava passar tempo com ela. Será que tinha me apaixonado por uma moça que não queria nada comigo? Sem dúvida. Por acaso eu a assediei, humilhei, machuquei? Claro que não. Mas naquele dia fiquei sabendo que a Zoé vinha reclamando havia meses que eu tinha arruinado "sua carreira".

Katelle fez um gesto circular com o dedo em cima dos nossos copos para o garçom. Ela estava incomodada. Eu não estava reagindo como ela esperava. Eu contestava os fatos. Ela disse: "o problema, Oscar, é que muita gente se lembra do que aconteceu. Ela chorava muito — se abria com jornalistas, com outros assessores de imprensa, com pessoas do meio... e como as coisas não poderiam permanecer daquele jeito, ela precisou sair da editora. Quanto a você, o seu editor não ia te mandar embora, porque o seu romance era um sucesso. Era uma ótima assessora de imprensa, e ela não encontrou outra empresa que a contratasse. E ela contou isso pra muita gente. Assim que publicar o texto contra você, a versão dela dos fatos será confirmada". Eu respondi: "não lembro muito bem quais foram as condições da saída dela. Mas nunca vi a Zoé chorar". Katelle endureceu o tom. "Você enchia a cara pra festejar sua vitória. Aliás, você só bebia. É claro que você não se lembra de nada. Mas ela falava. Certa noite, você a encurralou no seu escritório ameaçando se suicidar caso as coisas não acontecessem como você gostaria. Ela saiu correndo. Conseguiu escapar, Oscar, enquanto você berrava as suas insanidades. A editora inteira foi testemunha." Eu nunca fiz isso. De qualquer modo, não lembro. O problema é que sinto tanta vergonha quando essa história vem à tona, que muitas coisas não chegam à consciência. A vergonha que eu sinto não é por tê-la forçado a alguma coisa. Mas por ter-lhe dito que eu estava perdidamente apaixonado, e ela não quis me ouvir. E também porque essa história me é familiar: não sou o tipo de cara que chamariam de "Don Juan". Eu não podia mais interromper Katelle, que pediu um terceiro copo. "Você tem as mãos sujas; por exemplo, comigo, eu não me incomodo, mas quantas vezes você já me expôs publicamente falando dos meus peitos? Esse tipo de coisa não é mais aceita hoje em dia." Eu estava de saco cheio de ficar ouvindo aquela babaca. No fundo, ela se deleitava com o que estava acontecendo comigo. Tudo isso de #MeToo é pura vingança dessas vadias. Não era mais possível deixar de ouvir o que elas tinham a dizer, e era tudo besteira. Eu fiz um sinal para o garçom, para que ele trouxesse a conta. Percebi que ela ficou ressentida por eu ter interrompido sua palestra. Agradeci e entrei num táxi. O motorista era velho e o carro cheirava a sebo. Ele estava ouvindo samba. Fiquei olhando o Sena pela janela e esperando a Torre Eiffel aparecer, pois sempre gostei de vê-la de perto, sobretudo à noite. Tentei me convencer de que aquela história era bobagem. Quem se importava com a carreira da pequena Zoé? Seus pais tinham pagado uma escola particular em Lille e deveriam ser as únicas pessoas desapontadas. Ela não foi feita para aquela profissão, ponto-final. Acho que foi por eles, para se desculpar, que ela criou toda essa história. A verdade, como todo mundo deve saber, é que ela queria tirar proveito da onda do #MeToo para criar publicidade para seu bloguinho. Quando cheguei em casa, não contei nada para a Joëlle, minha mulher. Enrolei um puta beque de duas sedas que me deixou nauseado depois de três doses de uísque. Comecei a relaxar e a pensar em outra coisa quando tive a bela ideia de digitar o nome da Zoé no Instagram e descobri que ela tinha mais de 101 mil seguidores. Uma sensação horrível me subiu pelo peito. Uma sensação que eu conheço muito bem. Medo, puro medo.

No dia seguinte eu tinha conseguido me livrar daquele pressentimento sinistro, mas encontrei a Françoise nos corredores do Franprix do meu bairro, e ela estava relutando em comprar um pacote de salada embalado a vácuo. Quando me aproximei, ela disse: "eu sempre compro salada, daí depois não como. Mas, por outro lado, gosto de ter alguma coisa verde na geladeira. Só que olha o preço disso". Propus que ela chegasse a um meio termo e que escolhesse uma salada mais normal, menos cara, mas ela não quis saber. "As outras são horríveis. Essa aqui, com pinoli e parmesão, até pode ser que eu coma..."

Françoise tem voz de fumante e um desprezo sarcástico típico de sindicalistas à moda antiga. Feminista de longa data, ela é mais casca-grossa, diferente das frescas de hoje em dia — não é o tipo de mulher que se ofende com uma piada obscena. Muito pelo contrário, em sua companhia, todas as ocasiões são válidas para fazer a plateia rir. Ela é uma presença constante no balcão do bar que fica em frente à minha casa e onde sempre paro para uma última dose. Seu pai era professor, ela conhecia de cor páginas inteiras de Victor Hugo, que declama por livre e espontânea vontade depois de mandar umas carreiras de pó. Ela tem a idade da minha mãe e me chama de "o escritor" e de "bonitão" — me xaveca insistentemente e sem ilusão, pois, embora sempre esteja bêbada, permanece lúcida sobre suas chances concretas. Para mim, ela é a encarnação do feminismo digno, aquele que existia antes dessa hipocrisia.

Fazia um pouco de frio na seção de saladas, e eu estava feliz em encontrá-la:

"Você tem tempo pra tomar uma cerveja? Aconteceu uma coisa horrível e eu gostaria de saber o que você acha."

"Sim, tenho. Quer ir lá em casa? Estou precisando de ajuda pra trocar o colchão, não consigo fazer isso sozinha por causa do meu ciático."

Aceitei o convite, passamos juntos pelo caixa. Eu já me sentia revigorado. Podia vê-la com uma cerveja na mão, me dando tapinhas nas costas, chamando de cabeça-oca idiota uma garota capaz de me confundir com um predador.

Durante o caminho e até o elevador estreito, contei detalhadamente a minha descoberta do dia anterior — isso me permitiu organizar os pensamentos. Em sua casa, móveis enormes e pesados obstruíam uma sala minúscula, com velhas cortinas de voal amarelecidas pela nicotina. Ao lado da televisão, um gato chinês da sorte fazia companhia a um Karl Marx de bronze. Na parede do quarto, um cartaz de uma exposição do Basquiat destoava dos móveis antigos, e ao redor ela havia disposto pilhas de livros. Eu não sabia que ela lia tanto. Ela me deixou trocando o colchão, foi trabalhoso, eu não tenho muito jeito pra essas coisas. Ficou me olhando, desolada por me ver lutar tanto com uma tarefa tão simples. Depois pegou o tablet e os óculos e pediu que eu levasse o velho colchão pra calçada enquanto ela se informava um pouco sobre a Zoé. Eu suei no elevador para arrastar aquele troço até a frente da porta, achando pouco delicado da parte dela deixá-lo atrapalhando a passagem, como se a calçada fosse um depósito de lixo.

Quando voltei, ela estava consultando o iPad com destreza, concentrada e com a expressão séria — fez um sinal para que eu me sentasse. Perguntei se ela tinha cerveja na geladeira e ela disse que não, só tinha café. Eu não estava a fim de descer até o supermercado. Então esperei. Comecei a me arrepender de ter ido. Percebi que era muito raro nos vermos à luz do dia. Ela finalmente proferiu seu diagnóstico, acariciando o queixo com o indicador e o dedo médio, transformada por aquele ar de competência que eu desconhecia:

"Vou resumir: você está apaixonado, é um cara legal, tem um comportamento impecável, você realmente é um cara incrível e daí uma mulher doida começa a inventar histórias para te prejudicar. Primeiro problema: essa é a merda de todos os assediadores, estupradores e predadores do seu meio. Só existe homem inocente no mundo de vocês. Assim, temos, de um lado, milhares de vítimas e, de outro, uns caras incríveis que não conseguem entender o que está acontecendo. Segundo problema, e esse é o mais importante: a única merda de Zoé Katana é que ela tem um blog e até eu acho isso demodê. A não ser isso, não tem nada de errado com essa mulher. Ela é jovem, e os jovens são tolos. Isso é verdade. Mas, em comparação com a média geral, ela até que é bem esperta. Não faça essa cara, Oscar, você não vai levantar e sair só porque eu não estou te bajulando... A gente se vê no bar faz muitos anos. Você é a encarnação do cara grosso mas simpático. Eu acho isso engraçado. Mas, na minha época, a autodepreciação era um dever sagrado para as mulheres. Só que isso acabou. O melhor que você tem a fazer é tomar a iniciativa e escrever a ela para se desculpar e perguntar se tem alguma coisa que você possa fazer para consertar a situação."

"Me desculpar? Do quê?"

"Isso é você que tem que pensar... ter tirado proveito, por exemplo, da sua impunidade de autor da moda para torturar uma funcionária. Sendo que, na verdade, se você pensar bem, as pessoas deveriam poder levantar cedo para ir trabalhar sem temer que Oscar Jayack perca a cabeça ao olhar os seus seios."

"Eu nunca te disse que..."

"Não, mas você me disse que estava usando muita droga e que a sua memória estava um pouco vaga naquela época."

"Françoise, eu te considerava uma guerreira, uma pessoa política de verdade, não uma puritana como esta época tem produzido aos montes."

"Desculpe, meu querido, mas eu fui assalariada minha vida inteira, dessas que repetem que tiveram a sorte de ter arrumado emprego. Sei perfeitamente o que é ser uma pecinha qualquer que pode ser descartada diante do primeiro problema. Quando você me conta tua história, é pela menina que eu tenho empatia. Você está no topo do entretenimento. E trabalhei bastante com esse tipo de gente para conhecer os seus métodos."

"Não acredito que você veja dessa forma."

"Acredite no que quiser, mas essa sua história tem um tom que eu conheço bem, porque já ouvi milhares de vezes, é a mesma ladainha que todos os bêbados costumam contar: como sua boa mulher um dia perdeu a razão e começou a falar que apanhava. Mas se um dia você encontra essa boa mulher em questão cheia de hematomas no rosto, você se pergunta por que ela teria feito isso consigo mesma. Eu te ouvi com atenção e posso te dizer com toda minha sinceridade: a sua versão dos fatos não se sustenta."

"Na verdade, você não tem escolha, minha pobre Françoise, você está se alinhando com a matilha porque elas te botam medo. Sempre te achei audaciosa e valentona, mas quando está sóbria é igualzinha às outras. Uma ovelha assustada."

Eu levantei, enojado, ela agradeceu pelo colchão e vi piedade em seus olhos ao me acompanhar até a porta; só queria ter-lhe dado um tapa na cara. Eu estava com raiva de mim mesmo por ter me enganado e me atirado na boca do lobo. Eu deveria saber que isso ia acontecer, não sou mais um moleque — temos que consultar nossos amigos de bar na hora e no estado certo. Já na porta, ela me olhou nos olhos e disse:

"Pare de beber. Pare com tudo."

"Tá bom, sua velha, só porque você ficou dois dias sem beber agora acha que pode encher o saco do bairro inteiro."

"Você ainda vai ter muita dor de cabeça. Talvez, se conseguir se livrar do seu caos toxicômano, ainda tenha alguma chance de limitar os danos dessa situação. Mas, se continuar desse jeito, não terá para onde fugir: você vai se afundar como um babaca que fica lamentando a vida e vai se tornar cada vez mais patético."

Entrei no elevador sem me despedir. Por dentro, eu a chamava de velha estúpida nojenta. Que descarado, ficar cagando regras, eu queria morrer. Voltei pra casa, abri uma garrafa de champanhe que estava gelando, coloquei *The Big Picture*, do Big L, pra tocar do início ao fim nas caixas de som e, duas horas depois, eu estava no bar com amigos e passei duas noites seguidas sem dormir. Isso me fez mudar de ideia.

Dias depois, recebi uma primeira mensagem no celular de um escritor de segunda categoria me prometendo apoio. Entendi na hora que só estava começando. Não li as declarações da Katana. Nunca as li, mas ouvi tanto falar delas que parece que as conheço de cor. Recebi outras mensagens. Cada apoio era como uma punhalada. Nada pode ser mais imundo do que a comiseração de pessoas que te admiram. Na hora, pensei "está tudo certo, não estou nem aí". Achei que aguentaria o tranco. Não liguei o computador, fui ler um livro. Não fiquei vendo o celular. Fui dar uma volta. Eu estava confiante, pensava que logo ia acontecer uma coisa que me destronaria dos *trending topics*.

Um artigo foi publicado na revista *Marianne* zombando da fragilidade da menina. E a coisa viralizou — essa demência da internet, que te leva a repostar qualquer besteira para depois dizer que "compartilhou". Agora eu atiro uma pedra no meio da multidão durante um apedrejamento e chamo isso de "compartilhar". Senti que a realidade dita virtual se infiltrava em mim como a água que passa sob a porta e se acumula, obrigando-me a atravessá-la.

Eu estava me sentindo sozinho.

Conheço muita gente. Mas não tenho parceiros. Meus amigos sempre foram o álcool, a maconha, o Lexotan. Meus amigos são substâncias, como costumam dizer no NA. Dependendo da ocasião, gosto mais de umas do que de outras, mas todas são minhas amigas.

Ser escritor te dá zero poder. É por isso que muitos escritores passam muito mais tempo tentando se dar bem nas redes ou tentando arrumar um bico de colunista na televisão ou no rádio do que escrevendo. Só um babaca como eu se dedica exclusivamente à escrita.

É tão fácil apagar um escritor do mapa quanto esmagar uma barata na parede da cozinha. Hoje, eu personifico o famoso macho branco. Todas essas universitárias, essas filhinhas de advogados e de produtores saíram da manicure para me atacar na internet. Encontraram, por meio da Zoé, um bom jeito de esconder o privilégio de que desfrutam. Fico puto com isso. E me sinto envergonhado por perceber que me orgulhava de ter chegado aonde estou. Nós viemos do mesmo bairro — você sabe tanto quanto eu que nosso destino não era ter destaque na literatura.

Então Françoise me ligou. Ela me fez recuperar a moral, sua voz rouca me confortou: "agora você vai achar que nunca vai conseguir se recuperar, mas tudo vai passar. Para o melhor e para o pior. Isso também vai passar. Pense no seu próximo livro", e quando desliguei já me sentia melhor do que antes da ligação. Então lembrei do conselho que ela tinha me dado na porta da casa dela, "pare de beber". O efeito da cocaína estava passando e comecei a ficar ansioso. Tive uma intuição curiosa de que ela queria o meu bem e liguei pra ela de volta. Três horas depois, ela me levou para a minha primeira reunião no NA. E esse passou a ser o único lugar onde ninguém se importa com o que está acontecendo comigo. Desde o momento em que eu falei "quero parar de usar", eles me tratam como um dos seus. Fazia algumas semanas que eu vinha me sentindo um pária, então aqueles intervalos eram preciosos.

Parei com o álcool. Depois, com a maconha. Depois, com a cocaína. Evito ir a lugares onde cheiram pó. Não tenho saído muito. Mas um pensamento meio mágico me leva a acreditar que, se eu continuar assim, talvez tudo passe. E pode ser que Françoise tenha razão. Eu não posso me dar ao luxo de dizer besteira só porque enchi a cara. Ao menos não agora.

REBECCA

Quando li seu e-mail hoje de manhã, pensei que Françoise ganharia muito mais cuidando da própria vida e guardando os conselhos para si mesma. Mas depois pensei melhor e vi que ela não é tão boba assim. As pessoas subestimam a relação entre o comportamento intragável dos homens e o consumo de álcool. Se você assediou uma mulher, sempre pode dar a entender que o máximo que fez foi tentar seduzi-la e que tudo foi culpa do álcool. Estrategicamente, é complicado, mas até que essa desculpa cola. Temos que tirar o chapéu para a Françoise.

De todo modo, sempre pensei que pra quem não sabe usar droga o melhor é se abster. Conheci várias pessoas assim, se não dão conta é melhor parar. Mas comigo é diferente. Eu lido tão bem que seria uma pena ter que parar.

O primeiro cara que me ofereceu uma seringa foi um menino da minha idade. Tínhamos dezessete anos. Nunca mais o vi. Eu sabia o que estava fazendo, já tinham nos avisado que poderíamos pegar prisão perpétua se mexêssemos com heroína. Eu soube imediatamente que aquilo mudaria a minha vida, que era daquilo que eu precisava. Usei por vinte anos. Você deve saber, todo mundo me conhecia por isso. Perdi a conta de quantos amigos, maridos, amantes, agentes e diretores tentaram me convencer a parar. Nos anos 80, os caras que fritavam diariamente os neurônios com cocaína e vodca se achavam no direito de te julgar se descobrissem que você estava usando a branquinha. Havia uma hierarquia das drogas. Álcool e cocaína, tudo bem; heroína tinha que parar imediatamente. O que era um absurdo. Pelo menos hoje as pessoas são higienistas, não suportam nem carne vermelha e cigarro. Mas temos que concordar que elas são mais entediantes.

Então me levaram para uma dessas famosas reuniões de Narcóticos Anônimos. Não tenho uma memória ruim dela, mas, como o próprio nome diz, aquilo não era pra mim. Posso ser qualquer coisa, menos anônima. Isso foi há mais ou menos vinte anos. Todo mundo estava ali por causa da heroína. Nos consideravam pessoas infames. No final da sessão, de dez viciados, oito vieram falar comigo pra me oferecer droga. Até que me diverti, mas nunca mais voltei. Não entendia por que eu deveria parar de usar já que me dava tanto prazer.

Me falaram que nesse meio-tempo o ambiente mudou, ficou mais sério. Conheço até pessoas que largaram o crack no NA. Fiquei impressionada. A heroína estava para o crack assim como a literatura estava para o Twitter — coisas completamente diferentes. Falo isso porque soa bem. No fundo, os drogados de verdade fazem isso porque não querem se parecer com nada. Seja com a heroína ou com o crack, o que estão mesmo buscando é não esquecer que são uns merdas. E assim falam para o mundo inteiro: "vocês se acham melhores? Pois estão enganados". Ao nos desintegrarmos, ao nos desconectarmos, mostramos aos outros que os menosprezamos. Eles e os esforços patéticos que fazem para se manter de pé. Eu prefiro morrer a fazer ioga.

De repente eu parei. Teve um dia que fiquei de saco cheio. Me apaixonei por um rapaz que não gostava e, em vez de mentir pra ele, em vez de fazer como eu normalmente fazia, passando a heroína na frente de todo o resto, resolvi parar de usar. Não foi a primeira vez, mas desde aquela vez não voltei atrás. Dava para ver pelas fotos. Durante anos, eu tive um corpo esguio, com aparência desenvolta, majestosa e indiferente. Daí meu rosto foi ficando cada vez mais seco; meu olhar, vazio; minha pele, lívida. Aquilo não tinha nada a ver comigo. E também me cansei de todo o circo envolvido, a cada vez que eu viajava para outro país precisava confirmar que um dealer me esperaria no hotel. Passei por outras coisas e superei. Larguei uma droga que eu amei loucamente e a substituí por outras que nem curto muito. Virou um vício. Não sei te explicar por que eu faço isso. Mas não pretendo parar. Eu sempre soube que tinha sido feita para as drogas.

Li na internet que aquilo fazia parte do seu personagem, beber, bater, comer, enrolar... no estilo de Bukowski, de Hemingway. Você tem razão, é a única coisa viril que você tem... É difícil conciliar ser escritor com uma masculinidade minimamente dinâmica. O seu estilo é quase o de quem borda. Você vai deixar muita gente decepcionada quando abrir de novo a lojinha e anunciar que a partir de agora está sóbrio. As pessoas gostam de ver a gente se destruindo, é um espetáculo interessante. Existe uma lenda que diz que os artistas que param de se drogar perdem o talento. Não acredito nisso. Tenho vários amigos que nunca pararam de usar droga e se tornaram pessoas completamente inúteis. O que acontece é que nos tornamos mais chatos quando envelhecemos. Se a droga realmente mudasse alguma coisa, todo mundo ia saber. A maioria desses artistas só tem três coisas para dizer, e, uma vez ditas, é melhor se ocupar de outra coisa.

Não tem nada mais perturbador do que ver os amigos envelhecendo. Você está distraído e, de repente, surge um reflexo, um gesto, uma silhueta vista de longe, um jeito de andar. Você é amiga de pessoas idosas. Se é você, sempre dá para aprender a fugir dos espelhos. Mas a decrepitude de quem está próximo é a prova irrefutável de que se está perdendo aquele mundo que era seu. Esses amigos te impressionavam com charme, inteligência, humor, curiosidade. Eu não ligo muito pra roupa, gosto de dinheiro para gastar rápido, não gosto de receber visitas, e não mobilio minha casa, não guardo livros. O que eu sou são as pessoas ao meu redor. O que foi notável em minha vida é que estive cercada de gente que eu admirava sem restrições. Essa foi a minha conquista. Até mais que os filmes que fiz. O que me validava, o que funcionou para mim como um jatinho particular, em uma mansão, o que era a prova da minha vida extraordinária, eram os amigos ao meu redor. Claro, por todo lugar aonde íamos havia garrafas vazias, seringas, canudos, garrafas de plástico furadas. Não éramos alunos exemplares. Até que tudo veio abaixo. Não há nenhuma justiça nessa história de idade. Alguns desmoronaram aos cinquenta anos. Traços de caráter que adorávamos passaram a ser caricatos, a empáfia se transformou em ressentimento, o humor começou a cheirar à incontinência urinária, o charme azedou. No fim, a velhice é bem parecida com a adolescência, mas de um jeito sórdido. Raros são os que mantêm a mesma voz e a mesma leveza de raciocínio. Você cuida dos seus velhos amigos, com quem você sempre se deu bem, como se fossem pedras preciosas. É uma nova elite que se anuncia. Aqueles que são mais sábios, mais interessantes ou mais carinhosos. Esses você guarda consigo como se fossem sobreviventes de um terrível naufrágio.

Não conheço uma pessoa velha que seja ao mesmo tempo viciada e elegante. Não existe um Keith Richards no meu círculo. Todos aqueles de quem eu ainda gosto começaram a pegar mais leve. Menos eu.

Portanto, na sua idade, não é uma má ideia parar com as drogas. Vocês, escritores, são conhecidos por serem precoces quando se trata de envelhecer. Não sei o que acontece com vocês da literatura, mas não dão tesão. Os caras começam a perder o cabelo antes dos trinta, ficam cheios de pelos nos dedos, se vestem mal de propósito, como se tivessem declarado guerra a toda libido feminina.

A droga é um esporte radical. Você tem que querer bombardear todas as identidades. De gênero, de classe, de religião, de raça. Mas você, ao contrário, deseja manter o pouco de respeito que conseguiu juntar.

Você parece se gabar da importância da sua missão de escritor. Caso contrário, não teria tanta dificuldade em escrever. Se seus livros são tão importantes, então pare de reclamar. Não lembro que tenha sido fácil para os Camus, os Genet, os Zola, os Pasolini. O que foi bom o bastante para Victor Hugo deve ser bom o bastante para você. Me surpreenderia se todos os frequentadores dos salões da época em que ele publicou *O corcunda de Notre-Dame* se reunissem para cumprimentá-lo. Ele recebeu as críticas mais violentas, mas não ficou o ano inteiro choramingando. Se ele estivesse buscando tranquilidade, teria escrito de dentro de sua carruagem uma carta para a marquesa do bairro contando como o baile tinha sido incrível. Você não quer que te desprezem, mas quer posar de autor que faz o que bem entende. Pegue a parte que te cabe e vai comprar o culhão que te falta.

OSCAR

Hoje de manhã, ao rolar o *feed* de notícias do Yahoo no celular, encontrei uma foto minha com a manchete "#MeToo na literatura, o fim do silêncio" e não quis ler a matéria, mas passei os olhos no texto e em alguns comentários de leitores. É claro que estavam me descascando. Basta eu sentir que o pesadelo terminou pra começar tudo de novo. Estava dormindo um pouco melhor esses dias. Desde que isso veio à tona, assim que eu pego no sono, uma angústia brutal me acorda. É difícil aceitar que se apanhe do país inteiro. Mas entendo o que você está falando sobre a minha baixa capacidade de tomar na cara. No fundo, eu sempre concordo com quem diz que eu sou um merda. Mas só conto isso pra você. Para as pessoas que estão ao meu redor, finjo que não estou nem aí. Também não abro a boca quando é a minha vez de falar nas reuniões do NA. Morro de vergonha da minha fraqueza. Ou melhor, sinto vergonha de perceber que me orgulhava por ter chegado aonde cheguei. Para mim, nada pode ser mais desprezível do que se alegrar com o próprio sucesso. Quem eu penso que sou? O que passa pela minha cabeça?

Sinto como se dirigisse um Maserati há dez anos, sem ter mais noção do prazer de dirigir um carro assim, e de repente sofrer um acidente. Agora, estou chegando na cidade com o carro todo arrebentado, com o radiador soltando fumaça, os pneus furados, e pareço um mendigo. Sinto que as pessoas que me amam se envergonham de mim. É quase um tabu entre nós. Lamento decepcioná-las. É como se minha realidade estivesse sendo revelada. O injusto foi quando me cumprimentaram.

Achei graça da sua lista dos grandes autores que passaram por dificuldades. Eu não sabia que você lia tanto. Podemos conversar sobre Genet e Camus, mas quanto aos outros... não me identifico com os escritores que você citou. Me fale do Calaferte, me fale do Bukowski, e mesmo de Violette Leduc ou Marguerite Duras, mas não venha me falar dos autores que, desde que nasceram, sabiam que seriam importantes. Nós viemos do mesmo bairro, não finja que não sabe como eu me sinto vulnerável.

REBECCA

Esse seu medo de perder a respeitabilidade é uma coisa burguesa. No sentido pejorativo do termo. Não faz sentido dizer ser um artista e querer ser amado. Eu sou atriz. Se ninguém gostar de mim, eu desapareço. Mas nem por isso privilegiei o amor da maioria em detrimento da minha sinceridade. Não sou um refrigerante que estão tentando vender para todas as crianças. Não sou candidata à eleição presidencial, que devo vencer seduzindo a maioria dos cidadãos. O que vendo é a minha coragem de ser sincera. De ser exatamente eu, independente de você gostar ou não. O que me faz ser escolhida para os grandes papéis no lugar de outras pessoas não é minha aparência ou minha dicção. É que eu tenho a ousadia de não ser igual a todo mundo. Eu assumo o risco de desagradar, faz parte. Você não pode impressionar as pessoas se tem medo de ser quem é. Não é a situação que te torna impotente. É o medo de que seus vizinhos de porta não te vejam como uma pessoa famosa. Você pode invocar sua origem e falar da profissão dos seus pais para se fazer de vítima e justificar sua fraqueza. Mas nós dois sabemos que isso não passa de uma desculpa. As crianças ricas são iguaizinhas a você. Todo mundo quer fazer propaganda hoje em dia. Isto é, produzir mensagens esteticamente coerentes e dirigidas ao cliente que as encomenda. Que não estão nem aí para a verdade. Que só pensam em seduzir, sem nunca incomodar ninguém. Querem que as artes de vocês sejam levadas a sério, mas não querem desagradar, nem correr risco. Não é que vocês não se inquietem, é que vocês querem usar a coroa de espinhos de Cristo, mas sem arranhar a testa nem carregar a cruz. Ninguém mais é a favor da provocação. Hoje, todos querem ser bem vistos. Todos querem ser bons alunos. O famoso imbecil do fundão, sentado ao lado do aquecedor, que só fala babaquice pelo prazer de pôr lenha na fogueira, não é mais uma figura popular. O mau aluno de Prévert* pode ir trocar de roupa — vocês só reconhecem a linguagem empresarial. Séria, responsável, a favor da dignidade e do bom faturamento. A única provocação que podem suportar é a que vem do poder. Mas não tem a menor graça quando ela vem do alto escalão. Causar confusão é divertido quando você não passa de um ratinho nojento.

Eu venho dos anos 80 — nós sempre nos formamos na década dos nossos vinte anos — e posso te dizer que aquela época era pura descontração. Bastava que você criasse uma teoria qualquer, subisse em uma cadeira para declamá-la em voz alta, e sempre havia alguém no público para achar graça. Era a lógica inversa à das redes sociais: quanto mais minoria você era, mais importante parecia. Ninguém estava à caça de *likes*. Mui-

---

* Alusão ao poema "Le Cancre", de Jacques Prévert, traduzido no Brasil por Silviano Santiago como "Juquinha" em *Poemas* (Rio de Janeiro: Nova Fronteira, 1985).

to pelo contrário: queríamos ser odiados pelos imbecis. Isso também tinha seu charme. Aproveite o que está acontecendo com você. É mais interessante do que receber o prêmio do supermercado do bairro.

OSCAR

Você já era bruta naquela época. Me dava uns socos nas costas se eu viesse te incomodar. E isso era horrível, porque eu te adorava. Nossa infância foi diferente da de hoje. Achávamos normal nos decepcionarmos. Nossos pais quase nunca estavam por perto. Eles nos tiveram quando eram jovens e precisavam continuar a vida. Minha irmã devia tomar conta de mim, mas, desde a época do ensino fundamental, quando ela estava no handebol — não sei se você lembra, ela era excelente nesse esporte —, eu ficava sozinho em casa e isso parecia normal pra todo mundo.

Eu tenho uma filha de doze anos. Se eu a deixar em casa por uma tarde na quarta-feira,* minha mulher vai chamar a polícia e pedir uma ordem de restrição por negligência evidente. Minha filha pega um ônibus que a deixa na porta de casa; quando ela conta isso para as amigas, soa como se estivesse transportando droga escondida para o Afeganistão. Na idade dela eu pedalava oito quilômetros para ir brincar com meus amigos em Tomblaine e não tinha celular para tranquilizar meus pais, que, por sua vez, nem sequer se preocupavam. E não tem a ver com ser menino — quando tinha a idade da minha filha, minha irmã era flagrada pulando o muro de casa. Ela ia para uma estação abandonada onde os moleques ficavam cheirando cola em saco

---

* Na França, as crianças do ensino fundamental não têm aula às quartas-feiras.

plástico. Meus pais não sabiam da cola. Mas eles não foram atrás de um psiquiatra porque a menina fugia de casa.

Eu tenho sete anos de diferença em relação à Corinne, então fabulo um pouco quando falo do que acontecia com ela aos doze, o que conto acaba sendo uma lenda a seu respeito. Ela me precedeu em tudo, então eu sempre ouvi falar do que ela tinha feito, antes de mim. Ela saiu de casa quando eu tinha onze anos. Toda vez que nos revíamos, ela me falava que tinha receio de que eu fosse um pouco atrasado. Ela queria saber se eu apanhava na escola, me perguntava isso com um tom que dizia: "é óbvio, você é meio bobão". Quando eu era pequeno, ela me fez assistir a *O exorcista* e *Scarface* e não sei se isso me fez mal. A verdade é que eu morria de medo. Depois, ela se escondia debaixo da minha cama e puxava o meu pé quando eu ia dormir e eu gritava, mas não tinha ninguém em casa e ela morria de rir. Não tenho boas lembranças de quando estávamos juntos. Eu ainda não contei pra ela que tenho notícias suas.

Mas daí eu olho para minha filha e suas amigas — não sei se elas têm uma infância mais feliz do que a nossa. Pelo menos naquela época os adultos sabiam o que nos dizer. Como não estavam atrás da gente vinte e quatro horas por dia, eles eram cheios de certezas — por exemplo, é só estudar bastante que você terá um bom emprego. Eles não titubeavam e acreditávamos neles. O que você tem a dizer a uma criança de doze anos hoje? O que posso dizer à minha filha? Tome cuidado com as suas selfies, você vai ter seguidores... Não responda os seus e-mails depois das dez da noite... Aprenda a fazer direito a mala, você nunca sabe que tempo vai fazer quando precisar evacuar a cidade e deixar sua casa para sempre. O que eu sei sobre a vida que ela vai ter? Quanto maior o perigo real ao qual os expomos, mais meticulosa é a proteção que exercemos sobre eles, é paradoxal. Essa discrepância é uma coisa grotesca.

Eu não sei o que dizer à minha filha sobre o mundo em que ela vive. Vemos refugiados debaixo das pontes e digo que eles tinham uma vida no país de onde vieram e provavelmente um pouco de dinheiro, senão não teriam conseguido vir pra cá. Digo que talvez um dia nós também vamos ter de partir dessa forma para um país desconhecido. Não sei o que ela pode fazer com esse tipo de informação. Não estou tão preparado para o acompanhamento escolar. Tenho que ajudá-la a fazer a lição de casa. Isso também é uma novidade. Ela não abre o caderno sem a supervisão de um adulto. Eu perco rápido a paciência. Não sei explicar e ela não é muito dotada no quesito escolar. Eu não queria ser assim. Mas a raiva é mais rápida que eu. Eu grito, ela chora, tenho a impressão de ver a cena de fora e é muito patético.

Desde que ela nasceu eu parei de beber. Estou pensando nisso agora. Estava apaixonado pela mãe dela, que bebia muito naquela época. Como ela precisou parar com tudo quando anunciou a gravidez, eu declarei, todo orgulhoso: vou te acompanhar. Segurei a onda por dez meses. Tempo suficiente para entender que a sobriedade não era bem o que eu imaginava. Era como fazer dieta, ou praticar um esporte, ou parar de fumar. Uma decisão virtuosa, exigente. Mas que não tinha repercussão na minha identidade geral. Uma espécie de hábito a ser adotado. Rapidamente, percebi que você perde tudo quando para de beber. Fica de luto por sua melhor versão. Eu não era um bêbado triste, nem briguento. Era relaxado, piadista, achava graça das minhas besteiras e das dos outros. Várias vezes já tinha ficado sem beber dois dias seguidos quando eu estava em casa. Por outro lado, nunca tinha tentado ir jantar na casa de amigos sem tocar em um copo. Eu não sabia o quão pessimista, angustiado e suscetível eu era. Sinistro, para falar a verdade. Sou um cara sinistro. Quando você para, você perde a pessoa que era e que tanto gostava de ser, e também perde as pessoas com quem bebia, os lugares onde isso acontecia, a noite e essa sensação única de que tudo pode acontecer. Sóbrio, às oito da noite você sabe o que vai acontecer: três horas mais tarde você vai estar na cama, são poucas as chances de que algo diferente aconteça.

Eu me sentia uma criança sozinha num barco precário, à deriva no escuro em águas geladas, quando avistava, ao longe, no rio, as pessoas fazendo uma festa, juntas umas das outras, rindo, se revendo, felizes por estarem vivas. Quando Clémentine nasceu, eu estava à beira de uma depressão nervosa. Ainda segurei a barra por um bom mês porque seu nascimento foi um terremoto — uma sucessão de madrugadas insones, correria, mamadeira, foi como uma longa noite desde o início. Ninguém fala a verdade sobre os filhos. Ninguém fala a verdade sobre o que isso significa. Mais tarde, fui perceber que é porque você se esquece.

No dia em que saí para encher a cara, eu achava que seria uma noite fantástica e me decepcionei. O álcool me cansou e a cocaína me fez ranger os dentes, a euforia que ela me proporcionou era vazia de sentido, e mesmo chapado eu continuava chateado. Mas não desisti. Era uma questão de honra sair sempre que tinha oportunidade e, aos poucos, o prazer do gozo voltou. Enfim, retomei o hábito.

E agora, doze anos depois, estou sóbrio de novo. A diferença é que nesse meio-tempo minha história de amor com as drogas perdeu a graça. Ouvi dizer que "a fonte da bebida secou". Foi isso que aconteceu comigo. Uso as coisas e elas me dão barato, mas na sequência me deixam triste e no dia seguinte me cospem num estado deplorável. A festa acabou para mim. Ao menos esse tipo de festa.

REBECCA

Lendo a história da sua irmã que pulava o muro senti o cheiro de solvente. Lembro dos sacos plásticos que usávamos para cheirar cola. Vendia no supermercado, a gente ia comprar de bicicleta. No meio de dois loteamentos de conjuntos habitacionais, havia vários terrenos baldios. Ficávamos andando pelos trens abandonados, pelos descampados. Bebíamos na beira do rio Meurthe. Ninguém nos vigiava. Sanguessugas nos devoravam. Fazíamos barulho para andar, com medo das cobras. Alternávamos entre o concreto e o mato.

É curioso, desde que começamos a nos escrever, me dou conta de que não tenho apenas más lembranças de lá. Não tive tempo para dedicar ao passado. Eu tinha muito o que fazer na vida. Pra começar, as filmagens são muito exigentes. A cada vez, são vários meses da vida completamente monopolizados. Tem gente que se desgasta com isso e acaba cansando de deixar sua casa e sua vida cotidiana de lado para se submeter à lei de um filme. Eu sempre gostei disso. De certo modo, não estou nem aí se um filme vai dar certo ou não. Quando se é atriz, é a viagem que conta. Cada filmagem é um mundo à parte.

Mas não era só o cinema que tomava todo o meu tempo. Eu estava sempre apaixonada. É impressionante, hoje, ficar tanto tempo sem me apaixonar. O mais difícil não é ser menos sedutora. É desejar menos, se empolgar menos.

Alguns amores parecem droga pesada. Você não abandona, mesmo quando passa a ser destrutivo. Você tem certeza de que, sendo leal, corajosa e obstinada, as coisas voltarão a ser como no início. Quando eram extraordinárias. Seu lado racional sabe que tudo acabou, mas suas entranhas é que comandam, elas dizem que você deve persistir nesse amor. No meu caso, eram sempre caras como eu. Que queriam preencher um vazio, um abismo, que acreditavam naquilo de corpo e alma.

Se um cara, depois de três semanas, me fala "desculpa, mas não posso te encontrar, estou com muito trabalho" — não existe nenhuma chance de que um dia nossa relação seja tóxica. Só é tóxica quando duas pessoas desnorteadas se encontram. Estou falando porque sei muito bem como é. Tem tantos jeitos de ficar com um cara que acaba com você, histórias não faltam. No meu caso, o problema é o desejo de intensidade. Os caras que melhor me comem são sempre os que mais me machucam. Sou atraída pelo perigo. Se eu não me sinto de alguma forma ameaçada, logo me entedio e começo a sair com outro. Dentro dessa dinâmica, tem uma hora que a máquina de lapidar diamantes se quebra com a brutalidade. Tudo o que sobra é feio. E você se sente incapaz de ir embora pois não quer admitir que se enganou. Mais uma vez. Se você sair dessa história, vai reconhecer as coisas como elas são. Uma sucessão de cenas patéticas com um babaca que ameaça te jogar pela janela cada vez que você fala com outra pessoa.

É uma questão de educação. Quando eu era pequena, ouvi tantas vezes que morrer por amor era a coisa mais bonita do mundo! Não havia destino mais trágico para uma mulher. Exceto ser uma mãe muito sofredora. Na maternidade, a única coisa reverenciada é a infelicidade. Nunca o florescimento. E, no amor, a morte trágica. Se você gosta de sexo com homem, precisa estar pronta para morrer.

Suportamos bem a ideia de que as mulheres sejam mortas pelos homens, simplesmente por serem mulheres. A menos que elas sejam garotinhas ou senhoras idosas. Ou seja, suportamos bem a ideia de que uma mulher seja vítima de um homem desde que esteja na idade de ter uma sexualidade ativa. Mesmo se ela for casada, mesmo se ela for mãe, mesmo se ela for freira — desde a puberdade até os setenta e cinco anos —, ela é uma vítima aceitável. E acho que isso se deve ao fato de ela ter potencial sexual. A sociedade consegue compreender o assassino. É claro, ela também o condena. Mas, antes de tudo, ela o compreende. É algo mais forte do que ele. Não importa que seja sua esposa ou uma desconhecida. Imagine que em vez de mulheres mortas pelos homens, fossem empregados sendo mortos por seus patrões. A opinião pública seria mais rígida. A cada dois dias, a notícia de um patrão que matou seu funcionário. Diríamos que isso é inaceitável. Que deveríamos poder ir trabalhar sem o risco de sermos estrangulados, espancados ou baleados. Se a cada dois dias um funcionário matasse um patrão, seria um escândalo nacional. Imagine as manchetes: o patrão havia registrado três queixas e conseguido uma ordem de restrição, mas o empregado o esperou na frente de casa e o matou à queima-roupa. É só fazendo essa transposição que você entende a que ponto o feminicídio é bem tolerado. Os homens podem te matar. Isso faz parte do nosso imaginário. Todo mundo sabe disso. É como se te pedissem para brincar de roleta russa. Minha intenção nunca foi morrer, mas eu gostava de drogas pesadas, de homens violentos e de intensidade. Me repreenderam muito mais pelas drogas pesadas do que pelos homens.

Me alertaram muito sobre mim mesma. Sou feliz por ter feito tudo que me passava pela cabeça. Sentia atração por homens violentos, por caras perigosos. Essa idade passa tão rápido. Quando vejo as meninas de vinte anos, tenho vontade de dizer para elas: "aproveitem bastante". Daqui a vinte anos, nada mais terá esse sabor de absoluto. Eu era bonita antes de isso se tornar um esporte olímpico. Não se faziam tantas perguntas — éramos muito atraentes, deixávamos os homens loucos, e as mulheres também, gostávamos daquilo. Vejo as meninas de hoje e elas têm um roteiro que beira a insanidade — pensam que são peças separadas, como se fossem bonequinhas de Lego — bunda, nariz, pés, quadril, parte interior da coxa, qualidade do cabelo, qualidade dos dentes, grandes lábios, seios, clavículas, sobrancelhas. Gostaria de tranquilizá-las — você não é um desenho animado, sua sedução não é uma conta de matemática, desencana e deixa de perder tempo: aproveite. Colecione lembranças sublimes. E dinheiro também. Nunca me importei muito com o dinheiro. É meu único arrependimento. De resto, me pus em perigo, fui destruída. Essa é a minha história. Eu nunca soube amar sem correr risco.

E agora me apareceu esse problema pela primeira vez — a paixão não é mais uma prateleira da qual me sirvo como bem entendo. Nada me atrai, nada brilha aos meus olhos, nada mais me desconcerta. Eu preferiria sofrer e morrer por um amor não correspondido, preferiria ser rejeitada, traída, humilhada, maltratada, preferiria qualquer outra mágoa de amor-próprio a esse tédio.

OSCAR

Há alguns anos, me apaixonei loucamente por uma cantora espanhola depois que a vi no palco. Nunca teria ousado abordá-la se ela não tivesse dez anos a mais do que eu. Ela me mandou pastar. Não estava tão carente a ponto de me achar interessante.

Estou falando dela porque lembrei daquilo que você me escreveu há um tempo sobre as atrizes que não estão nos filmes. Nunca tinha pensado nisso. Não espero grande coisa do cinema. Gosto de mulheres com mais de quarenta anos. Acho que elas me atraem porque não me lembram ninguém. Minha mãe nunca me idolatrou. Nem quando eu era pequeno, nem adolescente, nem jovem. Muitas vezes comparei minha situação à dos meus amigos e notei que algumas mães são apaixonadas pelos filhos. É como se a objetivação do adolescente e do jovem tivesse algum charme. Chegam até a dizer que é o menino que quer dormir com a mãe. Acho que são sempre os adultos que desejam as crianças. Mas não deixam espaço para os filhos se queixarem. E acredito que, aos quinze anos, quando você se dá conta de que sua mãe só tem você e que todos os outros homens a maltrataram, você começa a surtar. Mas não pode reclamar. Você também não vai tirar o único prazer que sua mãe tem. O prazer de te sufocar com um grande amor, que é claramente casto, porque maternal, claramente benevolente, porque maternal. Eles estão trancados em casas onde as mães os desejam. Elas não tiveram aquilo que queriam nem nunca terão. A única coisa proibida é o próprio sexo. Quanto ao resto, nada pode deter seus ardores. E acho que, vinte anos depois, quando eles encontram mulheres com a idade que suas mães tinham quando eles se tornaram homens, os filhinhos ficam aterrorizados. A lembrança daquela mãe da qual não podiam escapar os deixa angustiados. Agora, ninguém deixa os pais delirarem como fazem as mães. Você não sabe quantas vezes ouvi, à mesa, as mães falando tranquilamente sobre o tamanho do pinto dos filhos. Eu tenho uma filha. Troquei fraldas. Seu corpo de bebê era admirável. Mas nunca me passou pela cabeça, durante um jantar na cidade, falar da sua linda bocetinha. Teriam me olhado desconfiados. E até para um cara bronco como eu, que nunca tinha ouvido falar de feminismo antes que passasse a ser assunto obrigatório, eu sempre soube que o corpo da minha filha não me pertencia. Que não tenho o direito de fazer comentário sobre ele em público. Mas não põem nenhum limite à voracidade angustiante disso que chamamos amor materno. E deixamos os garotos se virarem sozinhos com isso, ninguém se prontifica a ajudá-los. Eles são obrigados a dizer que são felizes com a obsessão materna, seria violento demais admitir "sinto nojo daquela pele de velha, o modo como me olha me faz ser infeliz, sua tristeza de mulher perdida me deixa tão comovido que não posso vê-la nem pintada de ouro". Então vão falar isso para outras mulheres quando for chegada a hora.

Minha mãe não tinha muito interesse por mim. As pessoas acham que o amor materno é um dever. Ao me ver nas fotos de criança eu a entendo. Nunca fui muito amável. Quando eu era pequeno, tinha cara de pobre — orelhas de abano, cabelo liso e oleoso, olhinhos de fuinha. Era um menino sem graça. Não falava aquelas palavras infantis que encantam os adultos e passava o tempo todo resmungando. Quando eu era adolescente, minha mãe reclamava que o cheiro do meu quarto se espalhava pela casa inteira e abria as janelas ao voltar do trabalho; já eu não podia falar que ela era uma velha suja, até porque ela tinha razão, eu odiava tomar banho e fedia. Aos quinze anos, eu me masturbava umas quatro ou cinco vezes por dia — deixava bolinhas de papel higiênico espalhadas por todo o quarto. Era nojento. Eu sei que deveria reclamar por minha mãe não ter dado a mínima pra mim. Era de se esperar que todas as mães carregassem isso no sangue, independente da aparência dos filhos. Mesmo quando ela estava comigo, sua cabeça estava em outro lugar. Eu a entediava — não se tratava de hostilidade. Se eu tivesse saído pelas ruas gritando que aquilo era um insulto aos meus direitos fundamentais, teriam me ouvido. As mães devem amar os filhos — não sei quem inventou isso. Já é chato o bastante cuidar deles corretamente, não entendo por que, ainda por cima, é preciso amá-los.

Não havia amor em nossa casa. E não sentíamos falta. Não cheguei a ser maltratado. Nem negligenciado. Assinavam os bilhetes dos professores, eu viajava para a colônia de férias, chamavam o médico caso eu estivesse com febre, me preparavam canelone de aniversário, pois era meu prato favorito. E era a mesma coisa com a minha irmã. Ninguém se sentia injustiçado. Nossa única vontade era sair de casa quando chegássemos à maioridade, sabíamos que nossa verdadeira vida só começaria longe de casa. Debaixo do teto familiar, tínhamos uma série de restrições. Como o trabalho, por assim dizer. Uma sequência de obrigações. E acho isso menos absurdo do que o circo que a família se tornou — pelo menos meus pais não dependiam da gente para se sentirem bem, nem para preencher sei lá qual vazio identitário. Hoje, as crianças foram transformadas em acessórios fundamentais para a boa imagem dos genitores.

REBECCA

Estou aqui pensando. Você é completamente idiota ou tem um lado genial? Muitas vezes, a linha é tênue. Não vou entrar no mérito da sua teoria, porque acho que ela é cheia de falhas, mas gosto que seja provocador. Agora que nos habituamos a escrever cartas quilométricas, posso te falar que achei engraçado que, no meio de uma imensa crise do #MeToo, você não tenha encontrado nada melhor pra fazer do que me ofender falando da minha aparência. Para um cara tão suscetível, você tem um lado atrevido que é até charmoso.

Quanto às mães, percebo que as pessoas sempre têm algo a dizer sobre o modo como cuidam dos filhos. Ou elas são presentes demais, ou não o são o suficiente; ou se preocupam demais, ou só pensam nelas mesmas; ou os superprotegem, ou os abandonam. É uma hipocrisia. Elas fazem o que podem. Assim como os pais, aliás.

Lá em casa, minha mãe adorava meus dois irmãos. Para ela, eram mais importantes que eu. Ela nunca fingiu o contrário. Isso lhe parecia normal. Mas posso ser categórica: não havia nada de amoroso, nem de libidinoso nessa relação, e eu nunca a ouvi falar do pinto dos meus irmãos. Ela só dava mais valor aos filhos homens. E não havia motivo para ela mudar ou contestar esse fato. Minha mãe nunca se preocupou com as questões feministas, pra dizer o mínimo. Era uma pinup de primeira categoria. E vivia cercada de caras que lhe enchiam o saco. Quando trabalhavam, quando eram presos, quando estavam desempregados — qualquer que fosse a lógica que adotassem, eles estavam cagando e ela sabia disso. Achava que era seu dever aliviar o sofrimento deles. Era normal me ensinar a seguir seu exemplo, nem que fosse à base de tapas. Ela queria me acostumar à ideia de que eu estava ali para cuidar dos homens, um tipo de recepcionista para a vida toda. E meus irmãos davam isso de barato. Eles queriam imitar os durões do bairro que vigiavam as próprias irmãs e tocavam o terror. Quanto a mim, só tinha uma única ideia em mente: ter casos com os homens. Logo entendi que o melhor modo de meus irmãos me deixarem em paz era saindo com caras que eles temiam. Fossem eles Hells Angels, mercenários ou boxeadores, com quinze anos eu sabia que um bom homem é aquele que meus irmãos não ousariam importunar.

Você me encheu com a sua história sobre a cantora. Sem querer ser ofensiva — mas você tem idade suficiente para entender que não tem um físico tão interessante —, é horrível quando você percebe que uns caras nada atraentes começam a achar que têm o direito de tentar a sorte. É um dos aspectos mais humilhantes da velhice. Um gato que não entra na sua quando você deixa claro que está a fim é uma surpresa, uma mágoa, mas ainda assim é digno. É mais ou menos como se você pudesse tirar partido da dignidade ferida — e você ainda pode sair numa boa. Esse momento é terrível, e acho que é sempre uma surpresa para uma mulher que um dia foi bonita. Mas, estranhamente, você sabe que isso faz parte do jogo. Ao passo que com o cara comum, meio babão e desajeitado que cola em você tentando a sorte, você descobre, aterrorizada, que não é ele que está avaliando mal a situação, é você que ainda não se deu conta do tamanho da sua derrota. Isso é tremendo. Não estou dizendo que você é babão — não quero ser agressiva. Eu só me compadeço com a mulher de que você deu em cima. Quem quer que seja, mesmo que fosse uma completa idiota — eu me compadeço. Quando você é jovem, e os caras vêm dar em cima de você, sendo que eles nem têm chance alguma, é só observar o entorno para ver o olhar divertido dos convidados: "quem ele pensa que é?". Esse é um motivo para uma boa risada, que até merece admiração, porque alguns desses caras não se enxergam. Mas aí, certo dia, um goiaba gruda em você e, quando você olha à sua volta, tudo o que lê nos olhares dos convidados é "eles formariam um belo casal" e você cerra os punhos debaixo da mesa e força um sorriso agradável para esconder aquilo que de fato está sentindo. Uma angústia paralisante.

ZOÉ KATANA

O anjo da vingança

Não são só insultos e ameaças que recebo em mensagens privadas. Falo isso porque percebi que estou começando a preocupar vocês. Suas mensagens de apoio são preciosas. Algumas mulheres me contam que passaram a ser feministas porque leram os meus posts, e isso me parece surreal, caramba. Mas me dá prazer. Significa que vale a pena. Algumas mulheres vêm me pedir conselho. Como se eu tivesse acesso ao topo da montanha do feminismo, onde receberia os oráculos das mães fundadoras. Vejo que uma delas está profundamente angustiada, ela me pergunta como conciliar seu gosto pelo rap francês com o seu feminismo.

E eu lá vou saber? A pergunta não é trivial. E a reposta não pode ser simples. Mas posso dizer — vamos ouvir Lydia Lunch, essa deusa. Ela diz que "falar de 'feminismo' é o mesmo que dizer: 'batata'. De que tipo de batata você está falando, e para fazer o quê? É necessário deixar claro: você é feminista, mas de acordo com quem?".

Ser feminista com Audre Lorde não é o mesmo que ser feminista com MacKinnon. É necessário deixar claro "com quem". Eu sou feminista com Valerie Solanas. Seu *SCUM Manifesto** mexeu comigo. Eu abandonei a vergonha como se fosse um casaco que não me servia mais. Aquela feminilidade — dócil, acomodada, negociante, sempre culpada — milagrosamente desapareceu de mim. Muito obrigada, Valerie. Eu recomendo a Solanas. Com ela você pode ouvir o Orelsan ou o La Fouine, você estará sempre à vontade com o seu feminismo. Ela é tão problemática que você não corre o risco de terminar como um mórmon. A Solanas é exigente, mas não opressiva. Você se sente confortável com ela, é como um tênis de corrida do feminismo. Você é versátil, ninguém vai te encher o saco.

Também recebo mensagens de uma lésbica radical. Ela tem vinte anos a mais do que eu. Fica tentando me domar. No fim a gente acaba se entendendo. Ela me diz para sair das redes sociais. Proteja-se. Vá publicar seus livros, no fim a gente se sente menos angustiada na livraria do que na internet. Ela me disse: abri uma conta no Twitter para ver o que você postava e fechei uma hora depois, pois tive vontade de matar umas pessoas. Ela me diz para eu me proteger, para sair da internet.

Mas eu sou ativista na web. É perigoso. Mas não estou nem aí. É aqui que eu viralizo, respondo, represento, encontro. Tenho zero vontade de virar uma autora como esse babaca do Oscar Jayack, que não duvida da importância do que escreve, só porque circula no mercado mainstream. A única coisa que ele defende é a presença do seu nome nas estantes.

Minha amiga lésbica radical me diz que é feminista com Monique Wittig. Ela diz: que pena que você é heterossexual. O pau

---

* scum é o acrônimo para "Society for Cutting Up Men", ou "Sociedade para destruir os homens", em tradução livre. Publicado pela ak Press em 1967, nos eua.

não é feito para ser chupado, mas para ser cortado em pedacinhos. Eu respondo me desculpe, mas os homens só são úteis pra fazer sexo. Em casa, no trabalho, na rua, além de encherem o saco, nunca sabemos exatamente o que eles estão fazendo. Mas, na cama, não há como negar, tem homem que se esforça o máximo que pode. Conheço alguns que têm até o dom.

Ela me diz que falo isso porque não sei como é o sexo com mulheres. Me fala de William Burroughs. Que ele matou a mulher com um tiro na cabeça quando ela tinha vinte e oito anos. Ele diz que estava bêbado, que foi um acidente. Ela me conta que ele odiava as mulheres, assim como a Solanas odeia os homens, só que no caso dele não tem graça, porque ele está do lado de assassinos de carne e osso e que são acobertados. Ele não citava a Solanas porque sabia que os caras apagam o nome das mulheres quando escrevem a história, mas ele adotou a ideia dela, ao contrário — ele sonhava com uma sociedade em que as mulheres não fossem mais necessárias para a reprodução. Ela ri e acrescenta: mas isso não passa de ficção científica, porque é impossível prescindir do corpo das mulheres para reproduzir a espécie.

Ela me envia uma citação de Burroughs, um trecho de uma entrevista em que ele declara: "acho que aquilo que chamamos de amor é uma farsa difundida pelo sexo feminino e que a finalidade das relações sexuais entre homens não tem nada a ver com amor, mas sobretudo com *reconhecimento*". Ela me diz: "não preciso falar mais nada". A ideia de um complô feminino. Os subalternos sempre conspiram pelas costas dos patrões. A ideia de que somos responsáveis por aquilo que sofremos. O culpado é sempre a vítima. E a ideia de que não existe solidariedade possível, nenhum "reconhecimento". Para eles, somos apenas o sexo estranho, o sexo inimigo. O inverso não é recíproco. Mas este é o problema: como viver de forma saudável com alguém que se recusa a te "reconhecer"?

OSCAR

Quero que ela pare de falar de mim. Cada vez que Zoé Katana cita meu nome, surge um babaca para buzinar nos meus ouvidos. É como se fosse uma coisa repugnante que fica grudada na minha nuca. Tipo o monstro de *Alien*. Uma criatura viscosa, organicamente ligada a mim e que suga a minha medula. Tudo o que eu mais quero é que ela me esqueça. E não entendo por que ela grudou em mim desse jeito. Não entendo como eu pude ser o cara mais nojento de todos os que ela encontrou na vida. Isso é transferência. Algum imbecil acabou com a vida dela e ela vem descontar em mim.

E o pior de tudo, para ser sincero — e não sei por quê, mas tenho vontade de ser sincero com você —, é que eu queria que ela gostasse de mim. É horrível. Fico imaginando uma criança no pátio na hora do recreio que é importunada pela fodona da escola, mas que no fundo daria tudo para virar amiga dela.

Quando me apaixonei por ela, não era tipo um autor famoso que deixa o pau passear por aí, se surpreendendo que as mulheres não se matem para sentar nele. Eu não tinha um olhar lascivo para todas as mulheres que trabalhavam na editora, nem para as jornalistas que eu encontrava, nem para mulher alguma, para falar a verdade. Eu tinha uma namorada, estava tudo certo com ela, não tinha nenhuma dor de cabeça. Não sou nenhum erotomaníaco — sei que não é porque eu estou obcecado por uma mulher que ela vai gostar de mim. É verdade que tenho tendência a sempre ter um amor na cabeça, uma ideia fixa, como se tivesse necessidade da companhia de um possível romance. No geral guardo minhas fantasias para mim. Mas tive a impressão de que éramos feitos um para o outro e de que ela também sabia disso. Isso está relacionado com a embriaguez do primeiro livro, quando ele vende bem. Não é por acaso que eu me apaixonei pela garota que fazia o papel de intermediária entre o meu livro e o mundo. Zoé me trazia todas as boas notícias. Ela sempre me telefonava para saber se eu estava disponível. Me esperava no táxi na porta de casa e falava de mim pra mim por horas pois esse era o seu trabalho, e isso me fez confundir as coisas. Acabei me apaixonando e não entendi que o seu cuidado e aquela impressão de que ela gostava de tudo o que acontecia comigo faziam parte do seu trabalho. Aquilo me subiu à cabeça. E não é que eu a achasse bonita ou atraente: ela era a mulher da minha vida. Eu confiava completamente nela. Nunca me ocorreu que cairia em desgraça por sua culpa.

Eu tomava cuidado. Com tudo. Tenho consciência do privilégio que é estar no meu lugar e fazer o que faço. Não me curvar ao mercado de trabalho. É a primeira coisa que penso quando acordo. Digo a mim mesmo que vou passar o dia sem topar com uma pessoa sequer de que não gosto. É um luxo. Ninguém pode me demitir. Mesmo quando tudo for por água abaixo — ninguém pode tirar meu nome dos livros e substituí-lo por um cara que não tenha um #MeToo nas costas. E ganho a vida fazendo algo que tem sentido para mim. Somos tão poucos nessa situação.

Eu sabia que era uma condição frágil. Nós, que não nascemos privilegiados, sabemos que é uma gentileza do destino. E que pode acabar. Isso vem acompanhado de algumas responsabilidades específicas. Nada é garantido. Presenciei oficiais de justiça na minha casa quando eu tinha quinze anos, porque meu pai tinha dívidas. E aí de novo — nem o glamour do bandido, nem o páthos do sociopata, apenas a mediocridade da classe média incompetente com a própria contabilidade. Salários um pouco apertados e muitos meses de desemprego. Em nossa casa, bastava o menor deslize para termos que recomeçar tudo do zero. E quanto mais a idade avançava, mais era difícil se recuperar. Não existe rede social para os assalariados. Você é rebaixado socialmente e ponto-final. E o salário da minha mãe não era suficiente. Eu vi o mundo dos meus pais desmoronar. Aos poucos. Eu sei que o meu status é precário e que tudo pode acabar. Não tenho o direito de errar.

Então eu tomava cuidado com tudo. Como um bom proletário deslumbrado com sua sorte grande. Desde o primeiro cheque mais gordo, que correspondia exatamente a quatro salários-mínimos — pois eu calculava em salários-mínimos quando comecei. Escrevia romances policiais. Naquela época, escrevia-os em dois meses. Então aquilo significava uma fortuna. E assim que juntei um pouco de dinheiro — passei a tomar cuidado. Com os impostos. Não deixar de pagar nada, não me enganar. Nunca aceitar nenhum acordo. Ter comprovante de residência. Pagar os aluguéis em dia. Recusar jantar com políticos. Recusar as condecorações caso me fossem oferecidas. Sempre manter distância dos mafiosos de colarinho branco, os piores em termos de respeitabilidade. Manter distância também de amizades com dealers, grandes bandidos, cafetões. Nunca esculachar ninguém na internet — mesmo que no começo, pra ser franco, tenha sido tentador abrir contas falsas para desabafar. No máximo enviei uns e-mails inconvenientes e um pouco ofensivos nos primeiros anos de trabalho — antes de ter consciência de que tudo que saía da minha caixa de e-mails tinha potencial para virar prova no tribunal, e piadas inocentes poderiam se transformar em bombas-relógio caso fossem tiradas do contexto.

Prestei atenção no que eu falava nos cafés e depois que fechavam os restaurantes — assim que os primeiros vídeos de celular apareceram, entendi que só dentro de casa, entre quatro paredes, eu poderia me permitir falar o que achava engraçado.

Passei a vigiar minhas companhias: me distanciei de antissemitas, homofóbicos, estupradores, racistas que não tinham um léxico burguês para se expressarem decentemente, mesmo quando eram amigos próximos.

Minha consciência de classe média me dizia: "você paga todas as suas contas com romances e artigos, você viaja o mundo inteiro porque traduzem seus livros, e é o contribuinte quem paga suas viagens, então é bom que se comporte no avião". Era necessário mostrar as credenciais. E eu o fiz. Chegava a ficar paranoico. Fumava quilos de erva. O que acaba estimulando pensamentos desconfiados.

Eu não tinha pensado nas meninas. Não tinha pensado em policiar minha vida amorosa. Não tinha passado pela minha cabeça que eu devia tomar cuidado com esse aspecto. Não via maldade. Tinha pensado em tudo — menos nas meninas. Ninguém pensava nelas. Eu vivia com o cu na mão pelas regulamentações fiscais, a extrema direita, os negros, os judeus, o Twitter. Mas as meninas! Não entendia onde poderia haver perigo.

A gente pensava que elas estavam satisfeitas. Cresci num mundo em que se tinha a impressão de que o máximo que as mulheres podiam desejar era interessar aos homens. E, francamente, elas pareciam estar à vontade. Quando apareciam na televisão, elas se arrumavam para ficar bonitas, riam de todas as piadas dos homens, nos elogiavam o tempo todo por sermos tão elegantes, elas adoravam os machões. Ficavam rodeando os mais poderosos, eram carinhosas com os mais fracos, nunca pronunciavam uma opinião desagradável. As moças eram o lado bom da vida. Vamos falar a verdade, ninguém poderia imaginar que elas estivessem putas da vida.

Como eu ia imaginar que me apaixonar poderia sair tão caro? Quando o #MeToo começou, observei de longe. Não passava pela minha cabeça que ele poderia esbarrar em mim. Não que eu seja melhor do que ninguém — mas tenho consciência de que as meninas não gostam de mim e estou acostumado. Eu só levo fora — nunca pensei que forçar alguém a transar comigo fosse algo divertido. Não tenho essa fantasia, não tenho nenhum mérito por isso. Eu gosto da ideia de que uma mulher está a fim de mim e eu dela, e eu transo com ela como se fosse um deus, e, tipo, meio que sou sua droga. É essa a minha fantasia. Uma fantasia que não tem mais virtude do que nenhuma outra, mas está dentro da lei. Fora do meu alcance — nunca tive as meninas que desejei, nem obtive aquilo que eu queria com as que me desejaram.

Não a estuprei, não levantei a mão pra ela, não tentei chantageá-la. Não pedi para que a demitissem. Agora ela sai falando por aí que o editor teve que tomar essa decisão porque eu estava ameaçando me suicidar se ela não cedesse e que as coisas saíram do controle. Mas isso não é verdade. E todos esses xingamentos on-line me chamando de estuprador, de gordo nojento, de porco libidinoso, isso vai ficar circulando para sempre na web. Pago as minhas contas com a venda dos livros, mas não tenho dinheiro suficiente para contratar um advogado que limpe meu histórico. Meu nome vai ficar para sempre associado a essa história.

Os outros caras sabem, eles sabem que eu não fiz nada e que sou vítima de uma armadilha. Torcem para que isso não aconteça com eles, mas sabem que pode rolar com qualquer um. E sabem também o que isso diz de mim. Eu sou um coitado, bem-sucedido profissionalmente, mas com quem as mulheres não querem transar. Mas não fui atrás de uma jovem atriz no tapete vermelho. Sempre procurei alguém à minha altura. Uma assessora de imprensa que estava começando. Nunca lhe escrevi desde que ela saiu da empresa porque me disseram para não fazer isso. E como entendi que não tinha nenhuma chance, que ela preferia mudar de empresa a cruzar comigo no corredor... não insisti.

Por causa dessa história, acabei perdendo a namorada. Já não estava fácil entre nós antes do escândalo vir à tona, mas ela não quis passar por isso do meu lado. Tenho minhas suspeitas de que ela sabia a senha do meu computador e lia as minhas conversas no WhatsApp em tempo real. Demorei para perceber isso. Eu apagava meticulosamente as mensagens comprometedoras antes de voltar para casa. Mas ela podia ler no meu notebook o que eu enviava para outras pessoas. Ela era bem ciumenta e desconfiada. Tinha sido traída por um cara quando era jovem, e vivia suspeitando de mim. Da minha versão dos fatos. Eu não mentia muito para ela pois raramente tive oportunidade de traí-la. Isso não tem nada a ver com uma escolha. Existem meninas que se empolgam com a mídia, existem leitoras descontroladas, mulheres interesseiras que acham que isso as ajudará a serem publicadas, outras que têm certeza absoluta de que serão as heroínas do próximo livro, essas são as mulheres que minha posição atrai. Mas quase nunca é recíproco. *Been there, done that.* Eu traí a mãe da minha filha quando as coisas começaram a rolar pra mim, mas logo me cansei. As garotas não se dão conta disso, de como podem ser insistentes. De como partem do princípio de que, se elas estão a fim, então você tem que dizer sim. Eu vi mulheres grudarem em mim e tirarem a roupa assim que fechávamos a porta. Mulheres a quem, objetivamente falando, eu não tinha pedido nada. Também tive que aprender que você não convida para um quarto de hotel uma mulher que você não quer comer, mesmo que ela insista, mesmo que ela se insinue no elevador. Enfim, as mulheres que me atraem são as que não querem sair comigo. Mas a minha noiva deve ter lido as mensagens que eu enviava a torto e a direito durante aquele período infame, e acredito que foi isso que a fez me largar. Foi cruel — mas, bizarramente, aquilo não me derrubou. Eu queria mesmo ficar um tempo sozinho. Agora estou solteiro. Completamente sozinho.

REBECCA

Pare de ficar se fazendo de fraco o tempo inteiro, juro que é muito cansativo, não aguento mais te ver reclamando.

Você deve ter feito mais merda do que está contando. Sua amiga Françoise estava certa, você não engana ninguém se fazendo de inocente. Deve ter acontecido alguma coisa em especial para que essa menina voltasse a essa história dez anos depois. Ela não me parece uma idiota qualquer. Se ela tivesse inventado tudo isso só para te encher o saco, diria que você a estuprou. Que foi horrível, que ela não consegue mais dormir à noite. Pode acreditar, se ela quisesse foder com a sua vida, ela teria feito diferente. Se você tivesse sido acusado de estupro, seria liberado por falta de provas, mas passaria um ano difícil. E a sua reputação seria gravemente manchada.

Não quero sacralizar o discurso da vítima. É claro que as mulheres às vezes podem mentir. Seja porque não têm escrúpulos, seja porque acham legítimo. Mas a porcentagem de mentirosas é ínfima entre as vítimas, enquanto a porcentagem de estupradores na população masculina deveria alertar vocês sobre o declínio das suas sexualidades. E, no entanto, vejo vocês muito mais escandalizados com uma possível acusação infundada do que com a existência de estupradores entre seus amigos. Por isso, como é que eu posso te dizer... Mesmo com uma boa dose de indulgência, é difícil ter pena de vocês.

Todo esse feminismo só foi chegar até mim bem mais tarde. Durante muito tempo, falar de feminismo comigo era meio que discutir capitalismo com Bernard Arnault: eu entendia que queriam criticar a coisa, mas, pessoalmente, só enxergava as virtudes. Quando rolou aquele manifesto sobre a liberdade de importunação que foi assinado por Catherine Deneuve e Brigitte Lahaie, eu falei para as minhas novas amigas feministas: "botem o pé no chão, meninas". É claro que Catherine e Brigitte pensam que tudo está muito organizado e que nada precisa mudar. Você viu o tipo de coisa que diziam nesse tal manifesto? Para mim, a crítica ao patriarcado faz sentido porque sou velha. Vinte anos atrás, você poderia me falar de Monique Wittig e eu teria respondido que seria melhor enviar legionários, para darmos risada.

Mas o festival de filmes de mulheres de Créteil organizou uma retrospectiva da minha carreira e descobri esse público feminino entusiasta, generoso, muito mais instruído sobre a minha trajetória do que a maior parte dos críticos e em condições de desenvolver teorias incríveis e completamente inéditas sobre o meu trabalho. Isso coincidiu com minha primeira decepção enquanto atriz. Sim, eu esperei chegar aos quarenta e cinco anos para desejar um papel e vê-lo ser atribuído a uma fulana qualquer. Não é porque isso aconteceu tarde que doeu menos. Muito pelo contrário.

Olhei para aquelas meninas que me aplaudiram de pé durante dez minutos e percebi que estava presa a padrões típicos de uma mulher da minha idade. Ou seja, se não tem homens, não é sério, não tem dinheiro, não é importante, não se está no auge etc. Mas os tempos mudaram. Foi isso o que entendi à medida que passei a aceitar todos os convites de festivais de mulheres no mundo e no interior do país. As mulheres de menos de trinta anos fazem questão de locais exclusivamente femininos. E a elegância não fica a desejar. Não falta nada. Por isso eu digo que evoluí com o tempo.

Até então, o feminismo nunca tinha parecido uma coisa fundamental. Seja no cinema ou no teatro, não era uma preocupação central. E diria mais, nos anos 80 ou 90, quando as feministas se manifestavam na minha frente, era de um jeito chato. Algumas eram obcecadas pela mulher-objeto, e eu estava sempre seminua nos cartazes dos filmes em que atuava, então, às vezes, durante uma estreia, me deparava com umas cinco delas panfletando contra minha objetificação, ignorando minha existência. Em outras ocasiões, elas escreviam artigos demolidores porque eu tinha gravado uma cena de sexo tórrido e isso podia desagradar, então logo eu recebia um monte de críticas violentas. Mas não posso dizer que elas me atrapalharam muito, já que durante trinta anos nunca ouvimos falar delas na França.

Eu não me preocupava. E quando o #MeToo começou, no meio cinematográfico, minha primeira reação foi dizer em todo lugar aonde ia que "esse sr. Weinstein sempre foi um cavalheiro exemplar comigo". Eu não sou boba, quando me chamaram para falar sobre isso na TF1, recusei. Mas, na vida privada, parei por aí: vi tantas vezes, em Cannes, atrizes se comportando mal quando percebiam quem ele era e decidiam conseguir o número do seu quarto, que não senti uma empatia imediata. Zoé Katana tem razão, o mais surreal são as pessoas à sua volta. Durante décadas, Weinstein era o dono do mundo. Eu não só vi garotas brigando para se aproximarem dele, como também distribuidoras enviarem meninas para a linha de frente. E elas sabiam muito bem o que estavam fazendo. E ninguém abria a boca. Vi pais que não tiveram a carreira que desejavam sacrificarem sua própria filha adolescente como oferenda. E daí, quando o cara cai do trono, você não ouve mais falar dessa gente. Vale para ele como para todos aqueles que tiveram problemas. Ninguém à sua volta pensa em falar "de fato, meu senhor, o que você faz é motivo de cadeia".

Teve aquela primeira colega. Ela me contou sobre o seu Weinstein. Ele também sempre se comportou como um perfeito cavalheiro com ela. Até que, um dia, ele a ergueu com uma única mão, segurando-a pela garganta, e a prendeu contra a parede. Ela foi salva por um diretor de televisão que estava indo usar cocaína no canto onde eles estavam. Ao voltar para a mesa, durante o jantar, ela contou para os caras da empresa o que tinha acabado de acontecer, e eles fizeram piada sobre a roupa que ela estava usando. Ela também riu. Eu disse: "sinto muito", e ela me perguntou se eu já tinha passado por aquele tipo de situação, e eu respondi: "não, tenho trinta anos de profissão e nunca tive problema". Ela comentou: "isso não me surpreende. Você sai com uns caras que realmente metem medo".

Eu não pensava daquele jeito. Pra falar a verdade, eu atribuía o bom comportamento de todo mundo à minha conduta impecável. Mas ela tinha razão. Os caras com quem eu saía eram sempre gangsters e ninguém queria ter os dois joelhos arrebentados. Além disso, meu famoso comportamento impecável não era difícil de manter, já que nasci pronta para o mercado. Não é como se eu me sentisse em posição de inferioridade no escritório de um produtor. Eles é que deveriam se esforçar para me agradar, uma vez que queriam mesmo que eu assinasse o contrato.

Para mim, aquela conversa teve o efeito do fim de um feitiço. Tenho amigas na profissão, e não apenas atrizes, mas maquiadoras ou contrarregras ou coadjuvantes, assistentes de direção, e todas elas têm uma história para contar, histórias de que nunca tínhamos falado antes, mesmo que a gente tenha passado semanas juntas. Então mudei completamente de opinião. Parei de achar que uma boa atitude mudaria o jogo. Imediatamente, entendi que mesmo as piranhas imbecis que vi fazendo coisas que eu julgava desprezíveis tinham o direito de reclamar. E que elas não o faziam. Ninguém tem dó das garotas que dormiram com alguém para arrumar um papel e que ainda assim não o conseguiram. Isso é injusto. As meninas que alcançam o sucesso dormindo com alguém têm qualidades particulares. Deveriam ser admiradas. Eu as julgava mal, ao passo que o que estavam fazendo era só dançar conforme a música, uma música que elas não tinham inventado, e provavelmente teriam preferido que tudo acontecesse como aconteceu comigo. Isto é, com uma estreia logo depois da maioridade e um sucesso internacional. Elas são muito agradáveis, sorridentes, não tinham escolha. Vi diretoras geniais se comportando como garotinhas perante determinados investidores. Elas não são necessariamente idiotas, nem prostitutas. Elas trabalham com cinema e ponto-final.

Como bem disse sua amiga Zoé, nesse movimento tem para todos os gostos: mulheres chatas, babacas, idiotas e geniais. Estou em busca da companhia daquelas que eu compreendo e que querem o meu bem. Assim todo mundo fica feliz. Eu sempre fui a criatura mais individualista que existe, e a mais elitista. Mas percebi que sozinha não consigo fazer nada contra minha idade nessa profissão. Eu não podia obrigar os produtores, os canais de televisão, as distribuidoras, as operadoras de cinema a me dar um trabalho. É humilhante sumir do mapa só porque envelheci. Só que eu não me envergonho, porque isso não é minha culpa.

Zoé Katana fala uma língua que aprendi a ouvir. A língua das meninas raivosas. Cinco anos atrás, eu não teria lido nem dez linhas das declarações dela sem pensar "ela deve ser uma mulher fraca, só as fracas se vitimizam". Mas, hoje, a menopausa me levou para outro lugar, e sei que, quando você está numa situação de merda, que você não é capaz de mudar sozinha, você precisa falar. Para que outros possam responder — "eu também" e "estou te ouvindo".

E isso também vale para você, meu caro, eu estou te ouvindo. Eu gosto de vocês, os rapazes. Alguns de vocês me fizeram feliz. Não guardo rancor. Muitos de vocês continuam se comportando muito bem comigo. E não são necessariamente homens da minha idade. Do mesmo modo como me incomoda não receber mais propostas de trabalho, não ligo de não estar sendo xavecada por homens mais velhos. Não dou a mínima pra eles.

Gosto de homens jovens, os gatos — os caras seguros de si, musculosos, com uma postura mal-encarada, alegria feroz no olhar. As pessoas feias e inteligentes costumam dizer para mulheres como eu, com um tom de pena, "a beleza é efêmera". Como se a inteligência e o talento também não o fossem. Os homens da minha idade não apenas são feios como também são chatos. Mas eu já disse isso antes. Você vai pensar que estou obcecada.

Estou te ouvindo. Eu entendo. Isso apareceu para você como uma surpresa desagradável. Logo você vai se acostumar...

OSCAR

Eu não estou reclamando. Mas a única hora em que esqueço o que está acontecendo é quando vou ao Narcóticos Anônimos. Em geral, preciso me obrigar a ir. Antes de ir, tenho certeza de que dessa vez não vai dar certo, de que não vale a pena. Só que me engano. Os mais antigos me dizem que o ideal é fazer uma reunião por dia nos três primeiros meses. Quando ouvi isso, pensei "jamais, nunquinha". Uma coisa boa dessa associação é que só tem caso difícil. Então é um programa concebido para as pessoas que pensam "jamais, nunquinha" a cada vez que recebem um conselho. Conclusão: faço uma reunião por dia. Relembro um pouco a sensação de estar em um bar de alguma cidadezinha. Ninguém está à minha espera, eu vou se quiser, não dá para saber quem vai estar lá, você reconhece alguns rostos, tem gente chata que fica falando sem parar e pessoas de quem você gosta, e depois isso muda, aqueles de quem você gosta te cansam e os que você achava babacas dizem alguma coisa que te toca e você muda de opinião. Às vezes me interesso por uma moça e fico olhando de soslaio, com muito cuidado para não pesar, porque o que eu menos quero é entrar na lista de predadores sexuais do NA. Está aí uma coisa que eu nunca suportaria. Por isso não tento falar com elas no final da reunião. Mantenho distância dos meus caprichos românticos.

Eu fico tímido quando vou a uma reunião do NA pela primeira vez. Fico tímido como ficava na minha pré-adolescência. Tem algo de frágil e juvenil nesse sentimento que não me é familiar. Eu não conhecia a minha timidez. Desde os quinze anos, a primeira coisa que faço quando me sinto desestabilizado é tomar uísque. Antes mesmo de me sentir desestabilizado, começo a procurar o que vou usar e o que deixaria o meu dia mais interessante. É o meu remédio contra o tédio, contra o incômodo, contra a vergonha, contra a tristeza, é a minha forma de festejar os acontecimentos felizes, de relaxar, de procurar inspiração, de espantar a nostalgia. É o tempero do cotidiano, a coisa que dá sabor ao insosso. Sempre foi minha resposta para tudo. E quando uma droga passa a ser um problema, substituo-a por outra, ou troco as pessoas com quem uso. Nunca me vi como um cara tímido, e agora estou descobrindo que sou. E nunca achei que fosse um cara medroso. Já que eu era capaz de usar qualquer substância que me ofereciam, eu me achava destemido, um kamikaze, um louco. Mas me forço a admitir que, quando não estou sob efeito de droga, sou um quarentão com o coração disparado ao entrar numa sala cheia de desconhecidos.

Hoje fez uma manhã bonita, fui a pé ao NA por volta das oito da manhã, adoro Paris nesse horário. Quando cheguei em frente à igreja da Rue Saint-Maur, um grupelho esperava já na porta; o responsável pelas chaves estava atrasado. Algumas pessoas me cumprimentaram, peguei o celular, enquanto me perguntava se alguém ali tinha me reconhecido. Era um grupo curioso de pessoas. Um enigma difícil de resolver para quem estivesse olhando de fora — o que essas pessoas têm em comum? Uma moça muito jovem, negra, com fone de ouvido, cabelo liso penteado para trás, expressão fechada, gola rolê bege e grandes brincos dourados. Uma mulher de uns sessenta anos, de olhos muito claros, cabelo branco, roupa esportiva novinha em folha. Primeiro eu achei que ela parecia louca, mas depois ela tomou a palavra e era extremamente articulada, com a voz suave, nada a ver com o que eu tinha pensado. Um cara boa pinta, da minha idade, cabelo bem curto, mãos bonitas, queixo protuberante. Eu o via como um cara experiente, talvez gay, mas, quando abriu a boca, pensei que não passava de um babaca desinteressante cheio de si. Um cara árabe, de uns cinquenta anos, mal-encarado, corpulento, você olha pra ele e fica achando que deve ter puxado uns bons anos de cadeia nas costas, mas, quando dividiu sua fala com o grupo, percebi que ele não era a fera que eu imaginava, tinha um pensamento rápido, dizia piadas sarcásticas, frases sucintas, conhecia o programa como a palma da mão e fazia uma exposição impecável sobre as etapas do trabalho. Fazia todo mundo cair na risada. Ninguém tinha medo dele, mesmo com aquela cara de assassino. Tem um outro cara de vinte e poucos anos que parece ter saído de uma revista de moda, uma beleza que transcende a divisão dos gêneros e que deixa qualquer pessoa desconcertada, quando olho pra ele entendo ser natural que, com aquele rosto, esteja um pouco apartado do mundo. Ele fala com uma voz baixa, torcendo as mãos, está sofrendo, só pensa em voltar a usar, mas perdeu tudo, falou da vergonha, e fiquei com vontade de interromper a reunião pra perguntar você está ficando louco, não dá pra não se amar tanto com uma cara de anjo como a sua. Uma menina de cabelo enrolado, muito branca, dentes tortos, com um casaco de lã engraçado, muito diferente de qualquer pessoa, com um corte de cabelo nem curto nem longo e que, mais tarde, brilhou na reunião. Ela falou de sua gratidão pelo programa e do caminho percorrido, e sua ternura era contagiante, parecia iluminar a sala. Um velho senhor, enorme, tão feio que quando o vi pensei que eu estava viajando, porque não era possível que eu tivesse algo a ver com aquelas pessoas, uma vez que aquele cara parecia ser um trapo. Mas, de novo, tive outra surpresa: quando ele abriu a boca começou a falar do pai na Argélia, seu país de origem, e contou de seus dias inteiros tomando cerveja e de seu desejo impossível de salvá-lo. E ele me deixa desconcertado, porque percebo que eu também teria adorado salvar meu pai, não do álcool, mas daquela tristeza resignada, só que sou incapaz de fazer isso.

Eu me levantava a cada cinco minutos para me servir de café. Não conseguia ficar quieto. Como sempre acontecia no começo da reunião, enquanto líamos os textos, sempre os mesmos textos, eu pensei "pronto, hoje não vai dar certo, outra vez pra nada, agora vejo que aqui também não é o meu lugar". O primeiro que levantou a mão para tomar a palavra parecia um gerente de banco, uma voz desagradável, falava baixo demais, tínhamos que nos esforçar para entender o que ele dizia. Ele disse: "estou feliz de estar aqui com vocês, preciso de fraternidade para suportar o que está acontecendo na minha vida, minha filha mais velha não está nada bem, ela está no hospital, está querendo se suicidar, e a vida inteira eu a evitei, escapei o máximo que pude de cuidar deles, eu poderia dizer que é porque eu queria me drogar, mas acho que é o contrário, eu me drogava o máximo possível para não ter que ver os meus filhos e não ter que pensar na minha esposa, que eu odeio, e hoje a culpa nem é o mais insuportável, o que me deixa arrasado é perceber que tenho que viver o luto do nosso relacionamento, que a culpa foi toda minha e que agora é tarde demais. Eu falhei como pai. E preciso de uma fraternidade com a qual compartilhar meu arrependimento e minha confusão em voz alta", e sua voz ficou embargada ao concluir "poder falar sobre isso e ser ouvido e não me sentir julgado é como um milagre. Não acho que mereço. Agora eu venho aqui pra encontrar força para fazer o meu melhor, em vez de ficar remoendo os meus erros sem tentar consertar as coisas". Quando dei por mim, eu estava chorando. Isso me surpreendeu, porque meus pensamentos me contavam uma história — em que eu não me importava e aquele não era o meu lugar — e minhas entranhas me contavam outra. E foi pra elas que me voltei. Não lembro de ter jamais chorado na frente de ninguém. Não lembro que tenham me proibido de chorar, em casa ou na escola — ou seja, não sei onde foi que aprendi a não chorar. A moça do meu lado sorriu para mim, ela não me falou "fique calmo" ou "está tudo bem". Nem "escrevi um livro, será que você poderia me apresentar ao seu editor?". Ela sorriu para mim porque também estava emocionada. E isso não me incomodou. Desconfio de todo mundo, sobretudo agora, fico sempre me perguntando quais são os verdadeiros motivos por trás das demonstrações de gentileza. Mas, nessa manhã, apenas aceitei a regra do jogo. É um tipo de bondade que está no ar, faz parte do ritual. É gratuito. Levantei a mão; porém, como éramos muitos, acabei não falando. E não tinha problema algum. Cada palavra que aqueles estranhos pronunciavam — desemprego, Tinder, moradia, trabalho, dentista, vizinhos, pornô, açúcar, raiva — me tocava como se eu as estivesse pronunciando junto com eles. Eu tinha me dado um prazo, mas, no fim, já faz três semanas que vou. É a primeira vez que fico sem usar nada. Nunca imaginei que seria possível. Eu não pensava em parar com tudo quando fui com a Françoise àquela primeira reunião. Tinha cogitado o álcool, talvez, até as coisas voltarem ao normal. Alguém disse: "levei anos para entender que o único jeito de não se drogar é nunca mais usar droga", e dei risada. Só que isso entrou na minha cabeça. E olha só onde estou. Agora estou feliz de verdade, por ser aplaudido em algum lugar ou por ser elogiado, sem que seja mentira. Algumas dessas pessoas sabem a história com a Katana. E não estão nem aí. Isso não lhes diz respeito.

REBECCA

Sua atitude me parece admirável. No fim das contas, essa coisa de ficar limpo é uma viagem. Tem que ter coragem para encarar isso. Duvido que a Zoé e suas colegas sejam muito sensíveis a esse esforço. Afinal, é o tipo de gente que quase só atua na internet. Elas não estão ali para dialogar ou para se reconciliar ou para estender a mão a quem quer que seja. A internet, antes de tudo, é um lugar visceral. Às vezes você até pode encontrar alguém usando-a como antigamente, para expressar ideias complicadas e debater argumentos. Mas em geral a militância na internet é um fanatismo em estado puro: basta as pessoas pensarem que estão do lado certo da moral para achar decente estrangular o adversário. Eu tinha minhas dúvidas em relação ao seu método. Porém, você parece estar tão satisfeito com seus novos amigos que eu não queria dar um banho de água fria no entusiasmo. Pelo menos conseguiu não reclamar... Ah, e ouvi falar de você nesse meio-tempo. Corinne me ligou. Aliás, ela me perturbou. Você deu a ela meu número de WhatsApp, ela me escreveu e respondi logo em seguida — o que é uma coisa extraordinária, pois recebo muitas mensagens e é humanamente impossível responder a todas — por isso é que tenho um agente — visto o valor que recebe, me parece normal que ele se encarregue dessas mensagens. Uma das coisas que estou admirando é que você nunca me pergunta quando vamos nos ver. Só gosto de sair de casa quando o assunto é trabalho. Não entendo o interesse em encontrar pessoas com quem não estou trabalhando. Morro de tédio com essas conversas jogadas fora, com todas essas normas de sociabilidade. Voltando ao assunto, respondi imediatamente à Corinne, um verdadeiro presente. E reconheço o tom com que ela fala comigo, é o tom das pessoas impressionadas por eu ser famosa, mas que não suportariam ser conhecidas. Uma familiaridade agressiva, que quer a todo custo te lembrar que eles não são seus fãs como os outros, que não são idiotas, que não se dirigem a mim "de baixo para cima". Deixei passar. Já sei de cor: quando as coisas começam assim é difícil melhorar. Se ela tem um problema com a fama, eu não posso reorganizar as emoções dela e explicar que não vou deixar de ser quem eu sou só para agradá-la. Eu não tenho como me descolar da figura pública. Eu sou as duas pessoas, ou você se acostuma com isso ou me deixa em paz. E, é claro, não faltou isto: "eu quero te encontrar, mas tenho meu ego e desconfio das atrizes". Eu mandei ela ir se foder. Não sei qual foi a história dela com aquela atriz de trigésima categoria, mas eu sou uma lenda e, se ela não pode lidar com isso, que me deixe em paz.

Bastaram cinco minutos de conversa com ela para eu sacar que você está contando um monte de bobagem. De acordo com as pessoas ao seu redor, você não é um cara que bebe um pouco para fingir ser um romancista rock'n'roll. Você é um sociopata. Envergonha todo mundo. Você é aquele tipo de cara que não suporta ficar chapado e precisa continuar se drogando. Não estamos no mesmo time. Eu fui feita para isso. Me surpreende que os cientistas não me convidem para eu ser estudada, pois estou no mundo das drogas há décadas e me dou muito bem. No meu caso, não é da timidez que estou fugindo, nem da vergonha — você pode me tirar a muleta das drogas e eu ainda me sinto à vontade aonde quer que eu vá. Fujo do tédio. As coisas são lentas demais. Você viu o documentário sobre a Amy Winehouse, de quando ela está limpa e, depois de um show, fica desesperada e diz: "sem drogas não tem graça"? Entendo exatamente o que ela está falando. Nunca uso droga quando estou gravando, porque a câmera pega e depois não tem como editar as cenas. E também, mesmo que passemos horas inteiras esperando, a filmagem é o único momento em que existe intensidade suficiente para que eu não me entedie. Mas o resto do tempo não tem graça sem droga. Isso no caso de pessoas como eu, que são como lendas da droga, verdadeiras profissionais da coisa.

Procurei na internet de onde vem a palavra *addict*. "Na Idade Média, era considerado *addictus* e adjudicado a um mestre quem não cumprisse seus compromissos ou a sua palavra." Adjudicado a um mestre, rebaixado ao nível da mulher, ou do escravizado, do cidadão dependente da boa vontade de outrem, e posto a serviço do interesse de outrem, sem que seu próprio interesse seja levado em consideração. Então ser um *addict*, um adicto, seria sempre um modo de renunciar aos plenos poderes. De arruinar seus privilégios. De se tornar incapaz de cumprir seus compromissos, de pagar suas dívidas. Acho que herdamos nossas dívidas ainda no berço; um dia entenderemos as mensagens do DNA e nos daremos conta de que não importa tanto saber se seu pai cantava canções de ninar pra você, ou se ele destruía a casa e batia na sua mãe. O que importa é a história que você herda. Que palavra eu traí para merecer ser uma adicta? A pergunta deveria ser: "de que tipo de traição sou herdeira?". Isso vai além da minha biografia no sentido burguês do termo. Essa paixão que os ricos têm pela história de suas familiazinhas. Se nos drogamos, é sempre dentro de um contexto histórico e político. É uma forma de reconhecer que temos uma dívida, ao mesmo tempo que pagamos essa dívida. Se assim for, é a língua que eu falo que me impede de respirar e que cuspo com o uso de altas doses de droga. Ou é a humilhação dos adultos ao meu redor que eu afasto ao desligar minha consciência. Eu me ausento dessa situação, estou fora dela.

Sou incapaz de ser uma boa funcionária, boa esposa, boa adulta, pontual, educada, fiel. Uma mulher confiável para um sistema. Tenho defeitos. Sou difícil de explorar. Sou um mau soldado. Os bons soldados tomam a droga que lhes é prescrita. A droga é como a violência. É legítima nas mãos do Estado, mas delinquente nas mãos de um cidadão. Se eu consumo o remédio que me é prescrito pelo médico, me torno uma drogada legítima. Percebi que os viciados são sempre os que mais resistem a fazer um tratamento contra a depressão. Se somos dependentes das drogas legais da psiquiatria, se ingerimos as drogas prescritas pelo médico, somos bons trabalhadores. Bons sujeitos para a economia. Essa é a ideia por trás das drogas. Recusar seu país. Recusar a língua que você fala. Recusar ser uma mulher honesta. Recusar a fábrica onde sua mãe trabalhava. Recusar a trincheira em que seu bisavô morreu como um desconhecido.

O viciado é alguém que promete coisas que não vai fazer. Ele diz: "vou amanhã", mas acaba não indo; "vou buscar a criança na escola", e não aparece; "vou fazer esse trabalho", e não atende o celular. Essa verdade crua, por fim arrancada, não é bem aquela que ouvimos quando éramos pequenos, de nossos pais: a invenção burguesa da obsessão parental é uma obsessão da psicanálise, um esforço desesperado para afirmar que a riqueza da aristocracia e da burguesia é o poder de colocar o mundo entre parênteses. As paredes do quarto da criança burguesa são tão grossas que não deixam entrar o rumor do mundo. Nem seus miasmas. Nem o som das bombas. As paredes do quarto da criança burguesa são tão grossas que basta que a mãe cante uma canção de ninar para que ela esteja protegida do mundo que a cerca. Quanta bobagem. Quando você é drogado e vai parar na delegacia para acertar suas contas, raramente pensa em seus pais. Mesmo que eles não te amem, ou que você só lhes dê dor de cabeça, ou que você seja um filho indesejado, uma decepção, um imbecil ou um moleque malvado. A verdade que você busca dentro da cela é uma verdade política.

E, como costuma acontecer nas revoluções, você acaba sendo logo capturado. Os predadores ficam rondando os motins. O problema não é a sua submissão a uma substância, nem que você se torne escravo de uma única solução. Você se submete a mestres que ficam nas sombras — a polícia, a lavagem de dinheiro, o narcotráfico, as fronteiras, a máfia, a prisão —, uma cadeia catastrófica de violência inútil e de corrupção. Eu estou buscando a liberdade, o consolo, a felicidade, a experiência de usar aquilo que parece ser uma solução milagrosa — e acabo na *deep web* dando munição para os desgraçados. No fim das contas, vai ver que o drogado está sempre buscando isto: a punição selvagem, a correção administrada sem deferência, a prisão. A verdadeira supressão da própria cidadania. De tudo o que o constitui. Usamos drogas porque não queremos mais saber de nós mesmos nem dos outros. Ousamos dizer a verdade — deixei de me amar, e também não te amo. É sua ascendência, sua língua, seu povo, sua terra que vão para a cela com você, algemados e interrogados. É sua ascendência, sua língua, seu povo, sua terra que mentem o tempo todo, que se deixam manipular, que são insultados, zombados, questionados e condenados. E o Estado que criminaliza o drogado tem plena consciência disso. O Estado sabe que as leis relacionadas às drogas são, antes de tudo, leis de dignidade econômica. De quem se retira a dignidade e a quem se concede. O pequeno dealer de prensado é um criminoso. E ele está prestando serviços para a comunidade, ele tem utilidade e não faz mal a ninguém. E ele acaba servindo para lavar o dinheiro do poderoso acionista, que não faz nada por ele e ainda por cima acaba com as comunidades. Um deles será homenageado; o outro, preso.

Eu adoraria viajar no tempo e voltar àquela década em que eu e as drogas éramos melhores amigas e ficar chapada tinha algum propósito. Eu era como pais excessivamente indulgentes e preocupados com suas filhas, protegendo-as de tudo, com medo de que elas se machucassem ou não soubessem se virar sozinhas. Eu imagino meu gênio difícil com uma cara bem intimidadora. Uma cara de velho boxeador. Assustador, mas carismático — e que me protege. Ele me fala do tédio, da vergonha, da tristeza, da angústia, da vulnerabilidade — eu vou cuidar disso. De repente, como em um conto de fadas, a realidade passa a ser maleável. Esse gênio é convincente, caso contrário eu não teria dedicado minha vida a ele. Mas hoje eu diria que estou mais para uma possuída. Não faz mais sentido. Eu sei disso. Também fico entediada quando me drogo. Mas me drogo mesmo assim. A parte de mim que quer se drogar parece uma região que está lutando para assumir o controle do país. Ela não está lutando por sua autonomia, ela está lutando pela anexação. É uma instância ditatorial. Mas também é o meu país. E, de todo modo, é a minha guerra.

As drogas também são dissidências sem complicações, dissidências que podem ser fumadas, cheiradas, injetadas ou engolidas. Dissidências baratas. Qualquer imbecil pode se chapar. Ninguém precisa de coragem para repetir. Por ser mais forte do que você, ela se torna uma desobediência fácil. Porque, no fim das contas, desobedecer é sempre decidir obedecer a outra coisa que não seja o poder estabelecido. Obedecer ao seu instinto, à justiça ou ao seu desejo. Desobedecer é dizer para o pai: você não manda aqui. Você não é o único chefe. Sua palavra não é divina. Mas, claro, quando obedecemos à droga estamos obedecendo à palavra daquele que está bancando. À palavra do banqueiro que lava dinheiro. Passamos a ser o empregado de um sistema paralelo, no topo do qual, na verdade, estamos sempre nos submetendo à mesma masculinidade. De uma demonstração de violência para outra, é sempre a mesma babaquice que acaba nos destruindo.

Quero fracassar. Quero mudar de direção, não quero ser uma pessoa confiável. Morro de tédio sozinha e tenho a impressão de ser um gramado bem aparado em um jardinzinho de condomínio burguês do interior. Quero embaralhar os ponteiros. Estou por aqui com o bom comportamento. Definitivamente, prefiro morrer a fazer ioga.

OSCAR

Temos uma guerra em comum. Essa história de ficar limpo não é moleza. Eu não me conheço mais. Perco a calma com facilidade — ontem alguém disse: "é só bater um vento e já não sei mais onde estou". É um cara que parece meio perdido, mas isso é típico do viciado — um tanto afiado, à espreita — prestes a embarcar em uma aventura desastrosa ou maravilhosa — não importa, contanto que haja movimento.

Eu me sinto igual: é só bater um vento e já não sei mais onde estou. Para alguém como eu, essa coisa de mensagem, e-mail, vários estímulos, se transforma em uma verdadeira catástrofe... eu me desgasto, não consigo mais me concentrar, qualquer coisinha me distrai.

Na noite anterior, quando estava saindo do jantar para o qual tinha sido convidado, chovia torrencialmente e tive que chamar um Uber lá fora, um homem taciturno num enorme carro preto. Ele não estava ouvindo música nem perguntou se eu queria ouvir uma estação de rádio específica. Dava para ver no semblante dele que estava exausto, e fiquei agradecido por ele não puxar conversa. Eu estava meio atordoado. Feliz por não ter bebido. E aliviado por ninguém ter enrolado um beque e por ninguém ter proposto chamar um dealer. Isso costuma ser bastante comum no meio editorial, onde o álcool é o que se costuma escolher. Tentei me cumprimentar por ter dito, logo que eu cheguei, que não estava a fim de beber, e ninguém me pediu explicação — mas na verdade eu não estava orgulhoso de mim mesmo, eu só sentia um cansaço e uma exaustiva sensação de estranheza. Eu estava sóbrio voltando para casa.

Ninguém comentou o meu caso durante o jantar. Eu sempre me senti uma peça solta naquele meio. Não tem nada a ver com aquele complexo de trânsfuga de classe de que tanto falam. Não entendo qual é o problema dessa história de faquinhas para peixe. Essa confusão por não saber em que copo beber ou que talher usar. Sei que não estão me convidando para verificar se eu estudei em escola de hotelaria — e se eu quiser falar "bom apetite" eu falo, todo mundo está cansado de saber que eu não sou filho de embaixador. Desconheço os códigos do meu novo meio, estou cagando e andando pra isso. Essa é uma das vantagens da embriaguez — à mesa, eu me aproximava dos que bebiam muito, ou dos que ficavam levantando pra ir ao banheiro: essas atividades são as que melhor suportam a mistura de classes. Eu ficava animado e expansivo com o álcool, o que fazia de mim um convidado apreciado. Porém, à minha volta, as pessoas nunca se esqueceram de ressaltar que sou filho de operário. Faz dez anos que eu venho publicando livros. Mas você vai encontrar essa informação em todas as resenhas dos meus romances. O dado mais importante não é "ele chegou aonde está por pura força do talento", e sim "ele não é do meio, você não acha isso exótico?". A exceção que eu represento só é tolerável ao confirmar a regra: um bom privilegiado não resulta de um percurso, mas de um lugar de nascimento. E costumam me perguntar de um jeito ávido: "mas você se aburguesou um pouco, não é mesmo?". Não sei por que o jornalista sempre faz essa pergunta capciosa com um tom meio triunfante, meio inquisitorial. Como se eu devesse me sentir mal por ter demorado a gostar do bufê de café da manhã dos grandes hotéis, de caxemira ou de poltronas de design assinado. Como se eu tivesse que responder pelas desigualdades do capitalismo, pela ascensão social em pane — ou como se me esfregassem o nariz na merda, rindo, "está vendo como você gosta de luxo, seu proleta desgraçado". É verdade que eu gosto do luxo deles, mas sempre fico com a impressão de que eles precisam confirmar que fazem o resto do mundo passar vontade. É para isso que eles precisam produzir tanta miséria. Para se assegurarem de que são invejados, pois, sem a inveja do pobre, a felicidade do rico não só é incompleta, mas aniquilada. Não tento falar disso com eles, mas a parte de que eu mais gosto no luxo, de longe, é não ter que colocar despertador de manhã. E poder voltar para cama e ficar lendo uma manhã inteira se estiver com vontade. O que me interessa nesse tipo vida é o meu cheque no começo de cada ano. Desde que comecei a fazer essas reuniões do NA, descobri que reluto em calcular quanto isso me custou financeiramente. Não comprei apartamento. Não comprei carro. Não abri uma poupança para pagar os estudos da minha filha. Compro tudo o que preciso comprar.

Não fico verificando o preço das coisas nas lojas, hesitando se devo comprar ou não. É esse o meu luxo. E isso me basta. Mas estou começando a perceber que um dia vou ter que relembrar quanto a droga me custou — quanto gastei, por ano, com pó, com bares, com putas. Isso só em relação ao dinheiro — não estou falando dessa noção que está começando a surgir, de que eu talvez tenha jogado para o alto histórias de amor, de amizade, de trabalho que eram importantes para mim porque eu estava o tempo todo chapado. Vai ver eu teria tido uma relação melhor com a minha filha. Pode ser — e estou percebendo que isso também vai me custar caro — que talvez eu tenha agido mal com a pequena Zoé e que a velha Françoise talvez esteja certa. Provavelmente eu não teria tido o mesmo comportamento se estivesse sóbrio. Até porque eu sou um cara tímido. É estranho descobrir coisas sobre si mesmo depois dos quarenta anos. Eu sou tímido como um virgenzinho.

Desde que as coisas começaram a engrossar para o meu lado, sinto que o cerco está se fechando. Nesses últimos tempos, descobri que eu não tinha feito o esforço de submissão necessário para minha integração. Se eu fosse um deles, eles teriam calado a boca da Zoé com aquela eficiência tremenda da qual são capazes. Mas ninguém pegou o celular pra me defender.

REBECCA

Estou hospedando uma amiga faz alguns dias. Não gosto muito que fiquem na minha casa. Ela se impõe e eu cedo, mas dá menos trabalho do que mantê-la à distância. Tenho dormido mal, fico com dor na parte superior das costas, tenho a impressão de que passo o dia inteiro virando a cabeça para um lado e para o outro, odeio isso e não estou no clima de suportar a Sandrine.

Nos conhecemos desde que temos dezessete anos, chegamos a Paris no mesmo ano. Nos encontramos na Bains Douches, em um show do Jesus and Mary Chain... Era a primeira vez que tanto uma quanto a outra ia naquela boate, e saímos antes do bis porque éramos metidas e achamos que aquele lugar *já era*. Tinha gente velha demais, muita frescura, gente boba, umas meninas se achando — não queríamos gostar daquilo. Foi com esse pacto de desprezo que nos tornamos amigas. Pegamos uma cartela de anfetamina com um amigo e ficamos andando a noite inteira em Paris, contando sobre nossas vidas de jovens de dezessete anos. A beleza dela era espantosa. As maçãs do rosto altas, os olhos de um verde muito claro e quase metálico — e mãos compridas e brancas com dedos finos —; ela era fora do comum. Vestia um casaco branco com ombreiras e um boné de marinheiro — era louca por Grace Jones. Já me aconteceu de passar por aquelas mesmas ruas e sentir uma espécie de júbilo nas pernas, uma sensação de passado intacto que me encheu os olhos de lágrimas com vontade de voltar para aquela noite específica.

Éramos duas criaturas sublimes, soldados perdidos que somavam forças. Nossa amizade foi surpreendentemente longa e feliz. Com todas as vantagens do grande amor romântico, mas sem o sentimento de possessão.

Hoje eu não saberia descrever a nossa relação atual... Rompi com ela diversas vezes, mas o nosso vínculo é como uma trepadeira: você até pode arrancá-la da parede, mas ela cresce de novo. Sandrine sabe o que ela quer obter das pessoas, e nesse sentido funciona como um trator.

Ela tende a falar sem se importar com o outro. Também conversamos sobre as drogas, ela argumenta que uma vez que aprendemos a fugir da realidade quando éramos crianças, já adultas, para nos ausentarmos, recorreremos a essa estratégia sempre que a realidade aperta. Como se fôssemos uma gaveta que pode se fechar.

E então revisito a casa da minha infância. A brutalidade dos corpos ao meu redor — como era possível viver entre aqueles seres selvagens condenados a se aturar num espaço restrito? Não só o apartamento era pequeno demais para abrigar cinco corpos, mas também o horizonte, obstruído por outros imóveis, e tínhamos que erguer os olhos para avistar um pedaço do céu... E, no entanto, acredito que não foi das próprias emoções que aprendi a fugir. Mas da tristeza dos meus pais. A tristeza é diferente da precariedade. E as crianças entendem rápido que, se deixarem, essa dor cotidiana vai engoli-las, sufocá-las vivas. Sandrine diz que parou de beber e de comer açúcar. Mas continua com o cigarro. Fala que vai parar depois. Isso é pedir demais de si mesma. Da pequena empresa que cada uma de nós se tornou. Ela também continua tomando café. Mas se sente culpada. Outro dia, acabou comendo um *donut*, e conta isso como se estivesse descrevendo uma puta viciada em crack prestes a chupar qualquer um pra poder comprar droga... Sua realidade mental se assemelha a Guantánamo. Ninguém suportaria estar em sua cabeça. Uma prisão percorrida por carcereiros psicopatas que acertam direto no tornozelo com seus cassetetes. Ela diz: "queria viver a vida de um jeito mais presente, queria ser mais honesta com os meus limites e desejos".

Ela tem uma vida de merda, ninguém quer saber quais são os seus desejos.... Na minha opinião, ela está é entregando a criança dentro de si para o abusador. E este raramente diz: "vou acabar com essa sua carinha antipática", a menos que seja fiel a seus princípios de sádico assumido; ele usa de bom grado argumentos de terapeuta, de moralista, de educador, de bom juiz. O abusador constrói o culpado a fim de poder impor a ele uma série de punições. Não é porque uma pessoa está lúcida que ela é necessariamente benevolente.

Acabei me acostumando com a sua presença, que passou a ser invasiva. Quando uso drogas, talvez eu esteja respondendo ao desejo silencioso dos adultos que estavam ao meu redor quando eu era criança e cuja vida teria sido tão mais simples se eu não estivesse ali... Fingiram a felicidade de finalmente ter tido uma filha, mas sem muita convicção; de toda forma, com ou sem filha, meu pai era um crápula. Todo o dinheiro que ele ganhava, e eu acho que ganhava bem, gastava consigo mesmo, fora de casa. Eu era a terceira, aquela que significava para a minha mãe um monte de dor de cabeça a mais... Se eu refizer a cronologia direitinho, eu sou a filha a mais, aquela a partir da qual meu pai parou de trair sua esposa a torto e a direito para escolher uma nova mulher oficial. E eu, naquele caos, significava ainda mais noites sem dormir, férias para tirar, uma cama para encaixar em algum lugar, material escolar, refeições para preparar. Eu era um estorvo. Meu padrasto chegou na nossa vida antes mesmo que eu soubesse andar, e ele sempre se comportou como um pai. Mas, no fundo, eu sabia, eles teriam sido mais felizes juntos se não tivessem um fardo pra carregar: os três filhos da minha mãe. Quando uso drogas, talvez eu esteja cumprindo o desejo dos meus pais — fico quieta, me desligo, finjo que não estou ali. Sei que você vai entender, você me contou a sua vida.

Sandrine é inesgotável. "Como não posso acabar com meu estresse diário com uma taça de vinho, só me resta encarar a origem do meu sofrimento." Faz um tempo que ela está nessa fase. Superchata. Eu digo a mim mesma, querida, seu filho está preso você está velha e sozinha sua assistente social é uma vagabunda de primeira categoria... A única coisa boa que você tem na vida é um apartamento com aluguel baixo num subúrbio bem razoável, no sul da cidade, e da sua janela dá para avistar umas árvores... Eu a ouço, mas à distância, "sou forçada a encarar"... Forçada. Adestrada. Bobagens de mulheres, sempre impiedosas consigo mesmas. Estar bem da cabeça, encontrar seu conforto, escutar suas emoções, revolver as raízes da sua angústia. Hoje em dia, até disso você precisa cuidar. Como se essas coisas te pertencessem, como se fossem uma planta pela qual você é responsável. Além disso, ainda é preciso ser feliz. "Olha, meu filho pegou sete anos de cana, vou aproveitar para me proibir de todos os prazeres." Ser levada ao tribunal da própria consciência. Com um movimento virtuoso que tenta apagar a realidade tal como ela é. Uma tentativa desesperada de tirar vantagem sobre alguma coisa.

Sendo que ficar chapado também é se conectar com outros pensamentos. Abrir as portas interiores. Deixar a poeira de fora entrar. Tirar a atenção do mercado. E buscar o prazer onde quer que ele esteja. Sandrine continua insistindo: "o vício é a busca pelo conforto naquilo que te destrói". E eu respondo: "a não ser que você destrua suas zonas de conforto". Sinto que ela gostaria de me dar um tapa na cara, pois sabe que aquilo não é exatamente o que eu penso — na verdade só quero provocá-la. E ao ouvir suas besteiras sobre estar limpa, me ocorrem novas ideias para contrariá-la...

Não sei o que fazer com essa amizade antiga que hoje mais se parece com nós no cabelo de uma garotinha que não foi cuidadosamente penteada. Virou um imbróglio de culpa de afeto de lembranças felizes e outras coisas nojentas. Não sei o que venho mirar nesse espelho. Ele é tão opaco.

Éramos irmãs. Tipo a família que você escolhe. Começamos a cair nas drogas juntas, com as mesmas pessoas. A gente se via todos os dias. Depois um amigo me falou de um teste de atuação e naquela época eu só pensava em dinheiro, sabia que uma vida incrível me aguardava, embora não contasse com o cinema — para falar a verdade, não sei muito bem com o que eu contava. As coisas foram acontecendo meio por acaso. A vida virou de ponta-cabeça. Não foi um problema para nós. Tínhamos o pó em comum e curtíamos tanto ficar chapadas que isso nos manteve grudadas. Ela continuou minha amiga por onde quer que eu fosse. Ela era deslumbrante, ninguém a deixava deslocada quando eu a levava para uma festa ou para uma filmagem.

Não conservei muitos amigos do passado. As pessoas às vezes vêm com uma teoria barata de que você as abandona por se incomodar que elas lembrem quem você era antes de se tornar uma celebridade. Não é bem assim. A fama é uma bomba. Ela cria um vazio ao seu redor. Você ocupa tanto espaço que passa a ser constrangedor, então se aproxima de pessoas que sejam parecidas com você. Mas com a Sandrine era diferente, as pessoas lembravam o seu nome, todo mundo queria saber dela até quando eu estava por perto.

Um belo dia ela se apaixonou por um imbecil que dizia ser pintor e foi morar com ele no Canadá. Compraram uma casa. Ela só falava de decoração e de coisas de cozinha. Eu esqueci dela. Ela teve um filho. Continuou me telefonando, mas só queria falar de maternidade. Deixei de atender quando via seu número na tela. Seu companheiro era um golpista. A história acabou mal. Ela voltou com o filho debaixo do braço e o pai se escafedeu. Eu não sentia a menor falta. Mas quando ela bateu à minha porta, eu disse que tudo bem — iria para a Itália por alguns meses e lhe deixei as chaves do apartamento. Ela ficou um ano. Eu trabalhava tanto que até pedi um quarto de hotel para as filmagens em Paris. Na época aquilo não era um problema... Quando eu passava em casa, tudo o que ela queria era botar o filho para dormir e que eu chamasse o dealer. Nós duas ainda nos divertíamos juntas, mas era sempre de modo depreciativo, ela depreciava sistematicamente meus amigos, meus filmes, meu meio. Sentia inveja de mim. Mas nunca tocamos nesse assunto. Felizmente, ela encontrou um cara para encher o saco e se mudou para a casa dele. Envelheceu num piscar de olhos... Parou de ouvir música de assistir a documentários de encontrar os amigos. Foi se afundando na idade adulta que tanto temíamos quando éramos mais jovens. O cara morreu de câncer, e foi necessário confortá-la, pois ela não conseguia superar aquilo. Aparecia na minha casa com o nariz sujo de catarro e o filho, que passou a ser seu melhor amigo. Os dois eram um combo de desespero. Hoje o menino está grande, acaba de pegar sete anos de prisão, o que é meio exagerado para um assalto à mão armada sem vítimas... mas dinheiro é sagrado. Ele é estranhamente sexy, zero esperto, mas tem um corpão, com um quê animalesco que não me desagrada. Seria necessário tatuá-lo um pouco para ter algum estilo. Mas não devemos encostar em filhos de amigos. Digo isso porque já tentei. Genitores levam isso muito a mal. De todo modo, o menino não acabou bem. Um cretino lhe disse: "vem, vamos assaltar um banco, eu tenho um plano", e o idiota foi junto. Está encarcerado em Villepinte. Então a Sandrine fica o tempo todo aqui em casa. Ela passa a noite inteira se queixando e me explicando que parou com as drogas... Quando anoitece, um lampejo de felicidade ilumina seu rosto, e logo em seguida ela pergunta: "será que chamamos?". E acrescenta que é uma exceção, que é só daquela vez, "preciso distrair a cabeça"...

Em geral, eu lhe dou esse prazer e chamo o dealer quando ela pede. Mas ontem à noite lembrei da sua história de ficar limpa. Respondi: parei com tudo. Ela sabe que não é verdade, mas não pode me pedir um exame de urina. A sua decepção foi tanta que quase mudei de ideia, mas resisti. Eu queria me chapar, mas não com ela. Nunca tinha pensado assim antes. Se for isso mesmo, graças a você, acabo de encontrar uma solução para um velho problema — acho que da próxima vez ela vai pedir hospedagem para outra pessoa.

OSCAR

Eu entendo a história da sua amiga Sandrine. Nesses últimos tempos, venho perdendo amigos como cabelo: aos montes. Eu ainda não tinha me tocado que as pessoas mais próximas eram aquelas com quem eu bebia ou cheirava pó. A partir do momento em que eliminei a substância, passamos a sentir vergonha de nos encontrar. Corinne me ligou. Ela queria falar de você. Entendi que ela estava voltando à carga, e com sucesso. O que é normal, ela é tão insuportável quanto irresistível. Eu não falei das nossas cartas. Temos uma relação de desconfiança.

Estou te escrevendo da sala de uma casa no sul da França que aluguei pela internet há seis meses. O fogo na lareira não acende bem, sai uma fumaça branca e escura, acho que botei muito jornal para fazer pegar. Vejo no Instagram umas fotos da minha filha na beira de uma piscina, de férias em Ibiza. Ela não tem nenhum charme. Sinto muito ser esse pai ingrato. Na minha frente tem uma biblioteca meio caótica — uma edição linda de um livro do Bob Dylan, uma fileira de CDs, umas publicações da Taschen e revistas antigas de decoração. Na parede tem uma fotografia colorida de monges tibetanos caminhando perto de cachoeiras, pendurada acima de um piano vertical branco. Eu não sei tocar. Adoraria ser um cara com ouvido musical. Só que não tenho nem noção de ritmo. Dá pra ver que faz muito tempo que ninguém vem aqui. A casa está parada, certamente usada, mas não habitada.

Nessa região venta demais para o meu gosto. Mas Joëlle adora a Camargue. Assim que cheguei e pus minhas malas na entrada, me vieram imagens nítidas da noite em que, sentada de pernas cruzadas na cama, minha ex me mostrou no tablet as casas que tinha selecionado. Ela estava vestindo um moletom rosa-choque grande demais para o seu tamanho, estampado de flocos de neve de lantejoula. Fui facilmente convencido porque a casa era bonita e porque calculei que coincidiria exatamente com o fim da divulgação do meu romance, então pensei "assim vou ter um prazo". Caso contrário, eu teria que passar nove meses dando autógrafos país afora, participando de salões do livro e de podcasts, fazendo encontros em escolas e um monte de atividades mais ou menos decentes que são propostas aos autores quando eles não se envolvem num escândalo ridículo pelo caminho. Joëlle trabalhava para a Federação Francesa de Tênis de Mesa. Era o momento em que ela poderia tirar férias com certa tranquilidade. Eu tinha imaginado que ficaria lendo, que o tempo estaria bom, que treparíamos o dia inteiro de novo, já que estaríamos finalmente relaxados.

Lembro da nossa euforia ao ver as fotos da casa que queríamos alugar e percebo como naquela época éramos pessoas muito diferentes, o que estava por vir ainda não chegara. Eu não tinha sido exposto publicamente. Joëlle ainda não tinha mostrado sua verdadeira face — interesseira, que quer aparecer ao lado de um autor da moda, mas que não vai apoiar o parceiro quando a tempestade de merda desabar sobre sua cabeça. Eu ainda não tinha quebrado a porta do quarto aos murros, ela não tinha feito as malas gritando que iria à polícia para eu ver o que era bom, que ia cuidar da minha reputação de babaca, e eu ainda não tinha chamado ela de cadela filha da puta. Gritamos tão alto naquela noite que nunca mais peguei o elevador do prédio, com medo de cruzar com os vizinhos. Ela não foi à polícia. Duas semanas depois voltou pra pegar suas coisas. Eu posso falar dessa cena em todas as histórias. Da separação dos objetos que compõem a vida comum. Detesto esse episódio.

Isso aconteceu há seis meses. Eu bebia uísque, meu melhor amigo vendia cocaína, minha namorada falava em parar de tomar pílula e meu editor estava convencido de que meu romance seria um sucesso, e se você me perguntasse como eu estava me sentindo, eu teria respondido que eu estava orgulhoso por ter chegado aonde cheguei. *"I can't believe we made it"*, esse tipo de bobagem.

Mas esta noite estou sozinho em uma sala gelada, ouvindo "The Message", do Nas, e não tenho nada pra fumar nem pra beber. Mesmo se mudasse de ideia, como não aluguei carro, não teria como sair andando na escuridão no meio do nada, duvido que aqui tenha bares abertos tarde da noite. Perdi a noção de onde estou. E, agora, quando sinto que estou perdendo o controle, escrevo para você.

O som aqui é sublime. Ouço principalmente *gangsta* rap, muitas vezes de músicos antigos. Eu era pequeno quando comecei a gostar disso. E não evoluí muito. Sou um francês que ouve música americana. Um cara branco que ouve música de artistas negros. Um tipo que nunca saiu da legalidade, mas que ouve música sobre cadeia. Passo o dia inteiro duvidando da minha escrita e escuto música de ego trip e coisa tosca. O *gangsta* rap é como uma performance drag. Joëlle adorava programas de drag queens. Fui entender isso assistindo a RuPaul com ela. O *gangsta* rap é a performance do poder de quem foi esmagado por ele. Uma forma lúdica de se apoderar de um conjunto de significantes que nos disseram ser sagrados e que são proibidos para os pobres, para os condenados. E devo ouvir essa música desde quando era moleque porque ela me toca

— tudo é uma questão de performance. Quando o descendente de escravizado se apropria dos atributos do senhor — carros enormes, mansão, roupa cara, droga pesada, homofobia, misoginia, champanhe, joias provocantes —, ele não está dizendo "glória aos vencedores". E sim "isso não é nada demais" e "eu posso fazer tão bem quanto você". Ao se apropriar dos fetiches, ele não está denunciando o poder, mas tornando-o obsoleto. Seja com as pessoas negras dos Estados Unidos ou com o lumpemproletariado europeu, a história que está em jogo é a mesma desde que as crianças começam a fazer rap. Nunca encontraremos aquele que chicoteou o escravizado se perguntando o que fazer com a própria vergonha cinco gerações mais tarde. É o acorrentado quem carrega a vergonha. Como uma tatuagem, como uma marca na testa. Uma marca indelével, com a qual não sabe o que fazer. Estamos sempre tentando perdoar o mal que fizeram conosco.

Fico lembrando sem parar da noite em que fizemos a reserva. Tenho vontade de escrever para a Joëlle dizendo que ela fez a escolha certa, que a casa é tão charmosa quanto nas fotos. Fico me perguntando se ela se arrepende, se fica triste com isso. Nessas últimas semanas eu achei que estava lidando bem com o término. Mas é porque eu estava convencido de que não era pra valer. Que nos veríamos outra vez, que iríamos voltar. Só agora que estou aqui sozinho, me dou conta do quanto a história que tínhamos juntos era importante pra mim, os projetos em comum. Sempre faço isso, percebo a beleza das coisas apenas ao olhar em retrospectiva, quando a nostalgia as redimensiona. Eu nunca poderia ter imaginado que as coisas iriam se desintegrar com tanta facilidade. É como se a estrutura da minha vida fosse feita de um tecido leve, bastando puxar um único fio para tudo se desfazer, sem nenhum ruído.

Tenho dormido mal. Sinto uma vontade absurda de beber. Colo a testa na janela e fico esperando meu olhar se acostumar a distinguir a forma das árvores. Não tenho familiaridade com a escuridão, vivo na cidade há muito tempo. Faz anos que não fico sozinho. Quando morava com a Joëlle, eu me irritava porque ela nunca me deixava em paz. Eu era incapaz de lhe dizer: preciso de espaço. Queria falar, mas não falava e achava que meu silêncio falava por mim. Ficava com raiva porque ela convidava amigos para jantar, e isso atrapalhava minha concentração. Ou seus pais vinham visitá-la, e isso atrapalhava minha concentração. Ou toda noite ela assistia a uma série e eu a via com ela, e isso atrapalhava minha concentração. Mas eu era incapaz de dizer: vou sair por alguns dias. Porque eu sei que toda vez que disse isso a uma namorada, eu a estava traindo. Então me dava remorso tardio — remorso de outras histórias, junto dessa nova história. Era como uma lava debilitante numa cronologia confusa. E, bom, a Joëlle não está mais aqui para atrapalhar minha concentração.

REBECCA

Ninguém nunca me abandonou. Fui traída, maltratada, tudo o que bem entender. Mas abandonada, não. Sou uma ninja do amor, o que eu mais gosto é do início de um caso. Os homens nem têm tempo de se entediar, e eu já estou com outro. Meses atrás, li nos olhos de um antigo amante uma espécie de indiferença. Aquilo nunca tinha me acontecido. Sou o tipo de mulher que ninguém esquece. Mas, abandonada, nem sei como isso deve ser.

Agora mesmo fui encontrar uma diretora na casa dela. Seu apartamento na Avenue de Clichy é como um palácio, ocupa um andar inteiro na cobertura e é circundado por um terraço que é um verdadeiro jardim. Ela me explica que mora ali há vinte anos. Nunca consegui me interessar por conversas de tapetes ou de móveis, tampouco gosto de cuidar de planta. Mas, na casa dos outros, admiro essa vontade de criar um espaço que se pareça com os moradores.

Olho pra essa mulher e a acho velha, muito mais velha que eu. Mas ela tem dez anos a menos. Não internalizo a idade que eu tenho em mente. Ela me pergunta o que eu quero beber e respondo: "o mesmo que você", e ela anuncia cheia de esperança: "é meio cedo pra abrir uma garrafa de vinho". Lembrei de você. Jamais gostei de beber, então isso não é nenhuma novidade pra mim, mas é verdade que não beber é decepcionar as pessoas o tempo todo. Igual a recusar o abraço caloroso de alguém. A virar o rosto na hora do beijo. É uma recusa. Também nisso nossas personalidades são diferentes — você está em busca da aprovação dos outros e odeia quando não a recebe, pois entende que sua sobrevivência depende disso. Quanto a mim, falando sério, estou cagando e andando. Aí está a diferença entre o álcool e a heroína, a droga que cada um de nós escolheu. Desde a minha juventude com a heroína sinto um grande desprezo por quem usa drogas legalizadas como álcool ou remédios pra dormir, e também por quem prefere drogas mais leves. Vai ver é o mesmo tipo de desprezo que os gatos sentem pelos cachorros quando eles ficam tentando conquistar um afago humano.

A diretora teria adorado se eu tivesse respondido "mas já é praticamente meio-dia, e se abríssemos a garrafa de vinho?". Teria sido um modo tão simples de lhe dizer: "vamos ser amigas e nos divertir". Mas não sou amiga dela. Se trabalhássemos juntas, o que me parece improvável depois desse encontro, eu poderia respeitá-la enquanto diretora. Ela é conhecida por saber o que quer. Eu poderia me submeter à imaginação dela por algumas semanas. Mas eu não estava ali para beber e distraí-

-la de sua angústia. Não me importo com seus problemas, com seus delírios, ou com seu estado de espírito. Quase todas as mulheres da minha idade que não são viciadas em drogas pesadas são alcóolatras. Por muito tempo, foi isso que observei nas meninas que tinham outros vícios. Elas recusavam a taça de vinho que lhes era oferecida às seis da tarde, sem estresse, numa boa. Em noventa por cento dos casos, a mulher que no happy hour recusava uma taça de bebida alcoólica acabava usando outra coisa. Quando mais novas, isso podia ser sinal de dieta. Mas, a partir de trinta e cinco anos, era sinal de vício em substâncias ilícitas.

A diretora me conta do seu projeto e, enquanto a ouço, penso que o cinema está em crise comigo — não me quer mais, não sabe o que fazer com minha idade, com minha corpulência, com meu temperamento —, mas que eu também estou em crise com o cinema. Mudei meu foco e minha visão a respeito dessa indústria à qual tudo devo e que tanto me deu — e sou a primeira a me surpreender. Vivi finais de relacionamento desse tipo. Acordos extraordinários, fora do comum, parcerias incríveis e, de repente, um dia você se dá conta: a magia acabou. Até foi verdadeiro. Mas agora não mais. Tive amizades muito especiais, que duraram décadas, e foi igualzinho: certo dia, ao abandonar a pessoa, você admite para si: eu estava de saco cheio, me sentia sozinha na sua companhia, você se tornou uma pessoa sem graça, a amizade acabou. É exatamente isso o que está acontecendo comigo e com o cinema e, até aquele encontro, eu não sabia a dimensão do quanto estava insatisfeita com ele. Sou atriz — nunca precisei fingir entusiasmo por um projeto. Enquanto eu a ouvia falar, pensava que estava ali porque precisava trabalhar. A diretora comentou o meu peso na primeira oportunidade. Foi isso que desencadeou meu acesso de lucidez. Ela me disse, no início da conversa, que eu precisava perder uns dez quilos para aquele papel. Eu a agradeci por sua franqueza, pelo papo reto, e garanti que aquilo não era um problema pra mim. Como se eu a estivesse esperando, ela e seu papel estúpido, para cogitar fazer isso. Digo papel estúpido porque a personagem é uma mãe e eu tinha prometido a mim mesma que nunca interpretaria esse tipo de coisa. Ela me contou quais eram os atores que queria convidar para representar meus filhos e aquilo me encheu. Quero filmar com eles, nós duas temos o mesmo gosto pra homens jovens, mas daí a representar a mãe deles, que desperdício. Eu não havia lido o roteiro antes de encontrá-la. Mas tinham me avisado. Tem cena que você vai ter que cozinhar. Eu não faço cinema para que me vejam lavando a louça. Foda-se, eu é que não vou aprender como as mulheres corretas preparam um bolo.

Em relação ao peso, ela me perguntou, num tom meio cúmplice, se eu tinha em mente alguma dieta especial — como se ela soubesse de alguma coisa, embora estivesse uns vinte quilos acima do peso. Respondi que ia forçar o vômito. E ainda disse que, infelizmente, eu estava velha demais para voltar a usar heroína. Ela riu, parecia ao mesmo tempo chocada e encantada com essa resposta. Eu falei que a única diferença entre mim e qualquer outra pessoa é que eu falo disso, apesar de não ser a única que leva escova de dente por onde quer que ande. Ela fez ar de entendida, "claro, por causa do hálito". Mas não é por causa do hálito, e sim pelo ácido gástrico que ataca os dentes; percebi que ela não fazia a mínima ideia de como as atrizes mantinham o peso. E logo me arrependi de não ter respondido "e você, sua gorda vagabunda?" quando ela me propôs perder peso. Se nos seus filmes você pretende me deixar plantada na frente de uma tábua de passar roupas com uns caras gostosos com quem não posso transar, quem é que vai se importar com a minha silhueta? Isto sim é uma vergonha, responder educadamente a uma pessoa que na verdade merece um tapa na cara. E eu não dei aquela resposta por educação, pensando coitadinha, é tão nova e já está acabada, não deve ser fácil seguir a vida com essas pernas curtas e joelhos grossos, esse cabelo grosso e pele oleosa, o nariz pequeno com as narinas escancaradas e olhos medíocres. Eu só respondi educadamente porque preciso trabalhar e sei que não posso mais me permitir ser brutalmente sincera. Eu a estava culpando pela posição em que me encontrava, ao passo que ela não tinha culpa de nada. Há dez anos, eu simplesmente teria recusado encontrá-la e aquele pedido nem teria sido feito.

E, naquele exato momento, pensei que todo o cinema se resumia àquela cena — ao me falar de dieta ela estava era afirmando sua submissão a uma ordem que não é favorável nem a ela própria.

Eu não disse: "não sei o que estou fazendo aqui, conheço outros diretores como você, e vocês são insuportáveis". Que conheço diretores que gostariam de filmar de mim algo diferente do que já fiz. Não disse: "vá procurar alguém que te satisfaça, vá atrás de alguém que você queira de verdade. Não venha me procurar para me obrigar a ser algo que eu não sou". Isso até poderia ser divertido — ela poderia me responder: "vou refazer *Ben-Hur*, e você interpretará o Ben-Hur, nunca te vimos nesse tipo de personagem". Só que não é esse o caso. O que ela quer é que eu a deixe filmar a angústia da meia-idade. Mas não em sua verdade — ela não quer o meu corpo tal como ele é, nem entrar na minha casa quando estou fumando crack. Ela quer uma meia-verdade, aquilo que ela é capaz de suportar dentro do que ela considera ser a verdade. Ela quer é me torrar a paciência, exercendo um poder artificial sobre mim. No fim, o que ela quer mesmo é ter certeza de que não vai ter que pagar nem maquiador nem cabeleireiro para mim e de que vai poder fazer um serviço porco com a iluminação. É isso que ela quer dizer quando se refere a filmar o corpo e não temer as rugas. Está me dizendo que eu serei uma mulher feia num filme bobo e que adoraria que eu lhe dissesse que acho isso radical. É desnecessário falar que eu não estava nem aí em desapontá-la. Mas lembrei de você. Minha tranquilidade também vem da minha reputação de pessoa problemática, que me precede para o melhor e para o pior, e não tenho que provar nada. Todo mundo do meu meio profissional sabe que eu uso drogas. Ninguém fica me pedindo para eu entrar em detalhes do meu consumo. Eu tenho essa aura, e eles gostam disso. É o meu lado de *rockstar*, eu me arrisco no lugar deles. E, ao me verem fazer isso, é como se eles também desobedecessem, tivessem uma procuração.

OSCAR

É um absurdo te pedirem para representar uma mulher qualquer. É como fazer um tigre interpretar um hamster. E, ao contrário do que você está dizendo, não tem nada a ver com usar ou não usar drogas. No mundo do espectador, você será sempre a loba real, chapada ou não. Não me surpreende saber que nenhum cara te abandonou. Não estou muito bem nesses últimos dias. Foi minha irmã que me embaralhou as ideias.

"Se você acha que está curado, vá visitar sua família." Fico ruminando esse mandamento que ouvi no NA. Os pedidos de consolo e de proteção ao meu núcleo familiar parecem desenhos de escadas impossíveis — arquiteturas fascinantes com perspectivas inexistentes que no entanto ficam muito bem no papel. Elas conduzem o olhar e o largam, confundem nosso cérebro. No começo da semana, liguei para Corinne, pois ela tinha me deixado uma mensagem. Nos primeiros dez minutos as coisas estavam indo bem, e fiquei feliz em saber que nossa relação estava melhorando. Falamos um pouco da nossa mãe, que está eufórica nesse momento, e eu comentei "vai ver ela encontrou alguém", porque ela passa o dia inteiro no Facebook e todo mundo sabe que ele funciona como um Tinder da terceira idade. Minha irmã decretou que são poucas as chances de uma mulher heterossexual de setenta anos se divertir com um cara. Ela queria se mostrar descontraída, insinuou que não era o tipo de pessoa que fantasiava com celebridades, mas entendi que ela estava obcecada pela ideia de restabelecer uma boa relação com você. Isso me feriu um pouco: ah, então é por isso que ela estava sendo carinhosa. Contei que fazia mais de um mês que eu não bebia e ela nem aproveitou para dar a entender que logo eu teria uma recaída. As coisas estavam indo bem, mas é sempre a mesma história, a conversa escorrega em uma casca de banana e vai por água abaixo. Com a sensação de que eu podia confiar nela, expliquei que estava me sentindo extremamente sozinho naquela casa estranha e vazia, sujeito a crises noturnas de ansiedade, e que me perguntava o que eu estava fazendo ali, mas, ao mesmo tempo, aquela sobriedade e aquele despojamento estavam me fazendo um bem profundo. Eu estava conseguindo encarar os acontecimentos. Ri ao perceber que a pior parte daquilo que estava acontecendo era quando eu lia declarações supostamente em minha defesa, mas que vinham de uns babacas tão nojentos que eu preferia que eles não se manifestassem. Senti Corinne estranhamente distante. Tive a impressão de que ela não estava mais do outro lado da linha. Então ela disse: "é nojento o que Zoé Katana está enfrentando", e eu respondi: "nojento é você me falar isso". E aí tive uma intuição, um insight, literalmente. Eu sabia. Perguntei: "você a conhece?" e percebi pela voz dela que ficou tensa: "faz trinta anos que sou feminista".

Não é uma coisa que me veio de repente, como uma vontade de fazer xixi. Eu escrevi pra ela, sim. Quando vi a violência dos ataques que ela estava sofrendo, pensei que ela precisava de todo tipo de apoio. *Você não está sozinha.* Essa é a coisa mais importante a se dizer entre nós".

No Narcóticos Anônimos, estou tendo que pensar muito sobre a minha raiva. Sobre o modo como me altero, como perco a cabeça quando encontro resistência ou quando me sinto atacado. Jogo tudo para o alto como se recusasse a complexidade. Tenho vontade de criar menos drama na vida, de deixar as coisas escalonarem menos. De retomar minhas relações com os outros.

Mas quando Corinne me disse aquilo eu joguei pra escanteio toda a ideia de recuperação. Me senti tão traído e idiota por ter acreditado que poderia confiar nela! Fiquei berrando dentro de casa, aproveitei que não ia atrapalhar ninguém, já que meu vizinho mais próximo está a quinhentos metros. Eu a xinguei de puta desgraçada. Daí ficou impossível de entender um ao outro, cada um gritava de um lado. Vagamente, a ouvi me xingar de macho de merda, que fica todo surpresinho porque foi agredido, sendo que se comporta como um babaca privilegiado curtido no álcool, e que minha ex tinha lhe contado que bati nela e isso me deixou louco porque, puta que o pariu!, o que é que todas essas mulheres têm, que agora ficam do lado da Corinne? Desliguei. Passei a noite enumerando todos os argumentos que eu tinha para rebatê-la.

Desliguei o celular. Depois, simplesmente desliguei a internet da casa. Quero paz. Isso me faz um bem. Não ter que começar o dia com uma enxurrada de informações atrozes. Isso me faz um bem danado. Detox. Ser viciado é um defeito de imaginação. Quando a gente começa a parar com uma coisa, dá vontade de

parar com outras também. Como se fosse um vício de detox...
Isso vai permitir que eu me concentre em meu novo livro. Acho
que vou contar minha história, como está sendo para mim. Faz
tempo que quero escrever autoficção. Estou de saco cheio de
romance policial. Dá muito trabalho imaginar uma história
que não existe. Quero contar o que está acontecendo comigo.

No corredor, tem vários livros do Céline em edição de bolso.
Eles não foram roubados. Vai ver essa casa nunca foi alugada
e o que estou sentindo com tanta violência seja seu abandono.
Não gosto do Céline. Ele tem uma prosa vulgar, arrastada, afetada, que se esforça ao máximo para chocar os burgueses.

Quando eu era adolescente, li as primeiras páginas de *Viagem ao fim da noite* sem me preocupar em saber se era um dos
escritores mais importantes do século, e as primeiras páginas
me arrebataram; depois, achei que a coisa estava me dando no
saco e nunca terminei o livro. Anos mais tarde, quando já tinha
sido introduzido à panelinha literária, descobri que Céline era
imbatível. Um estilista fora do comum. Um gênio da criação.

Os escritores não são como o futebol — por exemplo, você
pode pensar o que quiser da seleção francesa, mas há razões
objetivas para a escolha dos jogadores. Nunca vimos um perna
de pau vestindo o uniforme azul. Já com a literatura a história
é outra. Para ser um grande autor, basta que uns três filhinhos
de papai se deslumbrem e te chamem de gênio. E eu desprezo
os célinianos. Quando eles evocam seu estilo inegável, o que estão celebrando é sempre a submissão ao poder — e, nesse caso,
o poder é de extrema direita. O gosto pela submissão é coisa
de fascista. Céline imitou a linguagem proletária para tentar o
Goncourt, ou seja, ele ofereceu os proletas aos endinheirados
como eles os imaginavam. Covarde, grosso, incontinente, an-
tissemita, ruim de cama. Depois, li seus panfletos contra os ju-

deus e entendi que o meio parisiense lhe é agradecido por isso também — a aparência de subversão a serviço do poder. Isso os deixa excitados. Nessas difíceis décadas do politicamente correto, ele lhes permitiu entoar a queixa dos censurados. Tanto é verdade que, durante um tempo, pegava mal ser um filho da puta racista de merda. Adoro o Calaferte e sinto desprezo pelo Céline. Não acredito que todos os artistas têm vocação para serem dignos de respeito. Acontece que alguns foram resgatados apesar do péssimo comportamento, ao passo que o Calaferte foi censurado e pronto. Foi esquecido. Eles não tiveram direito ao mesmo tratamento. Um escrevia aos proletários sendo proletariado. O outro não passava de um puxa-saco de gente poderosa, frustrado em sua adoração por um contragolpe histórico que ele havia julgado erroneamente. Desprezo Céline. Eu deveria escrever um livro sobre isso. Tenho tão poucos inimigos hoje em dia.

REBECCA

Camarada,

Você continua na sua casa no campo? Voltou a Paris? Tenho a impressão de que em breve você vai poder rolar a tela do seu celular em paz, sem o risco de topar com comentários a seu respeito feitos por pessoas odiosas... Te escrevo de um trem praticamente vazio.

Fui a Barcelona por uns dias, para uma retrospectiva dos meus filmes, e cancelaram tudo. De uma hora pra outra, a cidade fechou. Meu agente comprou uma passagem de trem para eu voltar para casa, ele disse que o aeroporto estava um caos. O trajeto leva seis horas. Vi as pessoas usando luvas de plástico, outras estavam de máscara. Estou voltando com a bolsa cheia de garrafas, tabaco e álcool em gel, porque parece que em Paris não tem mais e, de uma semana pra cá, tenho a impressão de que as pessoas não pensam em outra coisa. Estão falando que em Paris também vão fechar tudo, mas acho que estão exagerando. Não consigo imaginar que as equipes vão interromper as filmagens ou que meu agente vá baixar as portas. A vida vai continuar mais ou menos como antes. Em Barcelona, vi a Rambla vazia pela primeira vez em dez anos. Eu tinha esquecido o quanto essa avenida é bonita. Entendi que talvez as coisas não aconteçam como eu estava esperando. Ao telefone, um colega jornalista me contou, com um riso meio angustiado, que vão fechar os Arrondissements de Paris. Eu disse pra ele não se preocupar, que furaríamos o bloqueio. Acho complicado alguém impedir que a gente saia para além da nossa rua. Mas não chego a odiar esse ambiente estranho. Para pessoas como eu, não necessariamente versáteis, as situações-limite nos parecem reconfortantes de um jeito estranho. As mudanças de ambiente ou de perspectiva têm um quê de excitante.

E no meio dessa bagunça, estou pensando em você, meu amigo cretino. Você deve estar aliviado. Esse tal de coronavírus vai acabar ofuscando o seu #MeToo...

OSCAR

Ontem, a vizinha que vem fazer faxina uma vez por semana bateu à porta tarde da noite. Ela me disse que eu precisava sair. Na hora, não entendi do que ela estava falando. Ela é polonesa, deve ter a minha idade. O francês dela é sofrível, e eu expliquei que ainda tinha quinze dias de aluguel. Pela expressão dela, entendi que alguma coisa me escapava. Então liguei meu celular e constatei o tamanho do desastre. Minha caixa de mensagens estava cheia, dezenas de mensagens no WhatsApp, cada vez mais alarmadas — e o seu e-mail. Acalmei a faxineira — com o francês bizarro que tendo a usar quando me dirijo a alguém que não fala minha língua, e que deve ser totalmente incompreensível. Embaralho as palavras ao lado de verbos que não conjugo — mas ela entendeu que eu faria as malas.

Alguém tinha falado desse vírus na última vez que me conectei à internet... Pensei que podia ficar tranquilo naquele fim de mundo, que não estava correndo muito risco. Mas daí até o país ficar confinado, que rapidez! Os proprietários da casa devem chegar em breve, eles querem aproveitar o jardim. Fico me perguntando quanto tempo isso vai durar. Tive que fazer as malas correndo, aliviado porque um taxista vinha me buscar. Conversamos como se nos conhecêssemos havia muito tempo, o acontecimento é tão chocante que agora todos temos algo em comum para conversar. A estação estava vazia, mas os trens funcionavam. Éramos umas trinta pessoas naquele percurso Nimes-Paris. Sorríamos uns para os outros, como se estivéssemos cansados. As pessoas conversavam entre si. Tinha a mulher que levou os filhos para o pai, porque ela trabalha no hospital e não vai poder cuidar deles; o cara que tinha ido ficar com os pais e percebeu que não os suportava, então preferiu voltar para casa; a outra que foi encontrar o amante e abandonou o marido sem dar satisfação. E eu, que havia cortado a internet da casa alugada. Fiz as pessoas rirem com a minha história. Eu a contava com prazer, e a cada vez melhor. Exagerava a cena com a polonesa e a minha incredulidade ao ligar o telefone.

Mas não fiz a minha filha Clémentine rir quando liguei para ela do trem. Ela me disse: "nós estávamos preocupadas" e entendi que ela não acreditou na minha história e queria que eu soubesse que ela não estava nem aí. Insisti, tentei descobrir o que se passava em sua cabeça e ela me respondeu calma que "na verdade" eu devia estar tão chapado que não tinha entendido o que estava acontecendo. Aí eu perdi a cabeça. Falei: "faz um mês que não boto uma gota de álcool na boca e pare de falar comigo como se eu fosse um alcoólatra, você está exagerando". Ela me respondeu "tá bom, papai", com um tom enfadado. Eu estava puto ao desligar. É a mãe que enfia esse tipo de coisa na cabeça dela. Não tem como minha filha pensar que eu fico chapado a ponto de não ouvir o que estão falando no rádio. Ela não desconfiaria de mim se não fosse a desconfiança da mãe por trás. Por um momento, passou pela minha cabeça ir beber assim que chegasse em casa, para ela aprender.

Mas daí me imaginei no Narcóticos Anônimos contando que tive uma recaída porque minha filha me tratou mal. E percebi — antes eu não tinha me dado conta — que você ganha poder quando diz: "não usei". E depois é aplaudido. Eu estava convencido de que aquele ritual coletivo era meio babaca. Mas ele faz diferença. Também lembrei de um cara que disse há pouco: "eu faço o possível pra não ficar com meus filhos" e o julguei quando ouvi isso, pensei que era coisa de homem fraco. Mas também percebi que ele estava contando uma coisa que eu seria incapaz de confessar. Faz mais de um mês que não procuro Clémentine. Sempre encontro uma boa desculpa para fugir do meu turno da guarda. E sinto um ódio profundo da minha mulher quando ela me repreende por isso. Se ela não tivesse saído de casa, não estaríamos nessa situação. Mas a verdade é que tenho medo de procurar a minha filha — nunca sabemos o que fazer juntos.

Paris estava deserta, como você bem sabe. Concordo com a imagem que todo mundo está descrevendo na internet — parece um cenário de filme apocalíptico. Bizarramente poético.

Muito onírico. Mais surpreendente do que angustiante. No hall do meu prédio, senti cheiro de desinfetante. Há um tipo de silêncio em casa que eu não conhecia. Só quebrado pelo barulho dos filhos dos vizinhos brincando na escada.

REBECCA

O que mais me fascina é a rapidez com que mudamos, a plasticidade da nossa realidade. Uma coisa que antes era impensável de repente passa a ser normal. Conheço uma garota que é herdeira de grande fortuna. Ela foi para sua ilha particular. Me convidou para ir junto. Fizemos uma chamada no FaceTime e ela estava sentada diante de uma cesta de frutas exóticas, com palmeiras em volta. Eu falei que seu cantinho de paraíso era a minha ideia de inferno. Ela riu, mas percebi que estava morrendo de medo do vírus. O pai dela era um magnata da indústria farmacêutica.

Desde então, leio as reações indignadas de pessoas da minha idade sobre dois autores que foram para suas casas de férias enquanto os franceses vivem apertados em pequenos apartamentos. Como se, em caso de problema, duas horas de estrada fizessem alguma diferença. E penso comigo: "é estranha essa mania de nunca odiar aqueles que estão no alto. Odiar justo o vizinho, que poderia ser você, e não quem está realmente protegido".

Desliguei o rádio e a televisão. Não servem pra nada. Esse apocalipse nem chega a ser espetacular. Da minha parte, evito a internet. Quando percorro as redes sociais, tenho a impressão de que estou virando uma cagona. Ou uma velha senhora ansiosa que não suporta sequer que alguém desarrume um pouco o seu cobertor. Não gosto das reações que elas me provocam.

Essa hipersensibilidade imbecil, esse jeito de ficar policiando o que meus amigos falam, julgando o que acho deslocado ou estúpido. Ouço Wagner no máximo volume. Os vizinhos não ousam reclamar. Afinal, sabem quem eu sou. Meu agente passou para encher minha despensa antes de sair de Paris. Horas de engarrafamento, um verdadeiro êxodo. Faz meses que não tenho cartão de crédito. Então ele veio e esvaziou a mercearia embaixo da minha casa. Tenho um estoque de Coca-Cola e de sopas chinesas que vão me segurar por um tempo. Meu agente falou que os jornalistas conseguiram um passe-livre que os autoriza a circular por três meses. Não posso acreditar que vamos ficar trancados por tanto tempo. Ele me deixou um maço de dinheiro quando saiu. Parecia uma cena de *Os bons companheiros*. Todo dia eu desço para comprar alguma coisa, mais por curiosidade do que por qualquer outra razão. Logo eu, que detesto andar, faço infinitas caminhadas. Principalmente à noite. Nunca vi isso. Um cenário de filme do tamanho de uma cidade. Não tem nenhum adolescente nas ruas. Eu teria pensado que eles fugiram e estão aproveitando para fazer um monte de besteira. Os dealers estão pegando cachorro emprestado pra passear, eles fazem entregas na porta de casa. Que admirável é a capacidade de adaptação! Deveriam ser promovidos ao comando dos serviços públicos, tudo ia funcionar muito melhor. Só precisa encomendar antes de anoitecer; eles param as entregas às sete horas da noite. Mas podemos comprar máscaras pra eles. A ideia de comprar droga em horário comercial é que me deixa deprimida.

A primeira coisa que pensei foi convidar o meu dealer para vir morar aqui em casa. Não tenho dinheiro, mas nossa relação é excelente: depois de anos que a gente se conhece, ele teria me dado um crédito. Mas não o chamei. Essa história está me deixando meio exaltada. Mas você está me irritando com essa palhaçada de "eu estou limpo", eu vejo isso mais como um desafio. Eu sou muito competitiva, em geral. Tenho uma personalidade de campeã, é uma pena que eu não goste de esportes.

OSCAR

No WhatsApp, pessoas que acabei de conhecer — elas são do NA — compartilham links de reuniões no Zoom. Participei de uma logo na noite em que cheguei. Era uma zona, ninguém sabia direito como mexer no aplicativo. No computador, vi as janelinhas ganharem vida.

Tinha o cara dentro do seu bar vazio, a senhora idosa em um escritório branco, a menina no quarto de um albergue, o cara deitado na cama e mal enquadrado na tela, o árabe no jardim de uma fazenda, o senegalês na frente da mesa da cozinha, a loira bonita em uma espreguiçadeira, um ator famoso na sala com vários livros atrás. Aquilo me comoveu. Um de cada vez, falamos do significado do isolamento em nossas vidas. Tinha medo, raiva e alívio para alguns. O que me lembra daquilo que você disse. Quando estamos acostumados a viver no limite, nos sentimos mais à vontade ao romper o limite. Acho que eu estava prestes a perder o controle, mas essa teia humana me segurou. Percebi que, para mim, o isolamento estava deixando as coisas mais fáceis. Não vou ter que me controlar para não beber em um jantar, nem fingir não ter visto a movimentação das pessoas indo e vindo do banheiro, nem ter que escolher uma bebida sem álcool no bar, nem recusar um convite para ir ao camarim no final de um show. Estou evitando a tentação. E também estou muito agradecido, porque funciona como os dealers — você pode contar com essas pessoas. Em menos de uma semana, tinham inventado outro jeito de fazer as reuniões.

Então todo dia ligo o computador e me conecto com eles. Estava procurando um padrinho e telefonei para um romancista que também está no programa — nesse marasmo, quero começar a escrever as etapas. Ele me aconselhou a falar com outra pessoa, que aceitou ser meu padrinho durante o confinamento e me enviou fotos de seu caderno de etapas. Nunca tinha visto nada parecido. Ainda estou traumatizado com o complô que armaram contra mim e penso "nunca tive tanto apoio". É a antítese do Instagram. Um lugar onde homens e mulheres se reúnem para falar de suas fraquezas, impotências, preocupações — e em que prometem se ajudar sem exercer qualquer tipo de dominação, e não exercem. Existe uma solidariedade masculina na vida, mas ela sempre tem um preço. Você precisa mostrar que é um homem bom, que sabe se comportar, que está conseguindo. Você é durão, garanhão, ganha uma grana, tem um carro foda, uma bela namorada. Até existe uma solidariedade masculina — mas não há fraternidade. No NA, vou diariamente às reuniões, exponho minha fraqueza e ninguém me responde com um sorriso irônico. Conto que tenho medo de ficar sozinho. Estou na merda, mas faço as pazes com todos aqueles e todas aquelas que me odeiam e fico me debatendo com meus próprios pensamentos. Só que ninguém ri da minha cara.

Meu padrinho é um cara meio maluco, parece ter saído diretamente da idade da pedra, mas está limpo há vinte anos e sabe tudo sobre a fraternidade. Ele me contou de encontros malucos que estavam sendo organizados apesar do toque de recolher, mas eu me recusei a participar. Passei água sanitária na casa inteira. Sempre que saio pra comprar leite, desinfecto a maçaneta da porta. Estou percebendo que sou um desses que ficaram ansiosos com o vírus.

Mas estou escrevendo essa primeira etapa. Vai ser um longo inventário sobre a minha relação com o que eles chamam de "as substâncias". Estava com medo de que isso desencadeasse uma vontade de me drogar. Começo todos os dias com uma reunião — e funciona, aparentemente de modo subliminar e de um jeito que não sei explicar, só sei que esqueço de pensar na droga, sendo que, puta merda, até então eu pensava nela todos os dias da minha vida.

REBECCA

Eu me identifico demais com um viking para ficar ansiosa com o vírus. Fico pensando que, com tudo o que já usei na vida, meu corpo deve ser uma fábrica de autocura de primeira categoria. E não é como se estivéssemos vendo cadáveres empilhados nas ruas. Mas eu entendo o medo das pessoas e respeito. Não é todo mundo que tem quinze anos de heroína e vinte de crack nas costas. O carteiro não está usando máscara. Ele é meu amigo, e é cinéfilo. Não curte cinema francês. A não ser os filmes em que trabalho, que acha incríveis. Ele está sem máscara, e vejo que está ansioso, não quer entrar na minha cozinha e me dá um sorriso desolado. Me contou que os correios continuam funcionando e que os funcionários do balcão tampouco usam máscara. Nem a polícia usa. Você pode vê-los perambulando pelas ruas vazias. Ou quatro policiais dentro de uma mesma viatura. Sem nenhuma proteção. Todos aqueles corpos de trabalhadores que vivem de salário mínimo entregues à doença — e ninguém consegue explicar como ela está se espalhando. Corpos desprezados. Isso me deixa humilhada. Não me sentia próxima do povo desde os meus quinze anos, mas hoje isso me deixa humilhada. É difícil de explicar. A ideia que tínhamos de país começou a descarrilhar. Eu não sabia que gostava tanto do meu país — tal como quando você fala da sua mulher, de quem você começou a gostar depois que foi abandonado por ela. Agora que a França onde eu cresci desapareceu, me dou conta de que a amava.

OSCAR

Quando falaram "lockdown" e voltei para Paris, eu esperava de tudo, menos isso. Estou vivendo minha melhor vida. Da minha janela, vejo os vizinhos da frente, um casal que levou cadeiras para a varanda e passa a tarde inteira se bronzeando. À noite, depois dos aplausos das oito,* um cara toca saxofone e todo mundo fica na janela para ouvi-lo e aplaudi-lo. Ontem à noite ele tocou "Despacito" e eu dancei sozinho.

Estou mais sereno do que nunca. Não sei o quanto se deve ao silêncio, sentir o cheiro das árvores da avenida pela primeira vez desde que moro aqui, ou ao meu organismo, que passou pelo baque do detox e agora está começando a se recuperar.

Passo horas no TikTok. O confinamento está inspirando os criadores da plataforma. Já faz um bom tempo que eu conheço o aplicativo, mas nunca tinha mergulhado a fundo nele.

Num fim de semana em que eu estava com a minha filha, ouvi uma gritaria vinda do quarto dela, com o primo, sendo que eu havia lhes pedido educadamente que não fizessem barulho, pois eu faria uma ligação com alguém nos Estados Unidos. Detesto que falem em inglês comigo ao telefone — não ver o rosto do meu interlocutor me desencadeia uma semissurdez absurda. Depois que desliguei, abri a porta do quarto dela aos berros, sem bater, para deixar bem claro que, se ela

---

* Durante a pandemia de covid-19, cidadãos confinados iam à janela de casa aplaudir os trabalhadores da saúde, um hábito que, iniciado nos países europeus mais afetados pela doença, se alastrou pelo mundo.

não me respeitava, eu não ia respeitá-la, e também porque imaginei que não estaria fazendo nada estranho com o primo — de qualquer modo, pelo barulho que faziam, havia pouca chance de ser algo diferente de qualquer besteirada infantil — e os encontrei assim, com o zíper do agasalho fechado até o queixo, capuzes bem apertados na cabeça, e ele pulava na cama com os braços ao longo do corpo, enquanto ela ficava em primeiro plano, na frente da câmera, para pular do mesmo jeito. Eu entrei gritando e notei que na hora eles perceberam que aquilo daria um ótimo vídeo para o TikTok — trocaram um olhar falsamente assustado, com uma coordenação admirável, e Clémentine interrompeu a gravação, pediu desculpas, eles saíram às gargalhadas e, quanto mais eu ameaçava, mais eles riam.

Eu estava morrendo de inveja. Poderia ter atirado o celular dela na privada para que ela parasse de rir. Não era a primeira vez que aquilo acontecia. Saí do quarto xingando, a minha vontade era abrir o berreiro. Ou quebrar tudo. Sentia inveja por ser excluído da geração deles inveja da risada deles do fato de estarem dançando inveja por me falarem de um aplicativo que nunca tinha ouvido falar inveja da bobeira deles, de como se davam bem. Estava com inveja por não estar no lugar deles. Inveja da juventude deles. E, pela primeira vez, eu estava lúcido. O que eu sentia não era um engano. Eu estava cansado de ser o velho, de ser o pai, de não poder botar um moletom, um capuz, e pular com os braços colados ao corpo na frente da câmera me achando genial. E eu nem podia contar "quando eu era mais novo, eu também me divertia horrores", porque na idade dela eu era muito apavorado, tinha certeza de que era um fracasso e de que nada de bom aconteceria comigo e eu sempre achava que tinha que insistir para sair com meus amigos. Tento esconder a inveja que sinto da minha filha. Nem em voz baixa consigo admitir. Prefiro dizer que sinto pena dela ou que me preocupo com suas tolices e com seu baixo desempenho na escola. Falo que é terrível que essa juventude fique corcunda tão cedo por passar um tempão curvada na frente da tela. Mas este mês estou mexendo no TikTok e a única coisa que eu penso é: tenho é inveja da juventude dela. E do modo como ela a vive.

ZOÉ KATANA

Sou amiga de uma atriz. Na verdade, de uma grande estrela do cinema. A gente conversa muito pela internet. Ela quer saber como está minha saúde. Nunca escondi que gosto de me aproximar de pessoas famosas. Viro fã fácil, e não me desculpo por isso. Me empolgo com pessoas das quais nem de longe vou chegar perto, faço amigos imaginários, converso com eles na minha cabeça. Isso me ajuda a viver, sei que é coisa de mulher ingênua, mas estou pouco me lixando. Sou amiga de uma atriz de cinema e, de manhã, recebo mensagens carinhosas dela. E isso me deixa muito feliz. E é isso.

Saio de casa muito de vez em quando e não encontro quase ninguém, mas, mesmo assim, consegui pegar esse vírus de merda. Quase morri de medo. Tive uma febre horrível e dores muito fortes nos membros. Tinha algo de estranho acontecendo comigo, uma coisa além de gripe pesada. Liguei para o pronto-socorro e me pediram para medir a temperatura e esperar, porque eu não estava tão mal a ponto de ser internada. Eu não podia pedir pra ninguém vir cuidar de mim e temia que meu estado se agravasse e eu não fosse capaz de pedir ajuda. Uma enxaqueca constante me dava vontade de vomitar. Foi horrível. E, no quinto dia, uma amiga lésbica radical passou meu número pra Rebecca Latté. Não, eu não estou ficando louca. A febre já baixou faz alguns dias. Eu disse isso mesmo: Rebecca Latté. A terceira da Santíssima Trindade: Béatrice Dalle, Lydia Lunch, Rebecca Latté. Aquelas a quem você recorre quando se questiona como sobreviver sendo heterossexual. (Hannah Arendt é a quarta da minha lista, mas não tenho foto dela colada acima da cama. Das outras três, sim.) Isso pra dizer que, quando recebi esta mensagem: "eu moro ao lado, você quer que eu deixe algumas compras na sua porta?", tive a impressão de ser visitada pela graça divina. Reli a mensagem dezenas de vezes. Respondi que sim e sentei na frente da janela, a febre ainda não tinha baixado, mas eu já estava mais tranquila. Eu a avistei chegando. Ela procurou o código da minha porta no celular e eu corri para vê-la pelo olho-mágico. Ela olhou para os nomes nas campainhas e eu gritei: "é aqui mesmo! Não posso abrir, mas é a porta à esquerda". Ela disse: "olá, Zoé" e eu comecei a rir. Fazia tempo que eu não ria. Expliquei: "é estranho pensar que você sabe meu nome", e ela não parecia temer que a doença passasse por baixo da porta, pois encostou na parede, e eu pude vê-la de perfil. Ela acendeu um cigarro, o que me surpreendeu: "você está fumando no corredor?", e ela virou o rosto pra mim, sorrindo: "é que protege do vírus. Li alguns artigos falando isso".

Conversamos através da porta enquanto ela fumava. Eu reconheci sua voz, mas estava achando ela mais grave, na verdade, mais impressionante.

"Faz uma semana que eu não falo com ninguém."

"É essa a lógica. Parece que o vírus é transmitido por gotículas nojentas projetadas quando falamos."

Ela sentou no chão e encostou na parede, com a cabeça pra trás. Como se estivesse em um filme. Ela tem uma risada que conforta, que transcende a situação, que vira tudo de cabeça pra baixo.

"É bom falar com você. Fico mais calma."

"Você conhece a Corinne, que me passou seu telefone?"

"Sim, eu sei quem é. No começo, eu não queria ouvir falar o nome dela. Mas ainda bem que ela insistiu, por isso você está aqui. Ela me disse que vocês se conhecem desde a adolescência."

"Desde a infância, pra ser mais exata. Ela te contou que eu conheço o Oscar?"

"Não."

"A gente se corresponde. Prefiro que você saiba disso."

"Vocês se dão bem?"

"Eu sei que ele é um babaca. Mas é meu amigo. Eu tenho um monte de amigo babaca. Vai ver eu também sou babaca."

"Não tem problema. É só não falarmos dele."

Jayack já fodeu minha vida o suficiente, não vou desistir de encontrar a Rebecca Latté só porque ela tem certo interesse por ele.

Eu a ouvi descendo as escadas e abri a porta. Tinha fruta, pão, leite, chips e moranguinhos Haribo. Foi isso o que ela trouxe pra mim. Fui deitar e caí num sono profundo.

REBECCA

Não vou te insultar fazendo você perder seu tempo me pedindo desculpas. Eu não esperava que ela escrevesse algo desse tipo. Esse é o problema com os jovens. Você não pode lhes oferecer um croissant sem que eles postem isso na internet... Logo quando eu queria demonstrar ter um pouco de tato. Isso só prova que, quando não é a sua praia, não adianta insistir. Como você bem avisou, Corinne voltou à cena. Está mais leve e engraçada. É bom lembrar que continuamos vinte e quatro horas trancados em casa, e ela está dando um pouco em cima de mim, meio à moda antiga, tem sangue nos olhos, mas não faz mal, estou deixando rolar. Às vezes nos falamos por telefone. Ela me contou da Zoé, eu comentei que isso não era muito leal a você, e ela respondeu que, como feminista histórica (que é conhecida basicamente no seu próprio bairro, mas não esqueçamos que isso já é alguma coisa), ela se sentia obrigada a demonstrar apoio, mesmo que simbólico, à jovem blogueira, assediada por todas as forças do mal que atuam na internet — e Deus sabe que são muitas. Por fim, pedi que evitasse falar disso comigo, ela disse que tudo bem. Eu sempre sou atraída por esse tipo de gente... pessoas que dizem concordar, mas que vão lá e fazem exatamente o contrário do que você pediu. Foi assim que, logo no início do lockdown... bom, o resto da história você conhece. Eu disse a mim mesma que não podia simplesmente não visitar a moça doente. Eu sou um bem não rival, sou mais ou menos como o sol. Não é porque eu levo três limões e gengibre pra ela que você se beneficia menos do meu brilho. Eu tinha a impressão de estar interpretando a Lady Di quando fui à casa dela. Um misto de princesa e enfermeira.

Quando voltei para casa, li vários textos dela. Existe uma discrepância entre a menina que tinha falado comigo por trás da porta e a semi-Valquíria inflamada que discursa para a internet feminista, e eu gosto dessa dicotomia. Sei que não dá para te pedir que se sensibilize, mas a verdade é que ela está passando muito perrengue. Eu, por exemplo, que não suporto um cretino da sua laia dizendo que sou feia na vida real, não sei como reagiria se estivesse no lugar dela. Ninguém aguenta esse linchamento. E ela também, a surra que leva cada vez que abre a boca só faz aumentar seu capital de simpatia. Então, no dia seguinte, enviei uma mensagem fofa perguntando como ela estava se sentindo.

Eu te conheço o bastante para saber que você é capaz de criar um drama disso. Seria uma pena, visto o prazer que você tem em me escrever e em ler o que escrevo.

OSCAR

Eu queria poder te cuspir pra fora da minha vida. Estamos nos escrevendo há semanas e você se tornou a pessoa mais próxima de mim. E agora você conspira pelas minhas costas com a minha irmã, vem me contar que ela está te xavecando e acha isso engraçado, e ainda vai visitar a fulana que me fodeu a vida para depois vir me dar notícias dela, dizendo que "ela não está muito bem, mas estou cuidando dela". Vou reagir como um cara traído. E você tem razão, vou sentir saudades, é uma dor sem fim, você vai dizer que a única coisa que eu sei fazer é reclamar, mas eu não estou aqui para fingir nada.

Obrigado por tudo. E *bye-bye*.

REBECCA

Quando recebi sua mensagem, pensei problema é seu, que se foda. Justo agora que eu tinha me acostumado com as suas mensagens. Como estou com tempo livre, prefiro te escrever a morrer de tédio. Já que você gosta tanto de franqueza, aqui vai a minha: fiquei sensibilizada quando você disse que sou a pessoa mais próxima de você hoje em dia, e isso me faz perceber que a recíproca é verdadeira. Vamos falar a verdade, estamos virando bons amigos.

Te ouço no Zoom, durante as reuniões da manhã. Percebi que você começa o dia assim. Tive que ouvir algumas reuniões até identificar as de que você participa. Você raramente liga a câmera, mas o teu nome te entrega. E, agora, já reconheço a sua voz entre as outras, quando você se apresenta ou quando lê alguma coisa. Não pense que estou te espionando. Tenho o total direito de assistir a essas reuniões. Sobretudo porque eu não tenho telefonado para meu amigo dealer. Eu mereceria ser aplaudida por vocês. Mas eu entro com um pseudônimo e nunca ligo a câmera. Não estou a fim de que um retardado qualquer faça um *print* da tela para depois ficar me zoando no YouTube.

Entendo que você esteja revoltado porque fui visitar a Zoé. Entre todas as jovens de Paris, fui escolher bem aquela que mais te daria repulsa de me imaginar encontrando. Poderia te dizer: "mas ela não fez nada, ela é a vítima", ou "fui manipulada pela sua irmã, foi ela que inventou todo esse troço, pois está preocupada com a nossa amizade". Ou poderia falar para você ir se foder, que nunca me abandonam nem rompem comigo, e você não será o primeiro. Mas, em vez disso, vou te dizer: "eu sei, fiz uma besteira. Não fui uma boa amiga dessa vez".

Você ficou revoltado, e naquela mesma noite eu liguei para um amigo que tem o material, ele me buscou em casa de moto e fiquei dois dias na casa dele. Seu apartamento virou uma luxuosa casa de crack, só os VIPs estavam lá. Mas não foi bom. Já faz um tempo que não curto mais. Só que é difícil parar.

Mas agora já deu, vai fazer dez dias que você está bravo comigo. Então estou decretando nossa reconciliação, pelo menos da minha parte.

Estou interessada nessa história de reunião. E você é a única pessoa com quem posso falar sobre isso. Em primeiro lugar, é verdade que isso muda muito o ambiente do confinamento, essa conexão com a França. A França profunda ou não, aliás — tem de tudo nesse troço. O que é bastante óbvio, você que o diga, uma vez que todo mundo se droga... por outro lado, sem querer ficar obcecada por esse assunto, não vi tanta gente assim. Reencontrei apenas duas pessoas, para ser exata. O aspecto religioso me aborrece. Não gosto que me falem tanto de Deus já no café da manhã. Mas volto todos os dias, então é uma crítica de uma mulher que tem uma queda por esse troço.

Já percebi que vocês acreditam de verdade que algumas pessoas não estejam doentes. Em uma sociedade como a nossa, me parece complicado pensar que existem sujeitos saudáveis. A imensa maioria está completamente desnorteada. Todo mundo. E percebi que os dependentes relacionam quase sistematicamente a parte de si mesmos que se droga com a parte perturbada. Quando ouço vocês, fico pensando naqueles dois vilões de *Pinóquio*, o João Honesto e o Gideão — os dependentes que frequentam o NA parecem fugir de conselheiros maldosos que querem manipulá-los para prejudicá-los, enquanto eles são pequenas marionetes inocentes e bonitinhas. Não estou de acordo. A certa altura, temos que admitir, usar drogas é uma coisa que se faz contra o bom senso. É claro que te prejudica, só que você não consegue parar. E, quando você começa, isso visa tanto a te proteger quanto a te colocar em perigo. É uma estratégia que deu certo. Caso contrário, convenhamos, não teríamos caído nessa.

No geral, o que mais gosto nas reuniões é que funciona se você as transpõe para uma grade de leitura do mundo como ele é. Encarar o mundo como um consumidor de crack funciona. Alguém a quem você diz: "talvez seja melhor você abandonar o cachimbo e tentar outra coisa" e que responde: "você está louco; faz parte da minha natureza ficar chapado em estacionamentos". Se você substituir crack por "remuneração dos acionistas", funciona. Todo mundo sabe que essa economia está nos levando à catástrofe. E dá para pensar que as pessoas que estão no comando respondem exatamente como um viciado em desespero: "prefiro morrer a ir para a reabilitação".

Estou dando uma de esperta. Fico fazendo rodeios porque me parece estranho aderir a esse troço. Eu nunca aderi a nada. Sobretudo a um programa. A princípio, só a palavra "reabilitação" já me dá vontade de pular da janela. Estou te escrevendo porque aconteceu um negócio durante uma reunião. Eu estava assistindo a tudo de longe, com interesse, mas sempre a certa distância; e daí aquela garota começou a falar. Eu me identifiquei com ela porque era mesmo muito bonita. E fiquei surpresa como era fotogênica; caso contrário, sem maquiagem na frente da câmera como ela estava, ela não teria brilhado tanto. Ela pronunciou a palavra "crack". Eu sei, é raro alguém nomear a substância. Mas ela fez isso. Uma das coisas mais admiráveis da fraternidade é que é uma reunião de pessoas acostumadas a fazer exatamente o que lhe pediram para não fazer. Então de cara ela disse a palavra "crack". Ela falou: "eu fumava crack com minha filhinha ao lado e achava que estava dando conta das coisas, que não estava viciada porque não sentia falta entre uma dose e outra". Lembrei de você, que me contou que chorava de soluçar em toda reunião. Eu não chorei. Mas senti que alguma coisa se rompeu. Entendi o que eles queriam dizer com "se identificar". Olhei para os quadros pendurados na parede atrás dela, mas não consegui discernir nada.

Eu também não sinto falta entre uma dose e outra. Não me incomoda tanto parar de usar por dias seguidos, como estou fazendo agora. E, igual a essa garota, também acho que não sou viciada, porque nem sempre uso as mesmas drogas. Fico alternando. Depende da estação, da galera, das cidades, da oportunidade. Uso o que está disponível e acho que tenho controle. Mas estaria mentindo se dissesse, com a mão no coração, que nunca uso droga durante as filmagens. Na minha equipe, se percebo que tenho tempo e me oferecem com educação, estou pouco me lixando em saber que posso estragar os takes e que o diretor vai ter mais trabalho; ele vai acabar dando um jeito e nunca vai ousar falar disso comigo. Essa menina que teve a audácia de pronunciar "crack" era tão bonita quanto eu. Fiquei embasbacada com a sinceridade dela. Nós, mulheres bonitas, não devemos nada a ninguém. Muito menos a verdade. O fato de ela simplesmente tê-la dito me deixou atordoada. E a cada palavra que ela pronunciava pra contar como mentia para si mesma ao chegar no NA, eu sentia que ela estava se dirigindo a mim.

Todo dia eu ligo o computador para te *stalkear*. Mas, na verdade, também frequento reuniões das quais você não participa. Eu os ouço dizer: "perdi a obsessão pelo consumo", e, ao mesmo tempo que isso me irrita, é pueril e me dá preguiça, eu sinto inveja.

Também me deixa ansiosa. Fico me perguntando aonde é que essa babaquice vai parar. Pra começar, virei feminista. Depois, me senti próxima das pessoas que têm que trabalhar durante o lockdown. E agora fico ouvindo as pessoas contarem o que elas fazem para manter a abstinência. Se a coisa continuar assim, em seis meses vou acabar comprando um tênis e começar a correr. Isso me dá medo, o meu público vai se decepcionar se isso acontecer. Mas não estou aqui para fazer a plateia rir. O que eu mais quero é continuar viva. E não estou certa de que consigo fazer isso. Fazer como você. Creio que é disso que mais tenho medo. De assumir o risco de falhar.

OSCAR

Fico feliz que esteja me escrevendo, preciso confessar. Pensei que teria uma recaída por causa de você — por causa de sua traição, de sua falta de confiabilidade, eu me dizia: "ela fingiu que era minha amiga e que era um apoio, mas ela não tem nenhum tipo de carinho por mim". Eu estava prestes a fazer o que sempre fiz — passar dias inteiros deitado de lado, reclamando que nada é fácil para mim e ninguém me ajuda como um ser humano merece etc.

E depois tive pequenos satoris, um depois do outro. Também não gosto do Kerouac. Esse americano era um babaca que se rebaixava, assombrado pela própria inteligência. Mas foi dele que peguei a palavra emprestada quando aconteceu comigo. Pequenos satoris. Fui salvo por essas malditas reuniões e pela escrita da primeira etapa. Dizem que é a nuvem cor-de-rosa dos primeiros meses de detox. Um clássico.

E aí você me escreveu. Queria te responder desde a primeira vez, mas eu estava muito chateado. É difícil descrever o prazer que sinto ao te imaginar participando das reuniões. Acontece essa coisa estranha no NA — esse entusiasmo pela desintoxicação dos outros. Pessoas que você nem conhece, mas deseja que fiquem bem, como se a vida dependesse disso. Não entendi como foi que isso aconteceu comigo. Só sei que eu não pensava em outra coisa, que aquilo definia tudo o que eu era e as pessoas por quem eu me sentia atraído, que aquele era meu modo de estar no mundo. E que isso saiu de mim. Eu nem imaginava ser capaz de me sentir tão firme. Tão calmo. Tão confiante. Como eu quero que isso te aconteça.... "Para ser membro, basta o desejo de parar de usar." O slogan é perfeito. Pela primeira vez, não me pergunto se estou mentindo, trapaceando ou merecendo. Eu pertenço a esse grupo. Basta o desejo de parar de usar para ser um membro legítimo. Ninguém tenta acrescentar outros pré-requisitos — ter um cartão de crédito ou ter feito dieta ou ter boa ortografia ou ter nascido aqui ou provar que é homem de verdade — esse é um grupo para o qual "basta o desejo". Nunca vi tanta gente querendo mudar de estratégia sinceramente para fazer com que as coisas melhorem. E, de modo geral, essas pessoas estão longe de conseguir. Mas esse não é o problema. O que conta é a tensão, a tensão rumo ao bem. Não lembro de já ter vivido isso em outro lugar. E estou tão feliz em saber que você é uma dessas telinhas pretas, de manhã, junto conosco.

Minha filha não está bem. Estou péssimo. Agora ela está na minha casa. Léonore precisava sair da cidade pra respirar. Clémentine está infeliz e é a primeira vez que entendo que isso não é contra mim. Não é para que eu me sinta mal ou para me repreender por alguma coisa. Ela é um indivíduo — e não um satélite conectado à minha vida. Eu poderia ter pensado nisso antes, mas é como se eu não tivesse tido tempo até então. Eu evitava pensar nela. Sentia muita culpa.

As coisas entre nós melhoraram mais do que eu poderia imaginar. Ficamos jogando Reversi, ela me dá uma surra, porque por mais que eu jogue sem nenhuma condescendência, dando o meu melhor, eu fico confuso, não entendo o que acontece, e de repente ela vira o jogo. Vejo que ela adora, por isso jogamos.

No fundo, me dói que eu seja tão estúpido e testemunhe o seu júbilo, então não dá pra dizer que isso nos aproxima. A minha vontade é falar: você já percebeu o quanto fica mesquinha e patética quando ganha? Mas no fim suporto tudo de boca fechada. Jogamos Reversi ouvindo a música de que ela gosta e isso nos aproximou mais. Billie Eilish acabou me conquistando. Depois, fui convencido por Lana Del Rey. Não comentei o que achava das letras — "*my pussy tastes like Pepsi-Cola*" —, fingi que não entendia inglês, mas depois pensei, o.k., alguém pensou na letra. Adorei essa ideia. "*My pussy tastes like Pepsi-Cola.*" Tentei lhe mostrar PNL e deu pra ver na cara dela que ficou horrorizada em saber que seu pai ouvia uma banda de jovens, mas, mesmo assim, botei o disco. Pedi para trocarmos de jogo e pegamos a caixa de Triominos, porque aí pelo menos tínhamos o mesmo nível, e ela acabou topando ouvir PNL. Percebi que ela não ouvia música feita por homens. Não é uma postura ou uma decisão pessoal. Ao que parece, PNL devia ser feminino o bastante na depressão para ser passável. Chegamos no Bad Bunny — e aconteceu a mesma coisa, de início ela ficou horrorizada e depois não se importou.

Às oito da noite, ela abre as janelas e começa a aplaudir junto com os demais. Antes de ela chegar, eu era avesso a isso — é ridículo, já que ninguém prestava atenção nas reivindicações das enfermeiras antes da catástrofe, e ninguém vai continuar solidário quando essa história acabar. Mas, tão logo começam a aplaudir, Clémentine fica de pé e vejo que isso lhe faz muito bem, então acabo lhe fazendo companhia. Fiquei surpreso com a minha emoção — me senti fisgado. Às oito horas já está escuro e não dá para ver quem nos rodeia, mas percebo que não tem nada a ver com o hospital. Estamos aplaudindo a nós mesmos no escuro para conjurar o medo. Fiquei aliviado de não ter dito a Clémentine que aquilo era uma besteira.

Ficamos assistindo a séries à noite porque, assim, não temos que pensar no que conversar, jantamos em frente à televisão. Não é o ideal. Sei que quando Léonore vier pegá-la e Clémentine lhe contar que assistimos a quatro episódios de *Pretty Little Liars* por noite, a mãe vai reclamar. Principalmente porque, em relação à escola, eu a oriento a fazer o mínimo.

Às vezes tento conversar com ela, mas é difícil. Meu padrinho diz que devo ter paciência, que leva tempo até que seu filho esqueça que você era dependente e deixe de desconfiar de você. Eu não sou um pai exemplar. Mas Clémentine também não é a filha dos sonhos. Ela é durona. No NA, talvez você já a tenha visto — tem uma menina que liga a câmera e tem cara de árabe, com o cabelo puxado para trás, tão esticado que parece lhe causar dor. Ela sempre toma a palavra pra falar algo de negativo. Ela lembra a minha filha. Escuta todo mundo — e interrompe para dizer: "isso é *bullshit*, vocês não passam de uns idiotas sem-vergonha, quero sumir, vocês só ficam me enchendo o saco".

E eu gosto dessa menina. Daí, consequentemente, penso que eu deveria gostar da minha filha também, por ela ser negativa de forma tão sistemática. Sempre na defensiva.

Mas, com relação a Clémentine, eu queria tanto que a atenção que lhe dedico fosse suficiente para fazê-la se sentir bem — minha vontade é de lhe dar uma surra quando ela faz careta, de perguntar "quem você pensa que eu sou? Um pai de estimação?". Nosso relacionamento está melhorando, mas eu queria que fosse mais rápido. Queria que ela fosse louca por mim e me dissesse "adoro jogar jogos de tabuleiro com você e saber que está sóbrio, adoro assistir às séries depois de aplaudir". Mas ela está deixando rolar, mais do que qualquer outra coisa. Percebo que seu verdadeiro interesse está em seu celular, e ela não tem a menor vontade de me contar o que é.

Foi aí que caiu minha ficha. Eu estava te culpando por ter ido visitar a Zoé. E porque você veio contar que minha irmã estava dando em cima de você e você deixou rolar. E então eu entendi. Você não está fazendo isso para me provocar. Nem para me humilhar, nem para me fazer sofrer. Nem tudo tem necessariamente a ver comigo — mesmo se não gosto de algumas coisas, elas não foram idealizadas contra mim.

REBECCA

Ah, e se você quiser saber o que eu penso, preste atenção... exaltação em excesso pode acabar matando a exaltação, e toda essa bondade pode te transformar num cara bobo. E eu nunca vou entender esse lance de ter filho. Parece que, antes de procriar, ninguém se pergunta se vai ser um bom pai ou se a coisa vai desandar. Principalmente os homens, que adotam a lei do mínimo esforço... mas, mesmo assim, isso lhes causa problemas.

Ontem um amigo me emprestou a bicicleta elétrica e pegou sua convencional. O plano dele é sair todo dia às oito da noite para ser aplaudido "como se estivesse ganhando o Tour de France". Em tempos normais, se você me convidasse para dar uma volta de bicicleta, eu riria da sua cara. Mas não aguento mais essa história de ficar presa em casa, então até acho que toparia sair para uma caminhada. Pensei em você, quem sabe a gente possa passar debaixo da sua janela. As pessoas me reconheceram, foi um triunfo. Eu sempre gostei de Paris, mas neste momento tenho a impressão de descobrir a cidade de uma nova maneira. Claro que tem algo triste nisso, um tanto a ver com a despedida de uma era.

Na Place de la République, a polícia estava enxotando os imigrantes. Então tomamos o rumo contrário. Os policiais me adoram, sempre querem tirar uma selfie comigo. Pensei que a noite tinha ido por água abaixo, mas, perto do cemitério do Père Lachaise, um menino começou a andar de patinete do meu lado. Ele devia ter uns doze ou treze anos, mas era alto; quando percebeu que eu sorria ao vê-lo fazer suas brincadeiras com uma roda só, ele nos acompanhou por um bom tempo em volta do cemitério. Adoro esse bairro e pensei que daria uma ótima cena de filme. O que eu estava vivendo era um momento de cinema, um momento de absoluta graça.

Mas hoje estou preocupada. Sei que fatos importantes estão acontecendo no mundo, e que eu deveria me revoltar porque estão acabando com os hospitais, com as escolas, com a cultura. Ou porque Trump fala merda vinte e quatro horas por dia, a Rússia prende os homossexuais, a China está tirando proveito da crise para acabar com a resistência em Hong Kong, aqui, por exemplo, estão empreendendo uma caça aos imigrantes a céu aberto, e dizem que a polícia está aplicando gás nos cobertores para que percam a utilidade. Mas a verdadeira razão pela qual eu estou me sentindo supermal, o que realmente me revirou o estômago e acabou com meu ânimo, é que hoje de manhã encontrei uma calça de três anos atrás. E ela não me cabe mais.

Já vou logo avisando que se contar isso para alguém, eu te mato. No sentido literal do termo. Estou tão furiosa por me afetar, eu preferiria acabar minha vida presa a ter que assumir isso publicamente. Há alguns anos fiz um acordo tácito comigo: não me olho no espelho ao sair do banho. Se passo na frente de uma vitrine, eu simplesmente não olho. Quando tiram fotos comigo, só bato o olho. Durante toda a minha vida, quando eu me olhava, gostava do que via. E é disso também que eu sinto falta nas drogas, na época em que nos dávamos bem. As pessoas costumam dizer que uma coisa é consequência da outra. Mas nós, mulheres, gostamos de heroína porque é uma substância que nos deixa com um corpo perfeito. E quanto mais você usa, mais bonita fica. Até não se parecer com mais nada, mas, nos primeiros anos, é isso o que você está buscando. O mesmo acontece com a cocaína, se você usar todo dia. E com a anfetamina, quando éramos mais jovens. A gente gostava dessas drogas também porque elas emagreciam. Não entendo o que aconteceu. Por vários anos, tomei muita codeína, vai ver acabou desajustando alguma coisa no meu metabolismo. Ou então é a idade. Ou essa obsessão que eu desenvolvi por waffle e chantili. Não interessa. O que eu menos quero é engordar.

Não acordo pensando "estou gorda" — conheço mulheres cujo primeiro pensamento, a cada manhã, é: "sua vaca gorda imunda, você só sabe comer". Não sou desse tipo. Porque, na verdade, não acredito nisso. Não me identifico com essa mulher que eu sou. Talvez esteja esperando que meu verdadeiro eu volte sozinho. Um pouco mais velha, sem dúvida. Sem plásticas, pois isso não dá muito certo para os outros. Mas magra. Eu sempre fui uma mulher magra com os seios fartos, não tem por que as coisas terem mudado de repente. Nem mulher feia quer engordar. Aliás, isso sempre me pareceu uma loucura. Conheci várias mulheres sem graça nenhuma que falavam, a sério, "não, muito obrigada, estou de dieta". Eu olhava pra elas pensando "no seu lugar, eu comeria batata frita em todas as refeições". Se for para ser assim... Cuidar do corpo é quase uma castidade para as mulheres. Um sinal de submissão extremamente importante. E eu estava cagando e andando, usava tanta droga, que nunca engordava. Agora mudei e não quero mais ouvir falar disso. Mas hoje cedo eu me pesei. Na casa da vizinha do andar de cima. Fechei a porta para que ela não soubesse o que eu estava fazendo no banheiro. Sou sempre a favor da blasfêmia. Mas, para uma atriz, engordar é imperdoável.

E é humilhante ficar tão afetada com isso. Gosto de me sentir acima das leis comuns. E essa obsessão é tão banal. A tristeza que eu sinto é tão mundana. Fico tentando explicar pra mim mesma: penso que, independente de eu querer ou não, estou envelhecendo. Mesmo se eu não engordar, vou envelhecer. Então é melhor eu comer batata frita e não esquentar a cabeça com isso. O que eu queria mesmo era ser invisível. Igual a um homem. Será que o Robert De Niro chora quando sobe na balança? Duvido. Será que o Tony Soprano se pergunta se está gordo demais para ser o cara mais sexy da geração dele? Duvido.

Vou repetir, chuchu: se você abrir a boca e contar o que acabo de falar, considere-se um homem morto. Não é só porque fizemos as pazes que você pode sair fazendo o que te der na telha.

OSCAR

Você é bonita como uma italiana. Eu sei que isso não basta para te tranquilizar. Mas, puta que pariu, ainda falta muito pra você chegar a ser uma mulher banal.

Sei que você vai dizer que não dá pra comparar, mas eu discordo: sei o que é sentir vergonha do próprio corpo. A principal diferença não está em você ser mulher, e eu, homem. A diferença é que eu nunca me olhei no espelho e pensei "até que está tudo bem". Não sou magro. Sou esquelético. Não sou elegante, nem esguio, nem um cara meio franzino. Sou fraco. Tenho aquela magreza de criança pobre. Daquelas que uma pessoa não consegue se livrar. Meus ombros são estreitos, os braços, frágeis, minha pele é branca demais, nunca vi um abdômen se definir na altura da cueca: dá para ver os meus ossos, e não os meus músculos. Nunca fui feliz em ser quem eu sou.

Snoop Dogg salvou a minha vida. Ele é muito mais alto que eu — e, claro, além disso ele é negro, americano e milionário — e fez discos inteiros que mudaram o jogo para sempre, mas foi a primeira vez que eu vi um cara com o mesmo físico que eu. Magro de verdade. E que não era ridículo. Snoop é divertido, mas não chega a ser cômico. Ele tem estilo. Fiquei admirado a primeira vez que o vi. Um cara tão seco quanto eu, mas que não era feio.

Você vai me dizer: "sim, mas vocês homens não têm que contar apenas com a aparência física para se definir". E vai me falar: "sim, mas você foi feio a vida inteira, então não sabe o que é perder um pouco da beleza quando já foi espetacular". E é verdade, eu não faço a menor ideia do que é impressionar as pessoas com a própria beleza ao entrar em uma sala. Fazer as pessoas quererem falar com você só porque é bem-apanhado.

Também vivi a história da Zoé com várias outras moças. Me surpreende que nenhuma tenha se manifestado. A lista de mulheres que amei e com as quais não fiquei é infinita. Ainda bem que nem sempre eu me declarei. Estava na cara que elas não estavam a fim. Na verdade, o que mais acabou comigo nessas acusações não foi o fato de terem dito: "que horror essa masculinidade tóxica! Ele insistiu mesmo que a jovem tenha dito não". Mas sim "nenhuma mulher quer sair com ele". Ele não tem nada de atraente porque ele não tem nada de masculino. As mulheres sentem isso institivamente. Elas não querem nada com ele. Não passa de um inseto insignificante.

Essa história com a Zoé me pegou de jeito. Só que eu já vivi isso umas dez, vinte vezes. Aquele caso em que tenho certeza de que uma mulher foi feita pra mim, que eu admiro cada um dos seus gestos, que eu gosto de tudo o que ela representa, que estou seguro de que podemos compartilhar tudo das nossas vidas e das nossas impressões. Só que daí ela não está a fim de mim. Qualquer outro cretino é capaz de atraí-la. Até os que não são tão bonitos. Mas eu não. É como se elas pressentissem que eu sou bichado.

Prefiro dizer a quem quiser ouvir que se Zoé Katana me atacou assim é porque está atrás de publicidade. Mas sei muito bem que foi ela que me deu o fora, assim como tantas outras que vieram antes e depois dela. O sucesso até me fez ficar um pouco menos repugnante aos olhos delas. Mas as que eu quero nunca são as que estão interessadas em mim.

REBECCA

Nunca disse que o físico era menos importante para os homens. Nunca. Saiba que tenho empatia por sua situação deplorável. Mas não quero mais falar disso. Sério, obrigada por sua resposta, foi adorável. Mas não quero mais ouvir falar do mistério das roupas que encolhem nas gavetas. Está além das minhas forças voltar a tocar nesse assunto. Prefiro dizer que não ligo para isso e que tenho coisas mais importantes na cabeça.

E estou bem melhor. Sempre vou à casa da vizinha. Muda tudo só de subir dois andares. O namorado dela foi passar o lockdown em outro lugar. Brigavam muito. Estou bem localizada para saber disso, minhas janelas ficam o tempo todo abertas e eu ouvia tudo o que eles falavam. Parecia que eu estava vivendo em uma série americana psicologizante. Infindáveis discussões, um porre.

Quando você cruza com a vizinha na escada, você vê que ela é bonita, sofisticada, nada exagerada, sempre impecável, muito clássica. O que é surpreendente, pois seu apartamento, que é quatro vezes maior que o meu, é um caos sem igual. A faxineira deles pediu demissão, pois o marido dela está velho e ela morre de medo do vírus. O casal se adaptou muito mal à ausência dela. E olha que ninguém pode me acusar de ser obcecada por higiene.

No começo nós nos damos bem. Ela não parece estar triste. Diz que a relação já tinha acabado havia muito tempo. Que fazia anos que eles não transavam. Que aquilo tinha que acontecer e que agora ela quer ficar sozinha. Ela só quer beber em paz. É educada, leve, seus movimentos são elegantes como os de uma bailarina, parece que há uma luz por trás dela e que seus gestos são regidos por uma música que apenas ela é capaz de ouvir. Vi fotos suas de quando tinha uns vinte anos, lembrava a Audrey Hepburn. Ela tem uns quarenta e, enquanto conversamos, eu a observo, ela é ao mesmo tempo uma adolescente problemática e uma mulher que já sofreu muito, essas duas facetas convivem aparentemente sem conflito, mas dá vontade de entender onde ela se encaixa entre esses dois polos. Temos muito a contar uma para a outra, a conversa flui bem. Ela abre a primeira garrafa. Não curto álcool. Ponho a mão sobre meu copo como se isso não fosse nada, então ela prepara outro café para mim. Eu não saberia dizer em que momento as coisas se transformam — mas, de repente, é outra mulher que está na minha frente. Uma bêbada. A mudança não é gradual, ela é como uma atriz que consegue trocar de papel de um minuto para outro. Seus gestos continuam precisos, ela não cambaleia quando fica de pé, seu olhar não se perde. É o mesmo corpo, o mesmo rosto, só que a personalidade que a habita se transforma radicalmente. Assim que isso acontece, eu pego meu cigarro e desço. Por mais que eu goste da mulher do início da tarde, me canso da bêbada que fica repetindo os mesmos horrores sem parar.

Ela diz que as mulheres são estigmatizadas por beberem. Que as pessoas têm medo de que elas sejam sinceras demais. Ou que fiquem sexualizadas. Eu sei que ela tem razão. Mas é também o que existe nela de covarde, de feio, da frustração que vem brutalmente à tona que me dá vontade de fugir.

Fico me perguntando se quero visitá-la apenas para observar essa transformação. Para me cumprimentar por estar limpa desde o começo do lockdown.

OSCAR

Ninguém que eu conheço em Paris diz sentir falta do barulho e do cheiro dos carros, ou de ter que esperar cinco minutos até que os carros passem para atravessar a rua. Muito pelo contrário, acho que estou ouvindo pelo menos uma vez por dia que essa calma é extraordinária, que tudo isso está fazendo muito bem, e, pela primeira vez desde que moro aqui, senti o cheiro da primavera na cidade.

De resto, cada um lida com a situação como pode. Tem os que perdem a cabeça, os que bebem mais do que o normal, os que descobriram a própria casa, os que pretendem se separar, os que aprenderam um monte de coisa dando aula para os filhos, os que escreveram livros enormes, os que perderam o sono e os que o reencontraram, os que se contundiram praticando esporte demais e os que assistiram a todas as séries coreanas disponíveis nas plataformas de streaming.

Mas não conheço ninguém que sinta falta da vida dos corpos humanos abrindo caminho por entre os carros.

Eu olho na internet e pego a primeira estatística, da OMS. A cada ano, os acidentes de trânsito provocam cerca de 1,3 milhão de mortes. E entre vinte e cinquenta milhões de feridos.

Um milhão e trezentas mil. Os carros levam catorze anos para fazer tantos mortos quanto a Primeira Guerra Mundial. O coronavírus que se cuide. Será que chegaríamos, sem o isolamento, a um 1,3 milhão de mortos no planeta?

Não dá para dizer que esse 1,3 milhão — que inclui jovens, atletas, trabalhadores, crianças, mulheres, caminhoneiros, motoristas de ônibus, atores, velhos — passe despercebido porque se trata de corpos pobres.

Quando eu tinha vinte anos, rolava uma fixação pelos carros. As *road trips*, um fascínio pelos carrões americanos, mas também por alguns antigos carros franceses, era uma mania popular. Ficávamos dez horas na estrada sem pensar duas vezes. Adorávamos dirigir. Gostávamos mais de carro do que da vida humana. É uma questão de indústria. De economia do petróleo. De administração das estradas. De acionistas poderosos que não querem que isso mude; mas continuamos acreditando que existe algo de racional em nossos comportamentos. Podemos explicá-lo pela ganância de uma porcentagem da população interessada em que as coisas permaneçam assim. Mas acho que entendemos o carro como uma divindade. Somos fascinados pela tecnologia. Não é da ordem do racional. Não é mais racional do que sacrificar crianças no alto de uma pirâmide todos os anos para agradar ou acalmar deuses. Pode ser infinitas vezes mais mortal, menos assumido, mas não é mais racional.

Acreditamos em divindades ferozes que não nomeamos. Nomeamos o liberalismo, estudamos suas engrenagens — a crueldade trágica da apropriação do trabalho de todos em benefício de alguns. O saque do planeta para fabricar coisas feias e inúteis.

Mas, no fundo, a crença é de que, sem a tecnologia, nossos corpos não servem para nada. Acreditamos na nulidade de nossa espécie diante de algumas máquinas que deificamos. A ideia de que o vírus mata é insuportável porque não se trata de uma máquina que fabricamos.

E todo mundo sabe que não vamos recuperar a razão depois do isolamento. Porque acreditamos nesses deuses máquinas. Deus do celular, deus da internet, deus da indústria nuclear, deus do avião — todas essas divindades que nos fazem sentir nulos. Pelas quais vale a pena morrer. Não somos seres melhorados pelas máquinas. Estamos sendo devorados. Atônitos com o poder de nossas criações. A culpa não é das máquinas, assim como não era do Deus bíblico desejoso de que degolássemos um filho para provar nossa crença. O único modo de dizer a um poder superior que nós o respeitamos é morrendo em seu nome. Não suportamos morrer por um simples vírus, mas morrer em um acidente de carro, essa, sim, é uma morte e tanto!

REBECCA

E eu não conheço ninguém da geração dos meus avós que tenha dito "era melhor no passado, quando precisávamos andar um dia inteiro para chegar na cidadezinha ao lado". Você está me lembrando dos ignorantes dos anos 80 que só falavam de Debord. Dava para ver que eram todos burgueses. Lá em casa, ninguém nunca lamentou que a vida era melhor quando não existia televisão, quando todos morriam de frio, fome e tédio.

Não é porque andei cinco minutos de bicicleta que vou aderir ao seu delírio de viver a cidade sem carro. É verdade, estamos mais calmos. Mas a vida tem que voltar ao normal. Sobretudo em relação à comida. Eu não sei cozinhar. Respeito as pessoas que são apaixonadas por isso, mas não tem a ver comigo. O homem da mercearia debaixo de casa me traz pratos que a mulher dele prepara. Ele tem pena de mim. Estou pensando em fazer como essas celebridades que abrem uma conta no Instagram e se filmam no cômodo mais miserável da casa para dizer ao povo que estão confinadas igual a todo mundo. Só que, no meu caso, tudo o que tenho a dizer é: "estou com fome". Alguém precisa vir preparar algo para mim.

Na minha rua, as pessoas estão começando a sair de novo. Um pequeno grupo de quatro garotos do bairro está na calçada, um deles usa máscara, o outro a baixou até o pescoço, os dois outros estão sem. Ficam dando risada. Passei dos limites ontem. Acabei cedendo. Foi com uma velha conhecida, pensei "só uma vez". Foi bom. Mas estou sentindo que a festa acabou — e retomei imediatamente as reuniões no Zoom. Tomei a palavra pela primeira vez. Sem ligar a câmera. Meu coração disparou. Na reunião estavam as bichinhas de sexta-feira. Elas são todas bonitas. Parecem uma caixa de chocolate — eu os ponho em mosaico para admirar. Constato que a combinação de *chemsex** com Tinder fez um estrago: eles são muitos, e são jovens demais para assumir que têm problema com as drogas. Estou descobrindo que tenho uma alma gay. Eles conseguem passar da chapação infernal com banho de esperma e *fist fuck* para os delírios de *Sissi: a imperatriz*, crinolina e valsas de Strauss — sem nenhuma transição, sem nenhum problema, sem se sentirem obrigados a escolher entre as duas propostas. Eu me sinto completamente representada. Me fez bem ter participado.

Nunca refleti tanto sobre drogas. Quando uso, estou me recompensando, assim como minha mãe fazia, de modo incoerente e angustiante. Como faria alguém que não sabe sentir prazer, alguém que não sabe como se proteger, que não sabe qual é a diferença entre se sentir bem e pecar por orgulho. Alguém que não sabe o que fazer com a dor e com a raiva e que está convencido

---

* Abreviação de "*chemical sex*" (sexo químico, em tradução livre), refere-se à prática sexual sob efeito de psicoativos.

de que é preciso apagar tudo isso como se fosse um começo de incêndio. Ela era filha de uma mulher deprimida. Minha mãe então nos recompensava por qualquer coisa, cegamente, para preencher o próprio vazio. Ela adorava consumir e me dar doces. Foi uma criança concebida no fim da guerra. É daí que eu venho, dessa atrocidade banal. Essa sucessão de horrores, de privações, de separações. Os pais dela viveram três guerras e no intervalo de cada uma delas exigiam-lhes o trabalho árduo, a confiança no Estado e a dignidade. É surpreendente que essa seja a base deste paradoxo: que às mulheres seja atribuída a fragilidade, a gentileza, a delicadeza, enquanto elas fazem partos abrindo o quadril ao meio e sobrevivem às guerras sendo abandonadas sozinhas nas cidades bombardeadas. Sempre penso em minha avó assim. Botando o pai e os tios em um trem para a Primeira Guerra. Botando o marido e os irmãos em um trem para a Segunda Guerra. O filho em um trem para a Guerra de Independência da Argélia e sabendo, por experiência própria, que a pessoa que entra no trem nunca irá voltar. E se for o caso de ela voltar, tudo, entretanto, terá mudado. Minha mãe nasceu no meio desse absurdo: é óbvio que ela compensava tudo. É óbvio que ela estava tentando preencher um vazio assustador, e é óbvio que com treze anos eu queria usar álcool, heroína, anfetaminas, clorofórmio, ácido, maconha. Eu queria qualquer substância que me permitisse dar o fora.

Ouço as feministas se perguntarem como o patriarcado pôde durar tanto tempo. Elas dizem que é o medo do estupro, e essa é uma teoria dos anos 70 muito controversa hoje em dia, mas que as feministas cristãs de direita continuam privilegiando. Outras evocam o medo da separação, da ruptura — querem tanto se identificar com os papéis que lhe são atribuídos, que acabam por preferi-los à verdade, mesmo que sejam incapazes de encarná-los. Elas procuram explicações complicadas. Eu não entendo como podem tratar as guerras como se fossem uma coisa tão natural que não mereceria ser levada a sério. Por um lado, elas explicam que se alguém abusou de você quando você tinha treze anos, sua vida estará para sempre marcada pela vergonha. Mas, por outro, acumulam-se guerras atrás de guerras, e elas não entendem qual seria a relação com o patriarcado no que ele tem de patológico. Entendo que é muito mais ambicioso pensar que "as guerras causam muito estrago, precisamos fechar as empresas de armas" do que dizer: "eu vou conversar com o meu marido, quero que ele lave a louça". Mas guerra é guerra, e está em todo lugar. Eu quero acusar os homens — dizer que é a única forma que eles encontraram para produzir sangue. Não custa nada inventar teorias, eu mesma posso lhe dar uma: eles são tão frustrados por não poderem dar à luz que inventaram um troço capaz de jorrar merda e sangue como um parto. Tudo isso para não dar nada à luz. Nações derrotadas e nações triunfantes. Estamos muito avançados nesse quesito. Mas, no fim, percebo que essas feministas acham que podem pensar ainda por muito tempo sem se questionar sobre a guerra. Elas são como eu, filhas de mulheres que prepararam as malas de seus irmãos, maridos e filhos e os levaram até a estação. É claro que não passava pela cabeça dessas mulheres pedir igualdade de salário quando eles voltavam, se voltavam. Quando percebemos como estamos abalados pela covid, pensamos "imagine uma cidade bombardeada, dilacerada". A guerra, o trauma, é tudo profundo demais — eles unem os humanos como se unem os ossos espalhados depois de uma fratura malcuidada — tudo está colado, mas não existe respiração. Estamos entre alemães, protestantes, judeus, argelinos, gays, afegãos, vietnamitas, ciganos, opositores — nem homem, nem mulher, nem nada que pare de pé — só que nós não somos os outros. A guerra é isso — dizer que não somos os outros.

Usei droga com príncipes com sem-teto com negros putas ministros embaixadores filósofos pintores refugiados tunisianos atrizes. Eu sou os outros. E acho que em todos os casos estamos tentando nos livrar das guerras que nos foram transmitidas. Elas ficam alojadas nos ossos, as guerras que os mais velhos viveram. Esse medo é muito mais transmitido do que uma língua ou uma herança.

Eu acho isto: passei a vida inteira me drogando e não tem nada a ver com o que aconteceu dentro de casa, quando eu era pequena, ou com o que aconteceu na minha vida, quando eu já era maior. Estou cuidando de uma guerra interna. É o pai que mora dentro de mim que está tentando me proteger. Esse adulto desamparado que me lançaria coletes salva-vidas em qualquer tipo de situação, ao passo que eu estava em terra firme e não precisava de colete salva-vidas. Mas eu conjuro uma angústia que não é a minha, e que vem de muito longe. Nos drogamos por razões políticas. É um diálogo com os antepassados. Nos drogamos para esquecer as guerras que eles atravessaram, das quais eles voltaram, ou não, a fome das mulheres deixadas nas cidades, a angústia dessa armadilha da qual não podemos escapar. Ou então nos drogamos para nos lembrarmos da guerra, do caos e da intensidade e do fato de que continuarmos vivos é um milagre cotidiano. Mas é sempre na guerra que estamos pensando. É por isso que, durante este lockdown, muita gente vai começar a usar droga — vão falar que é porque têm medo de ficar sozinhos ou porque perderam o trabalho ou vão inventar outro motivo qualquer. A angústia que isso nos causa é a lembrança dos anos de guerra.

E eu, que faço sempre o contrário do que os outros fazem, senão não me sinto à vontade, admito, no silêncio absurdo desta cidade adormecida, que cheguei ao limite. Ouço as pessoas no

Zoom falando dos esforços que fazem para não usar e, pela primeira vez na vida, não acho isso uma estupidez absoluta.

OSCAR

Todos os dias eu faço uma reunião, depois tiro uma hora pra escrever a primeira etapa. Estou percebendo que protegi minha relação com a droga em detrimento de todo o resto. Desde que estou no programa, repito para mim mesmo que só estou aqui porque preciso ser protegido do escândalo com Zoé Katana. Que não sou um viciado como os outros.

Minto para mim mesmo. Não menti apenas para minha mulher a fim de fazer o que bem entendesse e de que ela me deixasse em paz, sem meter o nariz nos meus assuntos pessoais. O nariz era o que eu punha na cocaína. Na *chambre de bonne*. No nosso apartamento, por uma porta da cozinha, tínhamos acesso ao andar das *chambres de bonne*, e quando, por acaso, o porteiro me avisou que um desses quartinhos seria liberado, eu o reservei sem pensar duas vezes — aquela parte da minha consciência que queria se drogar tranquilamente sabia muito bem o que estava preparando. Eu justifiquei dizendo que era para guardar livros e manuscritos, mobiliei o quarto com o básico, depois decretei que não dava para escrever com tranquilidade com a filha da Joëlle o tempo todo no meu pé, e, como não podíamos pedir de forma decente que uma criança de seis anos passasse o dia trancada dentro do quarto, o melhor era que eu subisse à *chambre de bonne* quando quisesse trabalhar. Normalmente, os escritores que têm um espaço pra trabalhar fazem uso dele para encontros amorosos — para receber as amantes com tranquilidade. No meu caso, eu só queria me drogar sem que a minha mulher soubesse. Minha verdadeira amante era a cocaína. E eu nunca tinha pensado nisso dessa forma.

A dependência química é sempre uma questão de fé, é querer verificar a impossibilidade de um milagre: querer repetir a mesma coisa, querer que dessa vez funcione. Qualquer coisa, desde que tenha altos e baixos. É sentir a falta de alguma coisa e estar disposto a forçar a barra, a fazer uso da violência, é exigir que isso aconteça custe o que custar.

Queremos ser capazes de forçar as coisas a coincidirem com a nossa expectativa, queremos ter o direito de desejar. O direito de exigir. O vício é sempre uma exigência mal colocada. Deslocada. É querer impor sua vontade. Até achamos que é um problema de autodepreciação. Mas não é conosco que somos mais agressivos. Estamos depreciando o êxito dos outros. Suas tentativas de nos tirar daqui. A satisfação imbecil de ser quem são. De ter acumulado o que possuem. Isso é uma declaração de guerra, que diz: "eu sou um merda? Olhe bem pra você — eu, pelo menos, não estou fingindo".

ZOÉ KATANA

Colegas feministas, li o que vocês escreveram sobre a indústria do cinema. O que acham de parar de bancar a Marie Kondo da sétima arte denunciando três diretores estupradores que deveriam ser evitados a todo custo? Acredito ser mais eficaz botar fogo no set inteiro. E quando um estuprador é denunciado, o que deveríamos fazer, mais do que enviá-lo para os tribunais, seria exigir uma terapia de grupo. Para que cada pessoa que viu e se calou, para que cada pessoa que se lembra, mas não disse nada a respeito, possa se expressar, se desculpar, se corrigir. E, principalmente, mudar de profissão o mais rápido possível. Falam-nos de uma "fábrica de sonhos", e nós retemos a palavra "sonho", quando o que realmente importa é a palavra "fábrica". Uma fábrica que produz noite densa. O cinema não é capaz de produzir empatia. O que é paradoxal porque é costume vangloriar-se de captar a emoção com um close.

Como agora sou amiga de uma grande atriz, assisti aos filmes em que ela atuou. E a achei sublime. O fato de ela nunca ter sido premiada por sua interpretação me parece uma consagração de seu trabalho, a prova de sua genialidade.

Já que consegui baixar alguns filmes, decidi continuar. E então entendi por que nunca vou ao cinema. Essa falsa boa consciência de trezentos e sessenta graus artificialmente reproduzida e sempre relacionada às aspirações do um por cento dos mais ricos. O cinema foi criado para tranquilizar as grandes fortunas que o financiam. Ele é a arte de produzir a realidade que eles desejam criar.

Como se define um amo? Ele decide o que existe. O que vai ser enquadrado, e em quais condições, e o que fica de fora, do lado das máquinas, dos acessórios e das pessoas insignificantes. O cinema é feito para satisfazer seus amos. É uma cadeia de humilhações. Todos testam seus poderes em seu próprio estrato. Para se vingar. A indústria de vocês não engana, meus senhores. Seus filmes exalam tristeza, obediência e publicidade cruel.

Quando eu trabalhava em editoras, costumava ver a venda de direitos de adaptação, e entendi o que significava um filme. Um projeto submetido a dezenas de aprovações sucessivas. E, adivinhem, todas essas aprovações eram feitas por homens brancos endinheirados. E todos esses homens brancos endinheirados são uns filhos da puta sem tamanho. Os piores xucros, os mais idiotas, os herdeiros depravados e os imbecis complexados. Todos eles dão sinal verde para as etapas do programa. Imaginemos que exista uma boa ideia no meio dessa zona toda; eles logo a identificam e fazem com que seja transformada numa babaquice terrível.

E nós, público, ingerimos o que nos prepararam. O espetáculo de nossa exclusão. Idades, corpos, classes, raças — eles fazem a seleção e nós a assimilamos como modelo, pelos olhos, pelos ouvidos. Ingerimos nossa própria vergonha de não estarmos lá. A telona é o lugar onde você não é representada. Nós estamos longe das câmeras.

Em uma sociedade neurótica, de reflexos neuróticos e nada saudáveis, o cinema não demorou muito para se tornar o que é: caubóis, super-heróis, soldados, guerreiros, sedutores cheios da grana. E mulherezinhas estúpidas que não passam de complementos nominais — nunca verbos. Elas não fazem a ação avançar, conversam entre si apenas sobre os heróis masculinos, têm poucas falas, de qualquer forma, e sempre menos de trinta anos, porque estão ali apenas para valorizar o herói branco, poderoso e assassino. Não venha me dizer que esse cara se contentou em humilhar as garotas. Você sabe por que os caras permanecem calados? Porque, se eles falarem a respeito de suas reais condições de trabalho, as pessoas vão divulgar fotos em que eles estão desfilando sorridentes em festivais e vão perguntar "então por que você está fazendo graça na foto? Por que está rindo já que é humilhado?". Se disserem a verdade a respeito das próprias condições, eles vão passar pelo que são — pobres coitados tratados como merda. Bem pagos. Mas tratados como merda.

O cinema respondeu ao feminismo dos anos 70 com uma ideologia violentamente cruel. Então quer dizer que você quer uma sexualidade, sua palhaça? Eu lhe darei em todas as horas do seu dia. Toda vez que você não estiver lavando a louça, será representada apostando em seu potencial erótico. Você só estará ali para isso. Você quer se vestir com roupas curtas? Vou te exibir com fúria, vamos ver se você vai querer falar disso de novo depois do tratamento que vou te dar. O mais próximo possível da presa, queridinha, aquela com que o caçador se ocupa no desenho animado: você ficará frágil, sozinha, sentirá medo e contará apenas com sua agilidade para fugir.

O cinema é sempre uma definição do feminino. A qual opera pela exclusão dos contrários. São proibidas na tela: as mulheres gordas, as velhas e as que são inteligentes demais. Estas só são toleradas num filme a cada dez anos: uma mulher não branca, ou uma forte que luta bem, ou uma que tenha humor.

A partir dos anos 80, a indústria do cinema se encarregou de dar a repressiva e eficaz resposta aos movimentos de emancipação, afirmando: as mulheres são feitas para serem desejadas e forçadas; as pessoas negras, para cuidar da limpeza e para dançar; os gordos, para tirarmos com a cara deles; os revolucionários são feitos para serem assassinos; os pobres, para passar fome e reclamar, e para serem salvos por um rico gentil; os alienígenas existem para serem mortos etc.

E a mensagem vem na forma de sedução, a linguagem da publicidade. Não é direcionada à sua inteligência. É uma mensagem que vai direto ao inconsciente: vivam os ricos, vivam os poderosos e viva a guerra.

Isto é o que eu tenho pra falar do cinema: eu e minha sexualidade de oprimida não estamos nem aí se o banquete parecia mais elegante quando estávamos de boca fechada. Não sou um parasita: sou o prato principal. Eu sou aquela que a indústria do cinema define como prato principal. Sou aquela que a indústria do cinema define como a presa ideal: jovem, magra, sem nenhum poder. Aquela com quem vocês não podem se abrir, aquela às custas de quem vocês têm prazer. Sempre às custas. Se eu também me abro, isso significa um problema. Se eu consinto, sou uma puta, isso incomoda. Se eu sinto prazer, tem-se menos dominação, isso atrapalha, estraga o gozo. A não ser que tenham certeza de que eu me sentirei mal no dia seguinte, que possam se regozijar enquanto eu me escondo. O que estamos celebrando é sempre o mesmo prazer — o de vocês. O de degradar, de matar, de reduzir a cinzas. A pulsão bélica de merda de vocês.

É preciso sexualizar o corpo das mulheres, certificando-se de que a sexualidade não seja um assunto para elas. De que elas não vão escapar a isso, mas de que não é por elas. "Elas", nessa narrativa, ficam bloqueadas na entrada da humanidade, na porta, barradas pelos seguranças. Não são nem mesmo objetos. Porque ninguém repreende os objetos pelo uso que se faz deles. É uma festa que passa pelo nosso corpo mas da qual nunca podemos participar por direito. Dançam sobre nós. E nunca conosco. Nunca somos parceiras. Sempre presas ou vítimas. Em um sistema de dominação pela violência, não há prazer onde não haja pranto. Todo desejo precisa ser relacionado à destruição, caso contrário ele não é masculino. Se você goza quando eu te fodo e não se sente um lixo no dia seguinte, então eu não te comi como um homem de verdade. Ou então eu te possuo, me caso com você, te engravido e te prendo no teu papel. Tem que ter destruição. Isso vale para a heterossexualidade, isso vale para tudo. Se não houver ruína depois do prazer, não há masculinidade.

O cinema é a grande voz autoritária do homem rico, do branco poderoso convencido de que sua arrogância pode ocupar uma posição de destaque. O que ele tem a dizer é: "vivam as armas e morte às mulheres que não estão entrincheiradas em suas casas". São as mulheres que vemos fugindo aos prantos, e são os homens os que estão armados e loucos de raiva. Umas como presas e os outros como predadores psicopatas. Que programa incrível.

OSCAR

Assim que nos autorizaram a sair de casa, fui embora de Paris. Agora estou em Vosges. Estou fazendo um tour pelos bares com o meu primo. Em uma cidadezinha de novecentos habitantes que conta com onze pubs. Meus primos são donos de três deles. Fazia tempo que eu não os encontrava. Meu tio foi enterrado durante o confinamento. Não teve nenhuma relação com a covid, mas ninguém pôde ir se despedir dele. Vim visitar o seu túmulo.

Estou surpreso com a bela recepção que prepararam para mim, e também por estar tão feliz em reencontrar minha família. Eu tenho pedido café. Não penso muito no álcool que estão consumindo à minha volta. As mulheres bebem muito. Estou pensando no que você me escreveu — as mulheres da sua idade são todas alcoólatras. São elas que mais bebem. Em silêncio, discretamente, elas esvaziam garrafas de champanhe como se fosse água Perrier. E fico observando quem sabe da minha situação — os que não insistem quando eu falo "não, obrigado, não estou bebendo". Todos os meus primos passaram por pelo menos uma reabilitação. Eles estão sacando tudo. E não comentam nada. Durante o jantar, minha tia insiste "não tem amor onde não tem vinho". É como se eu a insultasse de modo velado ao deixar de encher o meu copo. Mas, durante esses dias em Neufchâteau, fico andando pelos bares e estou tranquilo. Às cinco da tarde, ouço um cara falando de helicópteros, de coisas supersofisticadas, como se fosse uma reunião de pilotos de avião — um deles está bebendo *pastis*, o outro, vinho branco. No fundo da sala, uns jogadores de baralho na faixa dos sessenta anos bebem cerveja e vinho tinto. E às seis, um casal — ela, de muletas, tem cabelo comprido e encaracolado, meio branco meio loiro, e ele parece um caçador amalucado saído de uma floresta canadense. Um bar de habitués, só falta o fliperama para ser como quando eu era criança e o irmão da minha tia administrava o lugar.

Eu filmo muito com o celular e, com o áudio ligado, me ouço rir como um babaca; dou risada igual ao meu pai — para disfarçar o incômodo e manter a aparência. Detesto minha risada, do mesmo jeito que odeio minha voz. Uma mulher morena bastante jovem, de uns vinte anos, vestindo calça legging preta e uma larga camisa vermelha, aproxima-se da minha mesa. Quando ela se debruça pra conversar comigo, avisto a alça do seu sutiã preto. A intelectual provocante do pedaço. Fico desconfiado. Não quero ter dor de cabeça. Ela me pergunta: é verdade que você conhece a Rebecca Latté? Depois me fala dos seus filmes com o mesmo tom de um crítico da rádio France Culture. Nessa hora sinto falta do álcool. Ele tornava as conversas mais suportáveis. Ela menciona o último texto de Zoé Katana, com o qual ela não concorda, aliás, no geral, ela não gosta muito "desse" feminismo. Ela diz tudo isso com um tom de superioridade. Eu pego meu celular como se ele tivesse acabado de vibrar e levanto, pedindo desculpas, "tenho que atender". Ao chegar do lado de fora, tenho vontade de socá-la. Por que essa mulher se sente autorizada a vir falar comigo? E para falar da Katana, então? Eu li o texto dela.

Eu nunca te falei de cinema, faz meses que escrevemos um pro outro e eu nunca disse: "sou escritor; aprendi a desconfiar da sua indústria". A partir do momento em que nós escritores começamos a ter um pouco de sucesso, o cinema nos ronda como uma moça bonita que nos faria a caridade de sentir um pouco de desejo. Toda vez que um escritor responde de modo favorável às suas investidas, ele acaba se ferrando. Eu te falei daquele roteiro que nunca foi filmado e que foi financiado por um produtor meio doido que não pagava ninguém. Isso não pode ser dito publicamente — nossa profissão é muito específica, e também muito privilegiada, é difícil falar a respeito. Não dá muito para explicar, mas é horrível trabalhar em uma história, lhe dar vida, convencer-se de que ela seguirá um caminho e encontrará seu público, e depois vê-la guardada na gaveta. Não conheço nenhum exercício mais humilhante e destrutivo para um romancista do que fazer com que seu trabalho seja lido por pessoas que não leem livros, que não leem jornal, que não vão ao museu, que não ouvem música, cuja única experiência é a farra dos festivais — e que te obrigam a ouvir suas doutas opiniões sobre o texto. E acontece exatamente o que você descreveu: somos constrangidos a responder com educação, porque precisamos da aprovação deles, e eles, como sabem disso, tiram proveito e nos encurralam. Quando o cinema convoca autores, não é para constatar se são capazes de inventar uma história ou escrever um diálogo, mas se eles são dóceis. Comprovam que estão prontos a se humilhar e a prostituir suas habilidades aos deuses imbecis do cinema. Comprovam o poder do dinheiro nos imaginários, a corrupção de caráter em troca de um pouco de falso prestígio. Te convocam para celebrar a hierarquia, portanto, o vício — e para garantir o teu silêncio. A tua renúncia a qualquer sinceridade — não conheço nada de mais sinistro. Quando toda essa palhaçada do #MeToo explodiu e eu ainda não sabia que também seria uma de suas vítimas, a primeira coisa que pensei foi "vai começar com as atrizes, depois todo mundo vai querer tomar a palavra para dizer: 'essa indústria é a prova de que todo criador está disposto a se humilhar, desde que lhe permitam deleitar-se nesse falso brilho'".

REBECCA

Vocês precisam relaxar em relação ao cinema. Eu já briguei com a Zoé por causa disso. Essa geração acredita que pode cuspir publicamente na sua cara e você vai achar que isso faz parte do trabalho. Eu mandei essa menininha à merda. O cinema é igual à minha família... — eu não ligo de ser criticada, mas não gosto que isso venha de fora. No fundo, entendo por alto aonde você quer chegar. Eu vi a transformação dessa indústria. Justamente porque a vi se tornar uma indústria. Ou seja, perder toda a magia da qual ela era capaz.

Só assisto a filmes antigos. Gostei de tudo o que essa indústria de outro século produziu — a habilidade de cada pessoa em um set de filmagem. E a alquimia do conjunto: em nenhum outro lugar a ideia de que a soma dos esforços coletivos é superior à soma do trabalho individual poderia ser mais evidente do que em um filme. Mas, há uns dez anos, seja aqui ou em qualquer outro lugar, o que importa é o dinheiro. É uma coisa grotesca, visto que não temos dinheiro. Os mesmos rituais são perpetuados, e eles não correspondem a mais nada. Fingimos fazer cinema como antigamente. Mas eu sei que não é verdade, que o que estamos fazendo é uma televisão pretensiosa.

Não é ruim precaver as pessoas do que as espera. Nos anos 80, fomos advertidos de que a heroína era uma droga difícil de administrar. Ela é muito exigente. Ninguém negocia com uma coisa dessa — ela passa por cima de tudo e pronto. As campanhas de conscientização eram feitas por uns caretas idiotas, e afirmava-se que passavam batido — mas a verdade é que paramos de compartilhar as seringas. Havíamos sido avisados. Caso contrário, eu não estaria aqui para te contar. O que também não impediu que pessoas como eu, que tinham inclinação para a coisa, usassem casualmente por prazer. Mas eu não queria morrer. Queria escapar ilesa, não me destruir.

Muitos dos meus contemporâneos ficaram desconfiados, deixaram de experimentar — porque aquilo não correspondia à ideia da vida que queriam ter. Eles não queriam ser viciados de verdade. Leia as biografias de Art Pepper ou de Charlie Mingus: antes das campanhas, os caras cheiravam por dias seguidos e voltavam pra casa surpresos por estarem com coriza... eles não conheciam nada das particularidades da heroína, iam às cegas, sem se dar conta. É bom ser avisado do perigo. Isso afasta os turistas, os que não estão a fim de pagar o preço.

Eu sou favorável a uma propaganda parecida para a indústria do cinema: não é para qualquer um. É para os fortes. Igual à heroína: se eu soubesse antes, eu teria usado de qualquer jeito. Mas, da mesma forma que fui ao cemitério inúmeras vezes me despedir de pessoas que ainda não tinham nem trinta anos e que morreram de overdose, vi dezenas de garotas serem destruídas pelo cinema. Com uma diferença: se você tem dezesseis anos e é escolhida para um papel, ninguém te fala para pensar duas vezes antes de arriscar a pele.

Às vezes, nas reuniões do Zoom, durante o confinamento, eu reconhecia os rostos de antigos parceiros de droga, dealers arrependidos, prostitutas que conheci na noite. Eu nunca me apresentei para eles. Eu estava desconfiada. Tinha vergonha de estar ali e não queria que soubessem disso. Porém, certo dia, vi o rosto do Redouane. Temos uma longa história juntos. Somos parceiros de crime. Só tenho boas lembranças com ele. O Redouane não é nenhum peixe pequeno, é barra pesada, ele tem o pedigree de um narcotraficante. Fazia entregas rápidas sem nunca ser pego. Esperto, rápido, pervertido, sexy, surpreendentemente culto para um delinquente da sua laia. Um verdadeiro príncipe da noite. Perdemos o contato em uma de suas passagens pela prisão, mas nunca brigamos. Eu tinha seu número de telefone, continuava o mesmo, liguei pra ele na mesma hora. Ele me disse: "estou limpo há dois anos, princesa, bem-vinda à fraternidade". Conversamos por duas horas. E foi então que caiu minha ficha. Se está dando certo pra ele, vai dar certo pra mim também. Há dois dias, fui com ele a uma reunião presencial. Antes de sair, lembrei da tua timidez. Eu estava com mais medo do que se fosse fazer um show solo no Olympia, e olha que nem sei cantar. Com minha cara de atriz que todo mundo conhece. Fugi antes do final... Você me avisou e tinha razão: o mais admirável, nessa associação de sociopatas e de pessoas temperamentais, é que ninguém te enche o saco. Então decidi que faria as reuniões de óculos escuros, sempre chegaria um pouco atrasada e sairia antes da hora. Anônima é o caralho, eu sou uma lenda, meus queridos. E está funcionando.

Eu me permito. Fiquei pensando se ia ou não, mas a reunião era no fim da minha rua, ao lado da igreja. Entendi que isso era um sinal. Percebi que sempre pensei que usar drogas faz de você uma pessoa mais interessante. Parar ou não não faz a menor diferença. É como ser ministro, você conserva o título para sempre. Um cara nem jovem nem velho, nem bonito nem feio, um cara completamente indistinto falou durante um bom tempo sobre seu vício em crack, e eu assisti pensando "é curioso, você não se parece com nada". Como se eu tivesse ficado pra sempre com uma idade mental de catorze anos, convencida de que se drogar é uma prova de vida interior, de intensidade. O que tampouco deixa de ser verdade. Está na cara que esse sujeito é programador e, portanto, é bem de vida — daria para fazer um filme sobre ele. Se você tirar o crack, duvido que sobre algo para contar. A droga é meu país em guerra — é claro que tem sofrimento, destruição, mas alguma coisa acontece.

Além disso, estou ótima na versão sóbria. Desde os meus treze anos, nunca passei tanto tempo limpa. Estou surpresa. É muito mais agradável do que eu poderia imaginar. A droga é um esporte pra gente jovem. Eu deveria ter percebido isso há mais tempo. Estou menos pessimista, menos angustiada. Me surpreende todo esse frescor. O que eu pensava ser uma muleta foi exaurindo minhas forças. Vou embora de Paris durante o verão. Vou pra Barcelona. Eu odeio o sol, mas adoro aquela cidade. Vou de trem, começo a enlouquecer só de imaginar ter que usar máscara por seis horas consecutivas.

OSCAR

Fico temeroso de me afastar do programa. Não tenho mais vontade de participar de reunião, nem de escrever as etapas. Tudo isso já me deixou encantado, mas hoje em dia só vejo a artificialidade dessa história toda. Cheguei no limite da minha boa vontade. Essa também é a sexta etapa. Ela começa com o inventário dos seus defeitos. Me sinto como um hipocondríaco que vai consultar o DSM.* Estou de saco cheio da sinceridade. A única coisa que eu quero é ser um cara babaca. Ter uma cabeça ruim. Odiar as pessoas. Desprezá-las. Pensar que elas são a causa de todos os meus problemas. Lembro dessas palavras que escutei durante uma reunião: "a recaída é uma coisa que você constrói". Algumas catástrofes têm sua própria arquitetura.

É irônico que isso aconteça bem na hora em que você está entrando no programa. Eu queria ficar feliz por você. Mas a euforia passou. Me sinto sozinho e prostrado. Talvez um pouco triste por não ser aquele que te acompanhou à sua primeira

---

* Em português, *Manual diagnóstico e estatístico de transtornos mentais*. Publicado pela primeira vez em 1952 (DSM-1), pela American Psychiatric Association.

reunião. Tenho certeza de que a última coisa que você quer é ser vista comigo. E você tem razão. Estou pensando em desistir. Uma garota do NA veio me falar que lia meus livros. Antes. Que adorava o que eu escrevia. Antes. Ou seja, antes de saber quem eu realmente sou. Um assediador e um canalha. Eu sorri e disse: "estou pouco me lixando, não estou aqui para falar de literatura". Mas fiquei acabado. Quero ser amado. Não escrevo para que cuspam na minha cara. É bizarro, mas fiquei pensando na Zoé. Ela está apanhando na internet. Somos dois sacos de pancadas oferecidos a públicos diferentes. A diferença é que ela gosta das pessoas que a defendem. Ela se dirige a pessoas que a compreendem e que a reconhecem. Depois que a menina veio falar comigo, eu senti vergonha do apoio de dois caras que estavam comigo. Eu não queria essa solidariedade masculina. O que eu queria mesmo é não ser quem eu sou.

REBECCA

Você está muito chato, querido: quando começo a me cuidar, você descamba. De repente perdemos a sintonia. Escreva sobre o que está acontecendo com você. Vai ser mais útil do que sair para beber.

Eu sou atriz. Meu ego é meu meio de subsistência... Ser desejada pelo diretor, aprovada pelo produtor, impressionar o crítico, ser o foco da luz em uma cena, sustentar cada linha do diálogo, mobilizar equipes para tirar uma única foto, administrar os escândalos... Não sou paga pra ser humilde. Nem pra duvidar do meu valor. Seja no palco ou num set de filmagem, o ator é a pessoa que impõe seu ritmo à narrativa. O tempo do seu ego, de certa forma. Não estou mentindo, não fico dando uma de modesta. E não me incomoda ver que os outros fazem o mesmo. Você pensa demais no reconhecimento e quase nada em cuidar do seu ego. Sua reputação, sua obra, a ofensa feita ao seu nome... Você vive como se fosse uma professorinha dos anos 50. Que se preocupa com as fofocas dos vizinhos e com o que dirão na igreja no domingo e se vai ser convidada para a grande festa da paróquia. Mas agora estamos no terceiro milênio, meu bem, já superamos isso. Você escreve livros? Então pense no próximo. Esqueça a ideia de ser o Dr. Dre da literatura, você já está muito velho. Você deveria se inspirar no Casanova. Pronto. Ele escreveu sua obra-prima tão tarde que morreu sem saber que seria assunto por séculos. Essa é a vantagem dos escritores. Envelhecer não é necessariamente um defeito. Vamos supor que amanhã você publique um grande sucesso, supor que você seja como o Pharrell quando lançou "Happy". Genial. Dinheiro, oportunidades, reconhecimento, você com grande importância. Quando isso acontece, é divertido, você acorda e pensa "que dia lindo, que sorte, que aventura". Eu sei como é. Mas, como tudo na vida, isso escorre por entre os dedos. Nada fica escrito na pedra. Somos apresentados para o sucesso como se ele fosse algo incrível. E nós, como uns carneirinhos, nos esprememos dizendo "quero um pedaço, quero ser validado pela fama". Posso me vangloriar de ser muito famosa. Tenho o direito de dar minha opinião... ela é comparável à 3-MMC.* Ou seja, uma droga pesada que não tem nenhuma espiritualidade. Um pico rápido, poderoso, que mobiliza todas as células, que te impulsiona para cima. É o êxtase consumista, ela é tão imparável quanto vazia. Depois vem a queda. Não sobra nada. Só os nervos destroçados, a falta de orienta-

---

* 3-metilmetcatinona, também conhecida por metafedrona, ou miau-miau, substância psicoativa de efeitos estimulantes, muito usada em *chemsex* e como alternativa ao ecstasy.

ção, uma irritação extrema, a angústia. E uma única obsessão: recomeçar.

OSCAR

É verdade, o reconhecimento funciona para mim e no meu corpo como uma droga. É a mesma evidência, o primeiro gole — a primeira vez que percebi que meu romance se tornaria um sucesso — faz existir um outro eu, torna possível alguma coisa em mim que eu mesmo sou incapaz de criar a seco, é uma revelação feliz. Talvez o reconhecimento seja um pouco mais perturbador que o álcool, que vinha com a ideia de que "tudo que eu preciso fazer é beber" e na região onde cresci ele estava presente em todo lugar, enquanto o reconhecimento era preciso ir buscar, encontrá-lo, alimentá-lo — era uma chama mais complicada mas que mobilizou em mim, no mesmo instante, um exército determinado. Eu ia atrás daquilo. Em todo caso, eu queria me convencer dessa possibilidade — e eu não era um jovem burguês que pensa que tem direito a tudo, que não precisa fazer nenhum esforço, certo de que não há nenhum preço a pagar. Eu banquei essa guerra, dentro do que me foi possível. E, durante décadas, a máquina de se drogar produzia bons resultados, e a da notoriedade também. Depois, começou a girar em falso. Nunca era o suficiente — escrever por prazer, escrever para ter fama, para inventar uma versão minha mais intensa, mais desinibida, mais masculina, menos patética. Tenho a mesma reação quando leio o livro de memórias do Moby, *Then it fell apart*. Eu entendo que é preciso renunciar. E penso nesse amigo que acaba de operar o coração e a quem o cardiologista recomenda que pare com tudo, com o álcool e com as drogas pesadas, e que diz: "todos os cardiologistas falam isso, eles não entendem, eu trabalho à noite, eles não entendem, essa é a minha única válvula de escape e, claro, meu único prazer, eu não posso parar com tudo, eu não posso viver sem droga, é ela que me faz bem — é uma questão de justiça, é a criança que grita 'isso é tudo que eu tenho, não tenho mais nada, como e por que pode tirar isso de mim'". Ouço esse amigo e penso "você está perdendo o controle, você sabe disso, se tivesse controle não teria tido o reflexo de, logo depois de sair da sala de operação, ligar para o dealer e ir comprar bebida. Se você tivesse controle, saberia que dá para se divertir de outro modo, que dá para viver de outro modo. Você está perdendo o controle". E prossigo "nunca se sabe, mas, se quiser conversar a respeito, saiba que pode me ligar sempre". E de algum modo eu sei que, ao lhe dizer isso, estou rompendo nosso pacto. Comigo acontece a mesma coisa com o reconhecimento — uma parte de mim diz: "eu não posso abrir mão". Eu só tenho isso para provar que tenho o direito de existir.

REBECCA

Ou talvez seja um raciocínio estúpido. Um raciocínio de gente preguiçosa, isto é, um raciocínio falacioso... uma sequência automática de argumentos que a gente retorce até poder enlatá-los e forçá-los a coincidir com a nossa ideia de pureza e justiça.

O reconhecimento social não é justo. É a criação de uma enorme disparidade. Não se trata mais de ser conhecido em sua cidade ou em seu meio, não faço a menor ideia do que era o reconhecimento do artesão de caldeiraria no século 19, vai ver naquela época havia um sentido virtuoso... algo do tipo "já que você se esforçou, tem talento e realizou seu trabalho da forma mais correta possível, você será recompensado com o respeito e o afeto dos que estão ao seu redor". Mas não faço ideia. Só conheço o século 20 — a midiatização. Os holofotes em um indivíduo escolhido por um meio que lhe concede o direito de ser mais importante que aquele que o vê: o espectador diante da telona, sem poder mudar nada do que lhe está sendo exibido, tem uma posição completamente passiva. O filme se desenrola como é previsto que ele se desenrole, como o programa de TV se desenrolava, e você, na sala de casa, podia fazer o que bem entendesse diante da tela... e isso não teria impacto algum. Com a internet, temos a impressão de que as coisas mudaram, de que podemos interferir. E entendemos rápido que o modo mais eficiente de interferir é pelo insulto.

Éramos humanos maiores do que a natureza, reproduzíveis infinitamente, estátuas vivas, esclarecidas, maquiadas para sermos enaltecidas, nos faziam dizer falas impecáveis e escolhiam nossos gestos, e nos tornávamos eternos. Isso era o cinema. Me parece que hoje voltamos, como num ciclo, à ideia de atriz e ator desprezados, algo prostituídos, de pouca virtude, com um talento sempre depreciável, acessível.

Foi o músico que transformou as estrelas no que elas se tornaram ao final do século 20. Possibilidade de reprodução técnica de um contato espiritual, como o da música.

O reconhecimento se dá bem com a droga pesada... Buscar conforto no reconhecimento é buscá-lo naquilo que te destrói. Você se vende. Eu nunca me prostituí, no sentido de que nunca fiz nada sem desejo, sem sincero desejo. Mas nunca tive motivo pra isso. Nunca precisei dobrar meus ímpetos, forçando-os a corresponder a outra coisa. O sucesso rouba você de si mesmo. É um privilégio. Nenhum privilégio pode ser exercido sem um preço, geralmente exorbitante.

OSCAR

Uma depressão brutal. Me sinto amputado de alguma coisa que nunca existiu. Perdi uma tranquilidade que eu imaginava ter. Vou te ouvir e decidi escrever sobre o álcool. Fico angustiado. De todo modo, não posso escrever como uma autoficção, conforme eu havia previsto. Já que não posso falar do NA em primeira pessoa. Estou com vontade de beber. Quando digo isso em voz alta, passa logo. Cinco minutos. Depois volta. Uma voz me diz: "só um copo, já faz tempo, você mudou, você não é como os outros, eles são absolutistas da sobriedade, não sabem beber como você". Essa voz é como um jogador de xadrez que está dez lances à frente da minha consciência. Ela é paciente, estrategista sagaz, sabe de cor como eu funciono. Ela é o que existe de mais elaborado em mim.

Encontro amigos de Nancy e lhes pergunto sobre uma moça que eu sei que está tentando parar de beber, pois ela sempre falou disso comigo, é dessas a quem o álcool deixa triste. Eles me respondem "a psicóloga perguntou se ela achava que havia se punido o suficiente, e lhe recomendou retomar, mas com moderação". Uma parte de mim fica escandalizada por uma pessoa que se diz terapeuta acreditar que é uma questão de força de vontade, que basta pensar em controlar o consumo para deixar de ser alcóolatra. E a parte de mim que quer beber se apoia nesse dizer. "Com moderação." Me agarro a essa possibilidade. E se eu pudesse fazer isso? Será que eu parei de beber para me punir? Será que fiz um pacto traiçoeiro com a onda de ódio que me encobria e pensei que merecia uma boa correção? Você é um cara imundo, nojento, nunca mais vai sentir prazer. Em nada.

Com moderação. Beber como os outros bebem. Só um copo de vez em quando. Se sentir alegrinho, dizer: "amanhã vou trabalhar", levantar-se como fazem os sóbrios, com desenvoltura para falar de uma vez por todas: já bebi o bastante. Vou parar por aqui.

Assim fazem os sóbrios ou os punheteiros. Os amadores. Não tenho a menor intenção de virar a porra de um enólogo. Não quero beber com moderação. A vida me envia sinais. Toda hora é hora de beber. Encontrei um amigo roteirista com quem escrevi há muito tempo um longa--metragem que nunca foi rodado. Nós tínhamos trabalhado para um jovem produtor culto e persuasivo, mas completamente maluco, que discutia cada contrato com frieza, embora não pagasse um centavo.

O roteirista e eu ficamos numa boa entre nós, eu cruzei com ele por acaso e entramos num café, nos sentamos ao balcão. Conversamos. Pedimos um café atrás do outro. Como se estivéssemos bebendo. Eu lembro. Uma foto em preto e branco pendurada em sua casa, ele está jovem, ao lado de amigos, agora está trinta quilos mais gordo, irreconhecível, com seu ar de brutamontes animado. Ele parou de beber bastante jovem. O modo como viramos as xícaras de café, somos dois antigos alcoólatras. Viúvos inconsoláveis, e que guardamos os gestos, em vão, de nossas extintas festas.

Às vezes isso me atinge. Tenho vontade de ceder, só para acabar com essa tensão. Que seja então o caos. Sucumbir. Sem falar que a palavra é bonita. Ser nocauteado. Perder a consciência. Cair por terra, me arrastar pelo bar, me comprazer na sarjeta, vomitar. Perder. Aquilo de que a gente gosta quando está bebendo é a mesma coisa de que quando está fumando, de que a gente gosta na paixão amorosa, nos trabalhos bem pagos que nos fazem infelizes: é gostar daquilo que é mais forte do que você.

Aqui estou mais um dia, outra vez. Vou almoçar na cidade, com outros escritores, para conceder um prêmio literário desconhecido, do qual ninguém nunca ouviu falar. Cada um dá sua opinião definitiva — as pessoas estão fingindo. Estão fingindo adorar literatura e saber do que estão falando. Acabamos dando o prêmio a um fulano qualquer — ninguém se escuta durante as deliberações, todos têm uma ideia completamente diferente uns dos outros — há os que votam em um amigo, os que votam em seu editor, os que votam em um livro de que gostaram, os que votam contra um autor com quem se indispuseram.

Durante o almoço, depois das deliberações, a discussão girou em torno de Styron, que eu nunca li. Comentaram a tradução de *A escolha de Sofia*, julgando se é ou não um bom livro, ao passo que os primeiros — quanto a isso todos estão de acordo — são incríveis. E depois do álcool "ele parou de beber de repente, teve uma depressão que durou vinte anos, depois morreu. Mas ele nunca mais caiu em tentação".

Ao voltar pra casa, parei na livraria. Comprei *Perto das trevas*, a narrativa breve que ele escreveu sobre sua depressão. Pensei que seria uma questão com o álcool, mas o que ele tem para dizer do assunto pode ser resumido em algumas linhas.

A tempestade que, em dezembro, levou-me ao hospital, começou em junho, como uma nuvem do tamanho de uma xícara. E essa nuvem — a crise manifesta — incluía o álcool, do qual eu vinha abusando há quarenta anos. Como muitos escritores americanos, cujo vício da bebida, tantas vezes letal, tornou-se lendário a ponto de dar origem a inúmeros estudos e livros, eu usava o álcool como o elo mágico que me ligava à fantasia e à euforia e como alimento da imaginação. Não preciso me arrepender nem pedir desculpas por ter usado esse agente calmante, muitas vezes sublime, que tanto contribuiu para o meu trabalho, embora eu jamais tenha escrito uma linha quando estava sob sua influência. Eu o usei muitas vezes combinado com a música — para permitir que minha mente criasse visões às quais o cérebro sóbrio e inalterado não tinha acesso. O álcool era o sócio mais velho e valioso do meu intelecto, além de amigo cuja ajuda eu procurava diariamente — procurava-o também, vejo agora, para acalmar a ansiedade e o medo incipiente, há tanto tempo escondidos num canto da masmorra do meu espírito.

O problema é que, no começo daquele verão, eu fui traído. O ataque foi repentino, quase do dia para a noite. Eu não podia mais beber. Era como se meu corpo se erguesse em protesto, conspirando com a minha mente para rejeitar o caudal diário de visões, que sempre acolhera tão bem e — quem sabe? — talvez precisasse.*

E a partir daí deduzi que talvez eu tenha querido parar de beber cedo demais. Se eu tivesse esperado meu corpo dizer: "pare", eu não teria dado tanta importância a esse fenômeno. Eu tenho vontade de beber como tenho vontade de atravessar um portal para outro mundo. Mas Styron escreve sobre uma época passada, quando ninguém exigia satisfação dos homens por seu comportamento. Eu renuncio a voltar a beber. Pelo menos por enquanto.

REBECCA

Em Barcelona me emprestaram uma quitinete onde não bate sol. Estou feliz de sair de Paris. Todos os dias, no Raval, eu cruzo com um rapaz negro muito bonito — cabelo comprido,

---

* William Styron, *Perto das trevas*. Trad. de Aulyde Soares Rodrigues. Rio de Janeiro: Rocco, 1991, pp. 46-7.

óculos escuros surrados, shorts, sem sapato —, inexplicavelmente elegante. Sua bicicleta não tem pneus, a corrente fica pendurada ao lado da catraca e não tem selim, ele senta diretamente no quadro. Faz dois meses que eu o vejo passar com a mesma bicicleta, no mesmo estado, e a cada vez preciso de mais tempo para entender que nada faz sentido na cena. Ele é tão solene e tão seguro de si que é preciso um tempo pra perceber isso — faltam peças fundamentais para a bicicleta e para seu usuário.

Na praia, um garoto moreno passeava com uma enorme sacola preta da Gucci — como se tivesse acabado de sair da loja. De longe, ele parecia um jovem burguês comum — e depois eu o vi tirando da sacola um papelão para dormir na sombra e pude dar uma olhada. Era um menino — tinha uns quinze anos no máximo —, e na verdade era um morador de rua, com uma velha bermuda laranja larga demais pra ele. Demorei para entender que ele podia estar andando por ali, naquela praia gay, em busca de um possível cliente — ou de um cara para enganar, vai saber. É isso que é detestável na prostituição: as coisas são muito evidentes.

Todos estão de máscara. Faz semanas que está um calor terrível — gotas de suor no lábio superior. Não dá para respirar. E é provavelmente inútil. Todo mundo usa máscara e tudo se passa ao ar livre — as pessoas usam máscara à mesa, enquanto conversam, e, até que sejam servidas, seguem usando máscara. Fazem o melhor que podem. Não se perguntam se é útil ou confortável. Estão fazendo o que podem para evitar um novo confinamento.

Eu também tenho a impressão de que a vida fala comigo, me manda sinais. Ela me mostra um mundo que se parece com o que eu sinto — em dificuldade, arruinado, sem direção clara. No piloto automático.

Bom, vamos aos fatos: você está pensando em ter uma recaída. Discordo. A primeira coisa que fiz ao chegar aqui foi procurar uma reunião. Não entendo nada do que eles falam, e com a máscara eu nem sei quem está com a palavra. E no entanto me faz muito bem participar. Para mim, é reconfortante ultrapassar uma fronteira, mudar de língua e ainda assim existirem as mesmas reuniões. Aqui ninguém me reconhece. Não gosto muito disso. Por sorte uma francesa da minha idade me abordou na saída, vamos tomar um café. Me acostumei com gente prestando atenção em mim e me mimando, se comportando como piranhas arrebatadas pela grande atriz, lutando por um naco do meu tempo, da minha atenção. Mas não com que se dirijam a mim como ela o fez. De forma tão direta, conversando sobre coisas tão fundamentais.

É estranho que, por culpa sua, eu tenha me tornado adepta dessas reuniões, sem que eu tivesse pedido nada, e que esteja dando certo para mim, enquanto você tem uma recaída, como um mentecapto. Desista, seu palhaço — qual é a melhor maneira de eu te dizer isso? Você não tem mais vinte anos. Acabou. Já era. Pare de tentar argumentar. Sua época já passou. Você a viveu. Você não vai encontrar nem no álcool nem na maconha o que está procurando. Vai ser como quando a gente transa com um velho amor do passado, e agora não é mais como antigamente. Não é nem mesmo algo requentado. Só enchção de saco.

Eu também posso ser sentimental ao falar das primeiras vezes em que enchi a cara. Fazia sol, era primavera. Eu bebia aguardente de ameixa numa garrafa de plástico. Estávamos ensaiando uma peça de teatro na MJC de Vandœuvre. Eu fazia o papel de Ondine. Tirávamos sarro dos assistentes sociais e seu bom humor de idiotas que tinham um Renault 4L — e, no entanto, sempre acabávamos passando horas na MJC. Eu adorava o teatro, mas isso não me impedia, durante os ensaios, de acabar caída no chão com os braços cruzados sem ninguém se atrever a beber comigo. As meninas não se atreviam a fazer nada. Na minha época, elas tinham medo de tudo. Eu era aquela adolescente de catorze anos que toma uísque no gargalo. Meu modelo era a menina de cabelo azul de *Albator 78*, de olhos amarelados meio vazios e que tocava harpa. Ela, e Christiane F., é claro. Eu estava na minha. Às vezes falo da minha adolescência com adultos que não têm o mesmo tipo de lembrança, é difícil explicar que foi uma época boa. Eu comprava solvente e ia sozinha para o fundo de um estacionamento, com um pequeno toca-fitas, e ouvia *Flash Gordon*, do Queen, e Joy Division, e assobiava. Roubava discos do Hall du Livre. Foi você quem me lembrou disso, eu já tinha me esquecido. Entrava com uma bolsa da Dorotennis, fazia uma pequena pilha de discos, jogava tudo dentro e saía. Eu era corajosa, adorava roubar em lojas grandes, acho até que ter parado de fazer isso poderia integrar a lista de tudo aquilo que lamento não fazer mais desde que fiquei famosa. Eu podia fazer isso em Nova York ou em Tóquio, mas, a partir do momento em que você pode pagar pelas coisas e rouba deliberadamente, apenas para sentir o pico de adrenalina, você se sente um idiota, não tem a mesma graça de quando é jovem e pega o que quer. É como se você estivesse recuperando algo que é seu.

Entendo a sua nostalgia de adolescente. Mas isso acabou, nunca mais teremos catorze anos. Não existe recaída feliz. Não precisa frequentar as reuniões para saber disso. Eu sempre tive contato com viciados e nunca vi ninguém falando "que delícia fazer isso de novo". Então pare com essa palhaçada e ponha os pés no chão... tente fazer algum esporte ou tirar férias.

OSCAR

Tenho uma planta na sala. Ela costumava florir, tinha flores enormes, de cor vinho, como cachos de uva. Hoje cedo descobri que suas folhas foram devoradas, perfuradas ou mordiscadas, e nelas estavam presos grandes casulos, dentro dos quais vivem umas lagartinhas verdes. Eu já tirei umas trinta, mas parece que elas se reproduzem de hora em hora. A cada vez que limpo a planta, descubro novos ovos. As folhas se enrolam em si mesmas, é como se a lagarta as estivesse retorcendo. Dá para ver quando surge uma coisa branca, uma bolsinha grudenta, porque enquanto a lagarta não sai do seu casulo marrom e começa a se contorcer, ela tem exatamente a mesma cor das folhas, é difícil extrair o parasita para proteger a planta, fazer com que ela sobreviva ao ataque. Quando estamos no meio de uma história de amor é exatamente isso o que acontece: o casulo, essa coisa espessa que é criada em alguns minutos, grudenta, suave, é sedosa, mas opaca. Do lado de dentro, não conseguimos ver nada: sentimos, estamos colados ao cerne da história, vegetamos ali, e por mais que a planta da nossa vida seja devorada, devastada, nós nos alimentamos do desastre, não conseguimos sair dele.

Acompanhei novamente Clémentine a pé até o ponto de ônibus. No caminho, vimos um cachorro preto, de pernas curtas, com as orelhas levantadas, animado, e eu o chamei de Volt. Então avisto o dono do Volt sentado no balcão de um bar estreito, o dia está ensolarado e o lado de dentro do lugar parece uma caverna acolhedora, ele está sentado diante de uma taça de martini — um líquido vermelho, espesso. Então o avisto ao passar e sei que aquilo de que mais sinto falta do álcool é os bares não serem uma casa para mim. Que cada balcão não tenha o potencial de um porto seguro. Não ficar ali com os frequentadores até fechar, até baixarem as portas e sairmos pela porta dos fundos — não ficar a noite inteira procurando onde comprar um croissant. Por mais estranho que possa parecer, não é da embriaguez que eu tenho a lembrança mais precisa, nem a saudade mais forte; não sinto falta do falar alto, repetindo dez vezes a mesma coisa. Vejo as pessoas se transformarem no happy hour, elas se inflam, ficam mais calorosas, depois do jantar elas começam a se encostar mais, passam a fazer confidências. Tenho saudade do impacto físico — o gole de uísque, aquela queimação na garganta, aquele calor nas articulações. Mas é do bar que mais sinto falta. Ter um bar preferido. Conhecer os garçons. Ser bem recebido. O conforto de uma casa que não é o lar doméstico.

O álcool, para mim, significa estabilidade. Nunca conheci outra, nem antes, nem durante, nem depois. A amiga, o amor, o pai, o chão, o ar fresco e a suavidade.

Frequentemente, às vezes sem muita convicção, penso em suicídio. Desde que parei de beber, sempre volto ao seguinte pensamento: antes de partir, a única coisa que me daria prazer seria uma taça de vinho, uma taça de vinho branco, uma taça de vinho branco seco, e outra taça, de vinho branco suave, e, em seguida, uma taça de champanhe, e uma taça de vinho tinto, um Saint-Joseph, por exemplo. E um uísque. Sem gelo. Qualquer tipo de uísque.

E então eu penso: se bebesse um gole, e depois outro, se compensasse todo esse atraso — todas essas taças que não bebi e que não me acompanharam, nem me apoiaram, nem me distraíram de quem eu sou... Então eu ficaria bêbado e não teria mais vontade de morrer. Eu esqueceria essa ideia. Não pensaria em outra coisa a não ser beber.

Sinto falta do imprevisto. Até a cerveja me faz falta. Jamais gostei de cerveja, mas mesmo assim tenho saudade dela. De cerveja gelada. Das mesinhas do lado de fora do bar. Sinto falta da cor dela. De segurar o copo. E depois da vontade de ir ao banheiro. É quando nos levantamos para esvaziar a bexiga que percebemos o quanto estamos bêbados. Perdi a conta de quantas vezes fiquei sentado na privada, incapaz de ficar de pé. Talvez eu não escreva mais porque parei de beber. Fico me perguntando se meu problema não seria não beber o bastante. Malcolm Lowry, Scott Fitzgerald, Marguerite Duras, Chandler, Truman Capote, Stephen King, Hammett, Dorothy Parker, Steinbeck, Jean Rhys, Patricia Highsmith, Hemingway, Elizabeth Bishop, Raymond Carver, Georges Simenon... um vício de pessoas brancas. Tem os jazzistas negros e a heroína, os músicos negros e todas as drogas que você puder imaginar, tem os esportistas, os atores negros e a embriaguez, mas os romancistas negros — sejam eles americanos, haitianos, franceses ou quenianos — nunca enchem o saco falando da dificuldade que têm em criar. Não existe uma tradição de alcoolismo entre os grandes autores negros. Também me repreendo, penso que, se Baldwin não precisava beber, é porque não existe nada de obrigatório para ser um bom autor.

REBECCA

Você está falando besteira. Está preparando uma recaída como quem constrói uma cabana — trazendo um pedaço qualquer de madeira para amarrar aos outros. Eu nunca fiz uma cabana, mas tenho certeza de que é assim que se faz. Como você. Você pede ajuda prestando atenção naquilo que não podemos fazer por você.

Eu entendo, gostei tanto de recomeçar com homens com quem nada era possível, suportava as penúrias como se fosse uma viúva universal, suportava todas as penúrias de todos os apaixonados separados, e assim que podia entrava numa história triste que certamente acabaria mal, uma história que me deixaria destruída, e por isso entendo o que você está fazendo. Mas não somos feitos da mesma matéria. Eu sobrevivo a tudo. Eu me recupero de tudo. Não sou fraca. E não posso fazer nada para salvar você dos seus desejos. Ao ficar limpo você vira um policial diligente ou um gay do início do século passado que precisa adivinhar, ao menor sinal, se pode se dirigir a alguém... você desenvolve um faro, um sexto sentido, uma vigilância inesperada. Eu sei adivinhar quando alguém usou alguma coisa antes mesmo de lhe dirigir a palavra, reconheço pela pele pelo cheiro pelo jeito como se move. E percebo que você está voltando à euforia — a euforia do amante, mas do amante agressivo, do amante sem parceiro humano, do amante tolo. Existe certa volúpia em jogar tudo para o alto, mas também em reencontrar seus velhos demônios. Existe um prazer na derrocada. Você está se preparando para isso. Está saboreando por antecipação.

Eu não posso te enclausurar, não posso viver sua vida no seu lugar. Penso na sua filha, que não conheço, mas que sem dúvida está aguardando esse momento há mais ou menos um ano, porque ela te conhece melhor do que eu e sabe que não podemos confiar em você. Fico com raiva de você. E também de mim. Sei que dizer: "cuidado" não adianta nada. Eu poderia te prensar contra um muro e te encher de porrada, te sequestrar por um mês inteiro em uma sauna, te purgando com vitamina C e magnésio. Poderia aparecer acompanhada de cinco ninfomaníacas de menos de vinte anos que se atirariam sobre você e que não te deixariam respirar, de modo que você não pudesse pensar em outra coisa, eu poderia te hipnotizar à força, te sedar, ou te levar para as montanhas do Uzbequistão, ou para ver os templos do Camboja, ou para Lourdes, ou para uma clínica suíça...

No entanto, nada disso adiantaria.

O que podemos fazer pelo amigo que pretende ter uma recaída? Exigir que ele se controle? O que podemos fazer pela amiga que está saindo com a pessoa errada e está na cara que ela vai se dar mal, e sabemos que ela não sairá ilesa, mas ela está possuída, imantada, e não se importa com nossas advertências? O que podemos fazer pelo amigo que está cansado de repetir sempre os mesmos erros, mas que nos diz que está se divertindo com isso? O que podemos fazer? Só podemos aguardar. Respondemos as mensagens um pouco mais rápido. Falamos que o amamos. Propomos: e se você parar de usar? E se mudasse de estratégia? O amigo não pediu para nos intrometermos na sua vida. O amigo não nos pediu nada. O que podemos fazer pelo amigo que estava indo bem, mas que vemos preparar a própria ruína? As pessoas estão se destruindo. É inegável. É preciso evitar escolher amigos perturbados. Não são pessoas solitárias, com as quais ninguém se preocupa, que estão se destruindo à minha volta. Muito pelo contrário, são pessoas amadas. É uma forma de dizer àqueles que convivem com elas: "vocês não servem pra nada. Vejam, vocês não podem fazer nenhum bem para mim". Eu sempre me solidarizo com os desajustados. O que podemos fazer para os amigos pelos quais tememos o pior? Nada. Só podemos lhes enviar uma mensagem avisando que estamos indo jogar pingue-pongue, que podemos nos encontrar num café. Só podemos dizer: "espero que isso passe". E estar ali, depois. Rezando para que sobre alguma coisa desse amigo. E deixar rolar. Beijos.

OSCAR

Amiga, fiquei emocionado com sua carta, não vou ter nenhuma recaída. Vou trocar de padrinho, porque não tenho mais vontade de falar com o que tenho atualmente. E tem aquele cara que sempre vejo nas reuniões da Rue de Charonne e que admiro — eu não sabia que ele estava frequentando o programa, mas eu o conheço muito bem. Aconteceu um negócio incrível. Léonore me ligou em pânico. Ela estava passando uns dias com Clémentine nos arredores de Lyon, na casa de uns amigos que costumava visitar. A menina foi passear com outros garotos. E foram pegos fumando maconha. Parece que, desde o lockdown, a polícia está perseguindo os adolescentes. Sistematicamente. Entendi que Léonore estava levando minha sobriedade a sério. E que ela sabe disso por causa da Clémentine. Eu não tinha percebido que minha filha sabia o que eu estava fazendo no Zoom; quando ela está em casa eu fecho a porta do quarto, ponho um fone e não falo nada. Tive essa primeira conversa estranha com a mãe da minha filha, uma conversa que nunca tivemos antes. A cada vez que me convenço de que sou um chapado do caralho, a realidade vem me dizer que eu sou o único que me vê assim. Léonore falou da nossa separação — eu achava que ela me culpava muito, mas na verdade ela culpava a droga. Achei simpático da parte dela. Não tenho certeza de que eu teria me comportado muito melhor se estivesse sóbrio. Mas eu a deixei falar. E deixei que ela elogiasse minhas escolhas recentes de vida e me dissesse o quanto dá para notar a diferença e que ela poderia contar comigo. É verdade que, desde que estou limpo, nunca perdi o dia em que fico com a minha filha. Enquanto a ouvia falar eu pensava na carta que você me escreveu — eu me dizia: "até que é agradável ter mulheres que se preocupam comigo".

Ela queria que eu conversasse com Clémentine. Na condição de homem sóbrio que conhece a vida. Como um pai, na verdade. Farejei problema — eu não conseguia me imaginar explicando à menina que a maconha a levaria para a prostituição pesada, com uma seringa no braço. Fazia anos que Léonore não falava comigo daquele jeito. Eu disse: "tudo bem, mande ela pra cá, vou convidá-la pra um lanche".

Fui até o Picard comprar uma *tarte tatin*, pois sei que ela gosta. A conversa cara a cara em si deu muito errado. Eu disse: "vou falar com você como se fosse uma adulta, porque logo, logo você será uma. E você sabe que eu já fumei maconha. Sei do que estou falando. É uma droga leve se você fuma duas vezes por ano, em ocasiões especiais. Mas, se você fumar todas as semanas, é uma substância muito mais perigosa do que você imagina. Se você usar com frequência, ela vai prejudicar sua concentração, sua criatividade, seu humor, sua vontade de viver, sua inteligência, seu sono, sua curiosidade...". Ela deu um suspiro. Estava se entediando. Eu fui ficando fragilizado. Humilhado. E desconfortável. Comecei a pensar que deveria ter agido de outra forma — tê-la incitado a falar para entender o que ela achava da maconha. Mas não dá para criar uma relação bacana com sua filha desse jeito, num canto da mesa, só porque a mãe dela te fez esse pedido. Muito rapidamente eu a chamei de pretensiosa e arrogante que iria apanhar muito na vida por querer dar uma de durona, sendo que não passava de uma idiota. Não exatamente nesses termos, mas essa era a ideia.

Ela levantou para sair, eu a segui até a porta, a peguei pelo pulso para forçá-la a voltar, e ela gritou "não me bate", não como alguém que sente medo, mas como se ela fosse me bater. Gritei de volta. Eu a sacudi um pouco, e ela desceu as escadas correndo. Fui atrás dela como um idiota, batendo a porta sem pegar a chave, e a alcancei na rua. Ela não queria papo comigo.

Tudo isso pra dizer que a conversa começou muito mal. E na rua ela me disse: "não venha me dar lição moral, eu te conheço, você vai voltar a usar droga, então você é a última pessoa nesse mundo que pode me ajudar". Aquilo me deixou louco. Como se me desencadeasse um acesso de raiva. Em vez de falar uma bobagem qualquer, eu perguntei: "mas por que você está me chamando de drogado? Você por acaso já me viu alguma vez usando droga?". Seu rosto se deformou, com uma careta de desgosto e de incredulidade. Aquilo não era do feitio dela. Abro um parêntese para comentar que a raiva cai muito bem nela. Ela não herdou isso de mim, eu fico ridículo quando perco a cabeça, mudo de cor e minha voz desafina, meu pai era nervoso, mas ele era igualzinho — só não ríamos da cara dele quando ficava bravo porque ele nos batia. Ela tampouco herdou isso da mãe, Léonore é uma catástrofe quando perde a cabeça, começa a chorar, a gaguejar, se descontrola. Clémentine fica muito feroz e estilosa quando está brava. Isso me faz pensar que, se nossa relação melhorar, vai ser interessante conversar um pouco sobre os meninos, porque acho que ela aprendeu isso com eles, e não com a gente. Fim de parêntese — a careta de desgosto, por outro lado, era medonha. Mas eu estava realmente surpreso. Repeti a pergunta: "você por acaso já me viu usando droga, Clémentine?". Ela respondeu: "você está tirando com a minha cara? Espero que esteja com tempo, porque tudo o que eu tenho pra dizer sobre você está relacionado à droga".

Era a primeira vez que ela me falava alguma coisa importante e sincera desde que virou adolescente. Sabe, tem momentos como esse — para dizer em linguagem do cinema, ao estilo de Wachowski — em que tudo se congela ao redor do personagem e, por alguns segundos, ele escapa da situação e se movimenta em um espaço que lhe é próprio. É um milagre. Senti na minha nuca um sopro gelado, uma mão que me capturava, e ao mesmo tempo entendi que eu tinha decidido ter uma recaída, mas que não podia tê-la. A comparação com a paixão amorosa é muito evidente: me senti como quando você decide sair de casa para ficar com outra mulher, e sua mulher te diz alguma coisa que te faz cair uma ficha de que não pode deixá-la. Você está com as malas prontas, com a decisão tomada, mas uma mão invisível te bota no chão. Eu não ia beber daquele copo. Não ia cheirar aquela carreira. Não ia dar um passo para trás. Um segundo antes, eu estava desesperado por ter que renunciar, e agora me via aliviado como um náufrago que pisa em terra firme. E me achei admirável, deslumbrado com o meu próprio esplendor. Que sacrifício. Que pai extraordinário. Eu, essa rocha na tempestade, esse pai prestes a qualquer coisa para proteger a filha. É raro que eu goste de mim desse jeito. Aproveitei o momento.

Propus que tomássemos um café e contei ao cara do bar, que me conhecia, que eu tinha esquecido as chaves dentro de casa, com a minha carteira, e ela começou a rir: "você está ferrado, pai". Ela pediu uma Fanta, eu nem sabia que ainda existia. Demorou para que ela começasse a falar, mas de repente deslanchou. Depois, ela me acompanhou até o chaveiro, voltamos e sentamos nas escadas do meu prédio e ficamos esperando o cara — isso tomou a tarde inteira. Ela desembestou a falar. Fiquei surpreso. Ela lembra de coisas que eu havia esquecido, coisas que eu jurava que ela era pequena demais para perceber. Ela lembra de todas as vezes em que a deixei plantada esperando, das carreiras de pó que eu cheirava discretamente nas noites de Natal, das brigas com minhas ex-namoradas quando eu tinha bebido demais, das noites em que eu a punha para dormir antes de jogar pôquer com os amigos e, quando ela levantava, todos ainda estavam lá, fedendo a álcool e cigarro, falando bobagem, e ficávamos mexendo no cabelo dela como uns idiotas. Ela lembra de centenas de promessas que eu não cumpri, das brigas a troco de nada, só porque eu tinha saído de balada na noite anterior, da voz embriagada quando ela chegava em casa, da maconha na frente da televisão, e de que eu estava ali, mas era como se ela estivesse sozinha, de tê-la deixado esperando em um bar enquanto eu ia ao banheiro com alguma mulher, do bagulho que eu deixava à vista na *chambre de bonne* porque eu não sabia que ela fuçava o meu escritório. Ela lembrava de tudo. Uma verdadeira policial.

O chaveiro foi honesto, ele não tentou trocar a porta para faturar três mil euros em cima de mim, em vez disso pegou um cartão e abriu a porta em trinta segundos. Entramos para terminar a *tarte tatin*. Pedi desculpas pra Clémentine por ter perdido a cabeça, e ela disse: "e eu peço desculpas por ter dito que você vai voltar a se drogar. Dá pra ver que você mudou. De verdade. E isso é ótimo. Você nunca foi como agora".

Ela ficou pra dormir em casa. À noite eu liguei para Corinne — estava na hora de fazer as pazes. Ela sempre soube como conversar com Clémentine. Eu estava na defensiva, mas, na hora que expliquei "ela está fumando maconha", Corinne não caiu na risada dizendo "é coisa da idade dela", mas fez a pergunta certa: "todos os dias?". Ela não fez drama nem encarou de forma leviana. Nos convidou para passar alguns dias na casa dela.

"Estou com as chaves dos vizinhos e eles têm uma piscina."

"Vou ver se a mãe dela deixa e daí vou com ela de trem. Vai me fazer bem também. Eu estava quase tendo uma recaída, mas acabei desistindo."

"Você continua sendo um babaca, mas dá pra ver que está menos babaca do que antes."

Quase a levei a mal, mas acabei fazendo o contrário. Interpretei como um elogio — e acho que, na verdade, era.

REBECCA

A paternidade não é seu forte... Sua filha não é uma muleta, mas uma pessoa. Sua sobriedade não deveria depender dela. Você vai me dizer que não está nem aí, que o mais importante é ter os pensamentos em ordem. Gosto de te ler. Não posso passar muito tempo te escrevendo. Estou no meio de uma filmagem, daqui a pouco vão vir me buscar no hotel. Adoro a vida no hotel. Adoro que tragam meu café da manhã no quarto. Eu não queria fazer esse filme. Mas estava precisando muito do dinheiro. Achei o roteiro péssimo e o elenco desastroso. Mas até que está dando certo. A diretora é experiente e, de cena em cena, acho que estamos trabalhando bem. Não vai ser um grande sucesso, mas talvez arrase no festival. O diretor de fotografia foi com a minha cara. Passa horas me iluminando. Eu me vi na câmera. Está tudo certo. Fazia tempo que eu não me sentia assim. Que ótima ideia essa de ficar limpa. Vou indo, mande um beijo para a sua filha e para a sua irmã. Sei que você está indo visitá-la. Corinne me liga o tempo todo. Ela não consegue mais ficar sem mim. Beijos.

OSCAR

Fico observando Corinne com Clémentine. A menina não está mais carinhosa do que o habitual. Quando ela chega, cumprimenta gentilmente e em seguida se retira, pega o celular e se retrai, da mesma forma como faz comigo. Continua no mesmo cômodo que a gente, mas é como se não estivesse ali.

Corinne tem uma reação diferente da minha. É ela quem faz a diferença. Ela não se enrijece. Não se intimida. Mas também não é o pai da menina, não faz ideia do que essa relação deveria ser. Quando ela olha para a menina, o que vivemos com o nosso pai não lhe vem à mente. Ela deixa rolar, mas não se incomoda em de vez em quando incluir na conversa ou nas atividades da casa. "Levanta e vai comprar fruta, vem me ajudar a carregar a lenha." Ela não é passivo-agressiva quando lhe pede para fazer alguma coisa — é quando eu a vejo agir que me dou conta de como eu faço. Quando Corinne lhe pede ajuda para descascar batata, ela não deixa subentendido "largue o celular, não seja assim, pense em mim, me leve em consideração, me dê o que eu preciso". Ela quer batatas descascadas e ponto-final. Percebo que sou eu que crio estresse em todas as situações. Meu estresse, minha dor, minha negatividade, minha culpa. Eu, eu, eu. Percebo que passo meu tempo obrigando minha filha a considerar a minha dor. Mas nunca de forma direta.

E, o mais importante, Corinne é animada. Ela diz: "quando olho para os jovens da sua idade, penso que os fascistas terão dificuldade. Tiveram uma vida boa conosco, mas, com vocês, não vai ser brincadeira...". E Clémentine sorri. Eu sou incapaz de pensar coisas desse tipo. Mais incapaz ainda de formulá-las em um canto da mesa. Só sinto angústia quando penso na vida de Clémentine — fico imaginando uma teia de tristeza em cima da cabeça dela, e nada mais.

Estou sentado em uma velha poltrona laranja encostada na janela através da qual vejo o jardim quando ergo os olhos do meu livro. No corredor, encontrei na bagunça que a Corinne chama de biblioteca uma velha edição do *Romanceiro cigano*, do García Lorca. Releio várias vezes cada página. E fico olhando as duas juntas. Com a palma da mão, Clémentine bate no fundo de um pote de vidro para abri-lo e Corinne suspira "que pena que não existe nenhuma terapia de cura hétero, você seria uma lésbica excepcional". Clémentine está em êxtase.

"Só porque eu abri o feijão na primeira tentativa? Você não bate bem da cabeça..."

"Estou falando isso porque tudo o que você faz é impecável, você não tem a estupidez patética da mulher heterossexual."

E Clémentine fica radiante, é um excelente elogio. Ela entra no Lesbian TikTok e pega o celular para mostrar alguma coisa para Corinne, que o arranca das mãos.

"Quem é essa gostosa?"

"Calma, ela tem a minha idade, você não pode falar dela assim!"

"Não posso fazer nada além de falar, minha querida, ela é uma gostosa."

Fico observando as duas a alguns metros da cena. E observo minhas emoções. Tenho o estômago revirado por uma mistura de raiva e tristeza. Tem um pouco de ciúme, ódio de ser excluído, tristeza pela minha incapacidade de entrar na conversa, porque se o fizer vou atrapalhar a tranquilidade da troca, sou o pai que é um péssimo ator e que finge leveza. É um magma estranho, e consigo discernir, em algum lugar desse caos, um tipo bem definido de linha, como o céu na Bretanha quando uma faixa azul anuncia os últimos quinze minutos de sol que é preciso aproveitar. Também tem algo de novo respirando, algo que vai se decompondo mais ou menos assim — estou feliz por Clémentine de alguma forma ter um adulto que lhe dê trégua da angústia adulta, e por perceber também que não é preciso muito para estar bem com ela.

Permitir-se ser atravessado por um acontecimento. Sentir uma emoção. Em vez de evitá-la. Eu quero fazer isso. Como estou me comportando? Como devo fazer? Devo caminhar? A que velocidade? Com ou sem música? Devo sentar? As costas estão retas? Devo respirar com a barriga? Devo me alongar no chão? Esticar os braços cruzados e bocejar? Deixar os pensamentos intrusivos cavarem buracos na minha barriga?

Bullshit. A emoção é o buraco na camada de ozônio, a mudança climática, a lava do vulcão, o bombardeio, o vírus. As emoções não são nem fábrica nem teatro, não podemos controlá-las. É por isso que não podemos absorvê-las. Elas te sujeitam. Você sempre pode ter medo e sorrir. Elas te viram de ponta-cabeça. Não é uma fabricação artesanal, individual, uma coisa que você esculpe de acordo com a ideia que você faz do mundo. Não é um pote de cerâmica. A emoção que acomete minha geração é o desespero. Ela é coletiva. Ela retumba, no fundo da terra. É a mesma que nos toca a todos. Todo mundo pode se precipitar com sua mensagem ou sua fórmula, mas não faz diferença. Não importa se você é dono do mundo ou se está sobre os destroços de um naufrágio no meio do oceano, a emoção é a mesma. Nós pertencemos a ela, ela é um acordo implacável e que ressoará não importa o que aconteça.

E a única técnica que te permite afastar o desespero é a esperança. Simples assim. A esperança é o único antídoto para o desespero. Ora, é exatamente isso que nos foi tirado. A distopia passou a ser o único horizonte sensato. Crer que as coisas possam melhorar é uma prova de imbecilidade. Isso é a vitória do totalitarismo. Nossas imaginações foram monopolizadas por uma convicção única: não existe alternativa. A esperança só serve para os imbecis.

Então Clémentine diz: "vem, papai, vamos comer", e eu paro de querer a todo custo pôr palavras exatas nesse magma de angústia que me revira o estômago, levanto e sento à mesa, sem me esforçar para sorrir, sem procurar dizer algo inteligente, nem desagradável para que elas entendam que eu me sinto excluído — é isso o que me permite sentar com elas, e digo: "como o García Lorca é bom, fazia tempo que eu não lia ele", e Corinne responde: "faz muito tempo que não abro esse livro, a menina que me deu de presente mora na Austrália agora e fico pensando como é que ela tá", e Clémentine, que não está nem aí pra isso, me diz: "a Corinne fez sua torta de morango de sobremesa", e sinto que ela está feliz em encontrar esse universo em que ela tem suas referências e que é simples — e durante alguns minutos tenho essa sensação bizarra, que acaba sendo muito estranha para mim — está tudo bem onde estou, está tudo certo. Eu não estou preocupado, não estou procurando o que eu poderia dizer para ser um pai melhor, um irmão que tranquiliza ou qualquer outra coisa específica. Eu pertenço a essa cena. Não tenho que fazer nada especial para que fique tudo bem. Apenas por hoje, me sinto menos babaca do que ontem.

REBECCA

Você tem certeza de que está bem, querido? Você não está um pouco exaltado?

Estou te escrevendo à noite, porque reservei os dias para ficar sem fazer nada. Barcelona está vazia. O que é bom para o coração acaba sendo fatal para a economia e vice-versa — no fim das contas, esse antagonismo é um problema.

Normalmente, nessa época do ano, as ruas ficam lotadas. Em dez anos o centro da cidade perdeu oitenta por cento dos seus habitantes. As residências viraram Airbnb, e durante a covid elas foram convertidas em estufas de maconha. A maioria dos comércios é de butiques para turistas. Ruas inteiras com as portas fechadas. Não restou nenhuma padaria, nenhuma livraria, nenhum cabeleireiro. Lojas que vendem suvenires feios. Todas fechadas. À espera da retomada. Se compararmos, Longwy no fim dos anos 80 pareceria uma cidade próspera. Esse frenesi de que tudo vai acabar arrasta tudo consigo, é desestabilizador assistir a um mundo desmoronando.

Você sempre diz que está preocupado com a sua filha. Se você não se preocupasse, seria burro. Existem situações em que entrar em pânico é demonstração de bom senso. Estamos todos enlouquecendo. É geral. Hoje em dia até discutimos com pessoas que conhecemos há mais de dez anos por causa do que falam sobre as vacinas. Digo isso, mas sou a primeira a querer forçá-los a tomar vacina, pedindo-lhes para calarem a boca com seu DNA de merda. O que vocês acham que essa genética de merda de vocês é? Um Picasso? Só que logo depois eu penso: o que está acontecendo comigo? Quem foi que assumiu o controle da minha cabeça? Em que momento da história eu passei a me interessar pela situação vacinal dos meus amigos?

O mundo está perdendo seu sangue-frio. Ele está me desgastando. Então, tudo o que eu tenho para dizer é: segure a barra. Eu tenho a sorte de não ter filhos, mas tenho a impressão de que você está mudando, como pai. Antes tarde do que nunca.

OSCAR

E no fim da reunião no Zoom tem aquele sujeito que nunca encontrei, mas que, pelo jeito como as pessoas o cumprimentam, dá para ver que participa do programa há muito tempo. Ele está com covid, isolado em um quarto sem luz natural, e vendo pelo computador daria pra dizer que ele está dentro de uma gruta de tão carregado que é o cenário atrás dele, e ele repete sem parar "minha mãe não gostava de mim, preciso me conformar". É como uma ladainha, ele fica falando "a rejeição é uma coisa impossível para mim", ele parece estar asfixiado por uma ideia que tenta regurgitar e, ao ouvi-lo, penso "é isso mesmo, mas tente se acostumar, acontece com todo mundo, deixe a sua mãe em paz por dois minutos". Ele é adulto, acho que tem a mesma idade que eu. Tá bem, sua mãe não gostava de você, mas não dá pra passar a vida inteira remoendo nossas infâncias arruinadas. Tem que aceitar. E não me encha o saco. Ele me irrita. Não tenho nada a ver com ele. Eu me atropelo, me confundo, me perco. Não quero ser esse cara, me recuso categoricamente a escutá-lo quando ele fica remoendo sua angústia, eu sinto nojo, não quero ter nada a ver com ele. A identificação é elegante, é como se olhar no espelho e se reconhecer e se cumprimentar ao passar. Há certa distância, uma possibilidade de refletir sobre o que está acontecendo. Mas o que eu sinto a respeito dele é uma coisa orgânica, é nojento — é como chafurdar na própria merda.

Daí eu afundo em angústia. Como eu não sentia há meses. Corinne percebe minha agitação a partir de sei lá que sinais exteriores e, desta vez, ela não se aproveita disso para me atacar. Ela põe uma xícara de café quente ao lado da minha poltrona, e percebo que se preocupa em escolher a minha xícara preferida, uma preta com as bordas grossas. Geralmente, ela se irrita por eu ter esse tipo de tique, por ter uma xícara preferida e por querer beber nela todos os dias. Ela não está nem aí para os objetos, para os ritos, para os pequenos ajustes bobos, então na maior parte do tempo parece que não me serve na minha xícara preferida de propósito, me obrigando a levantar para trocá-la, enquanto não dá a mínima para mim com minhas "manias de velha". Mas agora Corinne não quer guerra comigo. Ela fica por perto, não senta imediatamente. Ela me diz: "eu ouvi, não foi de propósito, eu estava passando na frente da janela bem naquela hora, e ouvi o cara falando da mãe". Eu não tive tempo de responder "acho que é de uma violência sem tamanho ouvir o que as pessoas estão falando durante uma reunião", não tive tempo de falar "foda-se", não tive tempo de falar o que eu achava, ela olhou para um ponto fixo atrás de mim e acrescentou: "nós dois sabemos que não podemos culpá-los. Mas é difícil envelhecer sem estar em paz com nossa infância". Fico na defensiva, pensando no que poderia responder para deixar claro que não tenho a menor intenção de ter discussões psicologizantes com ela. Em vez disso, eu digo: "podemos perdoar a dor porque com o tempo ela diminui, podemos tentar fazer as pazes, nos adaptar. Mas perdoar a nós mesmos pelo mal que nos fizeram, isso é insuperável". E ela senta ao meu lado. Não conversamos assim desde que eu cheguei. É bom que isso aconteça hoje, visto que vamos embora amanhã cedo. Corinne diz:

"Existe essa crença que se tivéssemos sido bons filhos, nossos pais teriam sido bons pais. O mal que nos é feito é sempre aquele pelo qual somos mais responsáveis. Se tivéssemos nos comportado de outra forma. Se tivéssemos sido bons filhos, não teríamos passado por isso. A vítima de maus-tratos é sempre a culpada por ter deixado acontecer, por permitir, mas principalmente por não ter sabido inventar outro modo, por ter perdido a oportunidade de permitir que o outro deixasse de ser um carrasco. A vítima é sempre aquela que acredita ter fracassado em alguma coisa."

Dou de ombros:

"Também não precisa exagerar. A formulação é bonita. Talvez, se você escrevesse uma música a partir dela, teria um pouco de sentido — só que isso não quer dizer nada. Ninguém nunca me machucou. Nem a você."

"Você lembra as surras que eu dava em você? Sempre que eu te via, pensava: mas pra que serve esse troço? Eu achava que você não servia pra nada. Em outras famílias, o filho mais velho odeia o mais novo porque ele rouba seu lugar exclusivo de filho rei. Na nossa casa aconteceu o contrário — você era menos capaz que eu de fazer alguém se interessar. Você não foi capaz de cuidar da angústia que se infiltrava em nossa casa por todos os lugares — era como se a água deslizasse pelas portas e fosse subindo todos os dias."

"Você era três ou quatro vezes maior do que eu e me batia sem parar."

"Você está falando sério, maninho, será que você esqueceu? Você tinha duas paixões: me furar e surrupiar minhas coisas. E não é como se você pegasse alguma coisa de vez em quando para vender na escola: bastava eu virar as costas e você roubava tudo o que encontrava pela frente, e depois jogava fora. Mas não no lixo na cozinha, você era esperto: você saía de casa e corria para jogar no lixo do ponto de ônibus. Só para encher o saco. Eu te via passar de bicicleta, você devia ter uns oito anos, ficava indo e voltando. É claro que eu te batia. Nossa convivência era um inferno."

"Eu não lembro disso."

Ela me desconcertou. A brincadeira de ficar furando não era invenção dela. Nunca mais tinha pensado nisso. Tenho a impressão de que durou uma tarde e só me lembro da violência de suas retaliações. Foi a diversidade dos objetos que me lembrou que aquilo poderia ter durado mais tempo. Eu me servia de alfinetes, garfos, tachinhas. Usei objetos demais para ter sido apenas uma única quarta-feira.

"Essa mania de furar, você tem certeza de que isso durou por muito tempo?"

"Dois anos, fácil. Insuportável. Era aterrorizante ficar em casa com você. Você não era um menininho agitado que fazia besteira de vez em quando: você nunca me deixava tranquila e me machucava. Me furava até tirar sangue. Se eu fingia que não tinha sentido nada pra que você me soltasse, você fazia uma cara de psicopata e me furava até arrancar minha pele."

"Pelo jeito eu era manso igual a um carneirinho."

"Você lembra dos tapas que eu te dava, mas esqueceu do que fazia para merecê-los? Eu tinha quinze anos, Oscar — te juro que se você não viesse no meu quarto me encher o saco todo os dias, eu não teria ido te procurar no teu."

"Eu era pequeno. Não esqueci que você me maltratava. Mas não tinha a impressão de que eu fazia por merecer."

"Você fazia da minha vida um inferno. Não sinto culpa, mas também não estou em negação. Foi mais difícil pra você. Eu, pelo menos, podia dizer pra mim mesma: gosto de mulher, então é normal que meus pais me rejeitem; eu fujo de casa o tempo todo, então é normal que meus pais me rejeitem. Eu pelo menos posso pensar que não criei família, não tive um trabalho normal, fui uma decepção em todos os sentidos, é normal que meus pais sejam frios comigo. Você não tem nada pra justificar o que te aconteceu. Você não 'procurou por isso'. Você nasceu homem, foi bom aluno, encontrou um trabalho de prestígio, deu-lhes a netinha que eles queriam para mostrar aos vizinhos que eles tinham uma vida normal de aposentados. E nem por isso foi mais bem-sucedido do que eu em receber afeto. É aí que eu queria chegar: você lembra as surras que eu te dava? O que acontecia quando nossos pais voltavam pra casa? Eu levava a maior bronca, eles iam ao meu quarto e me enchiam de reprimendas e ameaças. Mas não lembro de uma única vez em que eles tenham te abraçado pra te consolar. E Deus sabe que você berrava como um cabrito. Não tenho uma imagem de você nos braços de um adulto que te dissesse 'pare de chorar, estou aqui com você'. Mas não culpo ninguém. Sei que eles não podiam oferecer isso e pronto. Não te detestava porque você era o queridinho, o caçula ou o menino que tanto esperaram. Eu te detestava porque você fracassava tão miseravelmente quanto eu. E eu sabia que alguém deveria te abraçar, mas na nossa casa isso não acontecia. E o mal que te fizeram — não importa que seja injusto ou não — é sempre o mal que você permitiu fazer, que você mereceu receber, e não sabemos como sair dessa imbecilidade nefasta."

REBECCA

De volta a Paris. Os bares estão fechados outra vez. A máscara me machuca as orelhas.

Suas cartas são sempre muito longas, e não sei se é porque estou um pouco desestabilizada ultimamente, mas para mim elas são cada vez mais comoventes. Tenho que confessar que estou com medo de tudo. Tenho medo de ouvir rádio, do que posso ouvir na televisão, quando leio um tuíte citando Mengele, quando vejo os húngaros marcando a cabeça dos refugiados com tinta spray cor-de-rosa, tenho medo quando vejo policiais jogando gás lacrimogêneo nos manifestantes em volta da Assa Traoré, tenho medo quando vejo a foto de um uigur, tenho medo quando vejo quanto as maiores fortunas lucraram esse ano.

Era um dia perfeito para ter uma recaída, porque não foi uma semana qualquer, não foi nada fácil. Estava esperando um papel numa série que acabou sendo dado a outra atriz. E uma boa atriz, não posso dizer que é injusto ou completamente idiota. É difícil ficar feliz pelos outros quando você não está contente com o que tem. É um sentimento que eu não conhecia. Odeio o meu sofrimento por não ter sido escolhida, detesto a sensação de mediocridade que isso provoca em mim e detesto a posição de fraqueza à qual isso me condena. Não fui sincera dizendo ao meu agente que estava magoada. Eu disse: "merda, estou precisando muito do dinheiro" e mudei de assunto.

Mas, ao meio-dia, depois de ter gravado uma entrevista curta para um canal de televisão belga divulgando um filme que fiz há algum tempo e que só está saindo agora, disparei até o metrô a fim de não perder o começo da reunião em Charonne.

Não pego o metrô desde que tenho vinte anos, esse negócio é uma revolução para mim. É bastante simpático, as pessoas sempre me reconhecem e se comportam extremamente bem. Ainda que possam ser inconvenientes quando me esperam em algum canto para fazer uma selfie, no metrô elas não têm tempo de encher o saco, só dizem alguma coisa antes de sair do vagão ou tentam puxar conversa na plataforma, mas aí não se sentem no direito de te monopolizar. Estou contente com o comportamento do meu público no metrô; se eu soubesse disso antes, usaria há muito mais tempo. Mas eu também deveria estar triste, pois esse é um sinal incontestável da queda do meu império. Nos anos 80, se eu estivesse drogada o bastante para cogitar pegar o metrô, eu pararia a linha, pode acreditar. Então, sim, isso quer dizer que hoje quase ninguém se importa com a minha presença. Tenho uma amiga, atriz como eu, que me contou há pouco tempo que estava em um restaurante e percebeu que alguém na rua a estava fotografando, mas ficou quieta; na mesa ao lado, um garoto levantou, puto da vida, ordenando que a pessoa apagasse a foto. Ela achou que ele pensou que estavam tirando foto dele — a menina que o acompanhava disse que ele tinha mais de um milhão de seguidores, e minha amiga se divertiu com a cena, porque era óbvio que ninguém conhecia aquele pirralho. Ela, por sua vez, estava na capa das revistas mais importantes que você pode imaginar e nos jornais das oito com mais frequência do que se tira o lixo de casa. No fim, era mesmo o menino que estava sendo fotografado. Ele e seu um milhão de seguidores que estavam sendo cobiçados. Ele tinha razão. Não conseguiu que apagassem a foto, mas em nenhum momento a mulher que fez o retrato se justificou, virando os olhos "mas não é em você que estou interessada". Ela também nem reconheceu a minha amiga atriz.

Então agora tenho pegado o metrô, e ele é muito mais rápido que o táxi. Só acho que deveriam fazer um metrô de primeira classe, onde a gente tivesse que andar menos e pudesse pegar elevador. Senão você acaba perdendo tempo demais nos corredores, é a única desvantagem que eu vejo. Mas cheguei à reunião no horário, sentei ao lado da minha amiga, que estava maquiada para o Halloween. Li um dos textos em voz alta e escutei as pessoas falarem, fiquei com vontade de levantar a mão, mas pensei que era bom eu fechar um pouco a boca e ouvir.

Porém, eu queria falar dessa outra coisa que aconteceu durante a semana: uma velha conhecida veio em casa e me contou que tinha comprado maconha, e respondi sem pensar duas vezes "eu estou limpa" e ela "que coisa boa, eu tenho fumado muito desde que meu pai morreu, mas estou tentando diminuir".

E fiquei pasma ao perceber que ela não se incomodou. Estava esperando uma decepção dolorosa. Antes era só ela me encontrar e já queria usar droga. Declinei e percebi que foi um alívio pra ela. Que coisa mais imbecil, eu que me sentia um pouco obrigada a honrar um tipo de pacto imaginário dizendo que íamos ter o que merecíamos, e ela fazia o mesmo, cada uma para não decepcionar a outra. Deveríamos ter conversado disso antes, vai ver fazia anos que chamávamos o dealer para não decepcionar uma à outra.

E também percebi que eu não a invejava. Me surpreendi ao constatar que era tão fácil pra ela ficar sem. E poderia ter dito a mim mesma que queria ser igual a ela, queria que fosse fácil, queria ser uma pessoa que usa droga de vez em quando e que não faz disso uma grande questão. Mas eu sou como eu sou. Se dou um pega num baseado, vou matar a garrafa de uísque, cheirar um grama de pó e acabar no meio de pessoas de quem não gosto, mas que também usam droga, e não vou me divertir nem um pouco, só vou ficar cansada. Não tenho controle. E ponto--final.

O mais louco é que sou sincera. Um amigo meu fica me esperando na esquina de casa toda vez que vou às reuniões. Fico feliz por vê-lo e pelas conversas que temos durante a caminhada. Porque, por algum motivo que não entendo muito bem, eu não me entedio na companhia dele como costumo me entediar com outras pessoas.

Fico com vontade de contar tudo isso, mas me contento em ouvir os outros. Também porque gosto das pessoas positivas nas reuniões, mas não tenho vontade de virar uma delas, uma Pollyana inabalável que em cada encontro precisa dizer o quanto está feliz por estar ali. Também não posso exagerar. Afinal de contas, continuo sendo uma lenda.

OSCAR

Eu disse para uma moça que mal conheço: "vem jantar na minha casa, depois te levo de carro e, se a polícia nos parar, tentamos o truque de dizer que somos um casal com problemas e que estou te acompanhando até sua casa"... Ela me disse que iriam nos multar, que estão enchendo o bolso de grana e, se bobear, daqui a pouco estarão usando uniformes da Gucci com pedrinhas de diamante no capacete. Depois acrescentou: "de toda forma, você não precisa me levar pra minha casa, quero dormir com você". A moça de quem estou a fim é dez anos mais nova do que eu, ela faz trabalho social à noite distribuindo marmitas aos moradores de rua e conta que a polícia os aborda se ultrapassarem o toque de recolher, e que costumam ser agressivos e idiotas, ela diz: "eu vou acabar virando ACAB", e eu lhe pergunto o que ACAB significa, e ela responde que é uma sigla para *all cops are bastard*. Essa moça com quem estou saindo diz: "que cringe!" para quase todas as situações embaraçosas — e ela diz: "que podre" e suas palavras entram na minha boca e pela primeira vez na vida tenho a idade de me perguntar quando posso usá--las, e também se não poderia soar velho e antiquado. Mas suas palavras já entraram na minha boca. Ela se chama Clara. Quero ficar o tempo inteiro com ela.

Sem o toque de recolher, eu nunca teria ousado convidá-la insinuando que dormiríamos juntos. Esse toque de recolher acabou ajudando a minha vida sexual, porque nós dois estávamos muito mais relaxados do que se não tivéssemos tido aquela conversa no WhatsApp mais cedo, durante o dia. Ela já havia dito que queria dormir comigo, e não me assustei, pois, diante das circunstâncias, não era uma declaração de uma mulher maluca que quer vir se instalar na minha casa imediatamente. Era apenas conveniente.

Clara tem um cachorro. Um cachorro é muito melhor que um filho: nunca reclama. Se eu pudesse voltar atrás, eu adotaria um cachorro. Especialmente porque, ao contrário da criança, que separa o casal e põe fim à história romântica, o cachorro aproxima os parceiros. Não é nada difícil mostrar ao outro que você se comporta bem com o seu cachorro. Ao passo que as crianças despertam o que há de pior em você — tudo de ruim vem à tona. O cachorro, pelo contrário, ressalta suas qualidades de paciência e ternura. O cachorro dela faz com que eu pareça fofo. Graças a ele, podemos caminhar no raio de um quilômetro em volta de casa, mesmo quando é supertarde, por exemplo, a gente sai pra caminhar por volta das nove da noite, somos meio loucos. As viaturas de polícia passam fazendo a ronda, nos avistam e não diminuem a velocidade; ao mesmo tempo, se acontecer de uma viatura parar para nos perguntar por que duas pessoas precisam levar o cachorro para passear, a resposta é simples: porque ela é uma mulher e está passeando com o cachorro, e eu não posso deixar que minha namorada saia sozinha. E nenhum policial vai tentar contestar esse argumento.

Um entregador de delivery passou de bicicleta, ele estava no meio rua, superlento, ouvindo Drake na caixinha de som. Fazia dez minutos que estávamos só nós dois andando na calçada e continuávamos usando máscara. Vimos o menino se distanciar fazendo zigue-zagues de bicicleta e pensei "parece que ele está deslizando na água" e me aproximei da moça, baixei minha máscara e ela fez o mesmo, e então nos beijamos pela primeira vez. Daí percebemos que o cachorro tinha acabado de fazer cocô e ela riu, dizendo "essa é a história da minha vida, eu sempre preciso me ridicularizar" e não lhe contei que foi o beijo mais romântico que eu já dei. Acho que foi a primeira vez que não fiquei nervoso ao beijar uma moça que eu mal conhecia. Fiquei me sentindo um moleque. E foi bom.

Participei de uma reunião hoje e falei que sou muito sortudo por ter parado com as drogas logo antes de a covid degringolar tudo. Como é possível toque de recolher às dez da noite? Eu sei que me sentiria no direito de encher a cara diariamente a partir do meio-dia. Está vendo? Consegui virar o disco. Virei a página da tentação. Um cara na reunião costumava falar "se você me diz amanhã, eu penso ontem, e anteontem e depois de amanhã, é uma zona completa na minha cabeça, você nem imagina, e depois isso passa como se fosse vento". E um outro contou do abuso sexual que sofreu aos catorze anos. Os homens sempre falam desse tipo de coisa. Histórias de meninos e histórias de adolescentes. Com as mulheres, dá pra entender que é uma coisa recorrente. Mas, com os caras, se não for pelo fato de você estar no NA, você nunca ouve falar disso.

Ontem colocamos um filme de Wong Kar-wai e não terminamos de assistir, fazia muito tempo que eu não transava — desde que começou a dar merda, eu nunca mais tinha pensado em me relacionar. Achava que seria decepcionante, não sou o maior fã das primeiras vezes — gosto da *ideia* de primeira vez, do momento que você percebe que vai acontecer do jeito que queria... quando eu transo com uma moça que não conheço, no começo o que eu mais gosto é da ideia de transar, e pareço uma garota, o que eu quero de verdade é o carinho, mas não estou confortável, fico meio bloqueado. Era também para isso que servia ficar chapado: nunca estar nu na cama com uma desconhecida nem lúcido durante o sexo.

REBECCA

Eu já tinha notado que muitos caras nas reuniões falavam de estupro. Ou de incesto. Ou de pedofilia. Eu não entendo como ninguém os ouviu durante o #MeToo. Me surpreenderia que fosse por respeito, para deixar as mulheres falarem. Acho que eles perceberam que falar sairia muito caro. Não consigo entender a vergonha da vítima. Acredito nela, mas não entendo. Dizem que a vergonha anda de mãos dadas com a raiva. Isso não é verdade. Eu nunca tive vergonha, mas tenho vontade de sair matando as pessoas. É diferente.

Não senti vergonha quando eu tinha onze anos e meu pai pediu para eu subir de saia em uma mesa e disse, na frente dos amigos "você tem pernas lindas, isso é a coisa mais importante em uma mulher". Com uma voz e um olhar que eu não conhecia nele. Eu não senti vergonha, nem por ele. Apenas entendi que aquilo não era normal. Que era perigoso. Eu nunca mais fui visitá-lo e ele também não insistiu — considerando que ele estava indo ladeira abaixo, devia saber tanto quanto eu que aquilo não terminaria bem. Mas não senti vergonha. Só o achei um babaca completo, e ponto-final. Ninguém pede pra própria filha subir numa mesa e mostrar as pernas para os amigos bêbados. Eu não preciso de análise para saber disso. Meu pai tinha uma beleza de outro mundo. Do tipo Alain Delon. Minha mãe não se enganou ao escolhê-lo como procriador — do ponto de vista da eugenia, a aposta foi certeira. Ele era bonito como um deus, mas esqueceu de ter um cérebro. Na frente dos amigos, levantou minha saia e disse: "isso é a coisa mais importante em uma mulher, ser bonita, e as suas pernas são lindas". Eu já era grande o suficiente para entender que aquilo era inadequado. E perigoso. Mas eu não sentia vergonha de mim. Sabia que a estupidez era dele. Desejei apenas que todos eles morressem.

Não senti vergonha quando fui estuprada aos catorze anos. Eu soube na hora que o cara gordo deitado em cima de mim que tinha me seguido na rua e que tinha o dobro do meu peso era um filho da puta. Mas não senti vergonha. A partir de então, encontrei mulheres que tentaram me explicar que era evidente que eu tinha sentido vergonha, mas que não queria admitir a mim mesma. Odeio quando tentam me explicar o que eu devo sentir. Não senti vergonha. Mas, com certeza, tive vontade de matá-lo e senti raiva por ser fraca demais para realizar isso fisicamente. Mas, vergonha? Que viagem! Ele é que tem que sentir vergonha. Isso eu sabia desde quando aconteceu.

Nos últimos tempos, tenho pensado a respeito todas as vezes em que ouço dizer que ninguém se recupera de um estupro, e fico quebrando a cabeça. Conversei disso com a figurinista do último filme que fiz, uma mulher da minha idade, bonita, de olhos grandes e azuis e um rosto infantil. Ela me perguntou se eu gostava de sexo, eu disse que não muito. Posso até gostar das primeiras vezes com um cara que me impressiona. Ou quando você brigou para valer e acha que é o fim mas começa de novo e é mais forte que você e seu namorado te põe contra a parede mesmo vocês estando juntos há cinco anos e você fica sentindo que de fato pertence àquilo. Eu gosto de sexo às vezes. Mas de modo geral, francamente, não ligo muito. Também não é que eu desgoste. Mas essa ideia que os jovens têm de que além de ser gostosa você precisa ter técnica na cama, isso sempre me incomodou. Você já é gostosa e pronto, não precisa de mais nada. Qual seria o próximo passo? Arrumar a casa vestindo roupa de princesa e limpar a cozinha de espartilho? E a figurinista me respondeu: "vai ver é por causa do estupro que você não gosta tanto de sexo". Sendo que eu não tinha dito que eu não gostava, apenas que não é algo que eu passaria o dia inteiro fazendo. Quando foi que isso passou a ser obrigatório? Acho que perdi essa parte da conversa. Pensei nisso por um tempo e depois fiquei de saco cheio. "Estupro", para começar, não significa nada — existem quarenta e cinco nuances para descrever a cor azul e uma única palavra para descrever o estupro. Eu vou esperar que as intelectuais evoluam um pouco, mas, sobretudo, vou esperar que me deixem sentir o que eu quero sentir antes de sair falando disso por aí. Hoje basta você contar que foi estuprada e as brigadas do politicamente correto vêm botar o dedo na sua cara para te explicar que não tem como se recuperar e ponto-final. Uma psicóloga comentou comigo a respeito da dissociação, como se fosse uma coisa física, que pudesse ser observada. Uma mulher estuprada se dissocia. Eu a ouvi desenvolver sua ladainha. Depois eu disse: "sou mulher. Como posso querer ser outra coisa que não uma dissociada?". Desde criança me ensinaram que meu corpo pertence ao olhar dos outros, que ele pertence à minha beleza, à minha sedução. A sedução faz com que você se dissocie. Como proceder de outro modo? Não conheço nenhuma mulher que coma sem se perguntar se vai engordar. Como você quer se dissociar do seu apetite e não se dissociar de tudo o que você é? É claro que eu me dissocio. Sou atriz. A psicóloga me ouviu, era um jantar importante. Mas eu vi que ela sabia melhor do que eu o que ser estuprada quer dizer. Que ela exigia que eu confirmasse suas superstições. E que minha palavra não valia nada. Eu não tinha o conhecimento da minha experiência; ela já o tinha confiscado de antemão.

ZOÉ KATANA

Não espero nada dos psicólogos. Também não espero nada dos outros pacientes que estão ao meu redor. Todos nós temos um bom motivo para estar aqui. A maioria de nós mente quando nos perguntam o que nos trouxe aqui. É a única coisa que nos resta, conversar uns com os outros — é difícil não perceber isso. Por exemplo, o cara supergatinho no final do corredor, que fala que está com depressão porque sua mulher não o deixa ver a filha. Você sente pena, ouve a história, e depois começa a prestar mais atenção e percebe que ele é apenas um cara violento que ameaçou matar a mulher na frente da menina. Apenas um cara violento que xinga a mãe na frente da filha. Apenas um cara violento que eu deveria abominar como feminista radical, mas agora já é tarde demais, eu simpatizei com ele e a partir do momento em que percebo que ele está mentindo e que é apenas um cara violento... tarde demais para a moral. Tem a intelectual de olhos claros cujo quarto fica bem de frente para o meu e que afirma não estar doente, doente é a sociedade, e que, enfim, ela ter se internado não passa de mais uma prova de sua saúde.

Ela só tem um parafuso a menos e foi trazida pra cá porque tem uns delírios paranoicos grotescos — pelo menos se acalma com o tratamento, mas continua convencida de que as rádios públicas estão fazendo um complô contra ela. Porque ela publica coisas importantes no Instagram. No início você até ouve, mas logo fica evidente: o que ela diz não faz o menor sentido. A chance de que estejam conspirando nos corredores da Radio France para que a grade de programação a force a ter surtos de despersonalização é extremamente baixa. Por exemplo, o senhor afetuoso que passa o dia inteiro lendo me contou que está em tratamento por causa de uma antiga melancolia, mas soube pelas enfermeiras que ele assinava documentos em nome dos filhos para poder se endividar ainda mais e que, desde os vinte anos, sua paixão é perder no cassino. E quando ele é confrontado, porque estão recebendo a visita de oficiais de justiça exigindo o pagamento de falências de empresas fantasmas das quais eles nunca ouviram falar, ele tem um acesso de raiva incontrolável, pega a espingarda e ameaça matar todo mundo. Todos que estão aqui precisam de tratamento. E as pessoas que nos recebem não têm a menor ideia do que fazer. Eles são os típicos funcionários da nossa época: são boas pessoas, estão dispostos a te escutar, se viram como podem. Aqui e ali, alguns psicopatas agressivos ou dominadores, mas estão longe de ser a maioria. A única coisa com que enfermeiros, médicos e psiquiatras sabem poder contar são os soníferos. Fora disso, eles especulam às cegas sobre uma série de moléculas, sem ter a menor ideia do que está acontecendo com a gente e, sobretudo, de como nos ajudar a sair do buraco em que caímos. Não é por falta de vontade. A questão não é o tempo que estão dispostos a nos dedicar. Mas penso nas civilizações que acreditavam que súcubos entravam sorrateiramente por entre os lençóis, à noite, para abusar das vítimas, e penso "essas premissas eram mais apropriadas". Converso com pessoas que não entendem o que estou sentindo, e não é porque eu seja um caso complexo que as deixa confusas. Elas são confusas e pronto.

Não é que eu deteste o ritual da psicologia: eu adoro falar de mim. O problema é que, a partir do momento em que eles te respondem, você percebe que não ouviram sequer uma palavra do que você falou. No meu caso, por exemplo, o assédio não faz parte do manual das coisas graves. Se eu tivesse sido tocada por um tio de modo inapropriado quando era pequena, hoje eles me ouviriam. Explicariam que eu nunca mais me recuperaria e eu poderia falar durante horas. Mas não basta ter uma conta feminista na internet e levar uma surra atrás da outra. Estão atrás de outra coisa. Daquilo que, na infância, pode ser capaz de justificar sua fragilidade. No meu caso, não há muito o que ser vasculhado no passado. O que precisa ser realmente investigado é político. Querer me curar perguntando se meu pai era responsável pelos meus deveres de casa é igual a perguntar a um prisioneiro político enviado para o gulag que sente frio e fome se sua mãe lhe fazia cachecóis. Fico puta e perco a cabeça porque o assédio a que estou submetida tem como objetivo me reprimir, e as ferramentas que eles têm à disposição lhes permitem fazer isso. A culpa é do Twitter. A culpa é do Facebook. A culpa é do YouTube. A culpa é do Instagram. Nem meu pai, nem minha mãe, nem meus bisavós podem fazer alguma coisa para me proteger. Os masculinistas declaram guerra às feministas das redes, eles sabem que essa estratégia funciona e que podem contar com a cumplicidade das plataformas, cuja posse é de masculinistas. O que está acontecendo comigo é político. E os psiquiatras pensam que é possível tratar o paciente sem tratar a política. Se, na tela do meu celular, a litania de mensagens deseja meu suicídio ou que eu tenha uma morte lenta, estou sendo submetida a uma tortura que antes não existia e que faz meu sistema cognitivo entrar em pane. É feito pra isso. Eu quero conversar com um psicólogo que tenha outra coisa pra me oferecer que não sejam conselhos do tipo "cale-se para sempre, desista, desapareça, pare de publicar. Ouça o que estão te dizendo: pare de querer ocupar seu lugar no espaço social e vá cultivar plantas no parapeito da janela da sua quitinete".

Acredito que a psicanálise foi inventada conforme os seguintes fundamentos: olhar para outro lugar. Bombardeios? Pense na sua mãe. Acredite que pode existir algo como uma educação familiar saudável e protetora. Isso hoje, no início do terceiro milênio.

OSCAR

A oitava etapa pede que o dependente estabeleça uma lista exaustiva de todas as pessoas que ele feriu de algum modo. Será que o nome da Zoé deveria estar nessa lista? Até a semana passada, estava claro pra mim: não, de forma alguma. Ela está no topo da minha lista de ressentimentos. Mas eu não lhe fiz nenhum mal. É tudo história que ela inventou.

Fui convidado para participar de leituras com outros escritores franceses em Stuttgart. Como os alemães pagam por esse tipo de coisa, eu acabo participando. No trem, recebi uma mensagem do organizador perguntando se eu aceitava gravar um podcast — produzido por uma menina próxima da Aliança Francesa, Fanny. Eu respondi que não. Não vou me submeter ao tribunal da internet. O cara insistiu, é uma coisa meio fanzine, não é nada de mais, ela adora o seu trabalho. Aquilo me irritou. Os fanzines não existem mais. Hoje em dia, se eu respondo em uma cozinha a três perguntas de uma garota, isso vai ser difundido nas redes como se eu tivesse falado com a *Paris Match*. Basta eu falar uma frase que possa ser mal interpretada para tudo voltar à tona, ter um escândalo nacional; uma piada mal interpretada e será como se eu tivesse mijado no túmulo da Simone Veil. Eu também me irritei com a insistência do organizador, porque exigem que o autor reserve uma hora para o podcast, uma hora para uma universitária, uma hora para um documentário, uma hora para uma escola... só que o meu trabalho não é esse. Eu já acho difícil fazer as coisas do jeito como são, imagina gastar meu tempo dando entrevistas para as quais não dou a mínima.

Estávamos a postos, eu e outros autores esperando a nossa vez de falar. Em uma mesinha tinha café, avelã e amêndoas. Fazíamos leituras, eu estava conferindo o trecho que tinha selecionado quando uma moça veio falar comigo, mas não prestei atenção, ela estava de máscara e tinha o cabelo curto e loiro, então me entregou um envelope. Com a máscara, eu não vi que ela estava emburrada. Enquanto conversava com um colega, abri o envelope e era Fanny, a moça que queria gravar o tal podcast. Ela tinha escrito à mão uma longa carta, e me contava que era minha leitora mais fervorosa, que estava muito feliz em me encontrar e enumerava as perguntas que faria caso eu tivesse aceitado o convite. Ela concluía a carta dizendo que não me odiava. Mas, mais uma vez, expressava sua decepção.

Enfiei o envelope na mochila e não pensei mais nele. Durante a leitura eu a reconheci, ela me fitava com uma intensidade que pareceu preocupante. E enquanto jantávamos, todos juntos, no subsolo, notei que ela nos rondava. Ela me olhava com desprezo, se afastava e depois voltava. Eu expliquei a situação ao meu colega e nós fomos embora mais cedo. A verdade é que fiquei com medo da garota. Sentia o estômago embrulhado ao caminharmos para o hotel. Era uma coisa boba e sem importância, mas que acabou me deixando muito desconfortável.

No bar do hotel, pedi a ele que lesse a carta. Conversamos sobre *Misery: louca obsessão* e trocamos nossas anedotas sobre leitoras fanáticas. Subi para o meu quarto, falei com Clara por cinco minutos, mas não consegui pegar no sono. Fiquei ouvindo Prince no fone de ouvido, fumando cigarro, deitado na cama.

Eu pensava na moça do podcast. Não conseguia esquecê-la. De repente entendi. Eu sou a Fanny. É por isso que ela me deixa tão apavorado. Eu sou a Fanny. Lembrei da Zoé e de como ela costumava fugir antes do final das refeições das quais eu participava. De como se distanciava de mim. E eu sabia disso porque, na presença dela, eu era uma bússola: o tempo todo eu era capaz de dizer onde ela estava e o que estava fazendo. Sabia que ela me evitava. Mas não me importava. Eu lhe escrevia cartas. Ela não me respondia. Eu insistia. Eu sou a Fanny. Mas uma Fanny bêbada, chapada, autorizada a insistir porque sou homem e não estava ajudando na cozinha: eu era um autor com certa importância que se achava no direito de insistir. Alguém de quem você não pode escapar.

Uma vez formulado esse tipo de pensamento, você se pergunta como fez para ignorá-lo por tanto tempo. Fui pegar a carta de Fanny e a reli. Ela realmente me deixava desconfortável. E eu a via, na sala e no jantar, dando voltas ao meu redor sem falar comigo. Então isso me veio à mente. Minha certeza. A certeza de que eu podia impor meu desejo devorador a Zoé. De que ela devia ceder. E o fato de ela estar desconfortável não me incomodava. Eu não me importava. Só conseguia pensar na necessidade imperativa que eu tinha dela. No desejo imperativo que ela me inspirava.

Rasguei a carta. Me senti agredido. Feliz por ir embora no dia seguinte e por nunca mais ter que encontrar aquela moça.

No trem de volta, fui ver o que a Zoé estava postando. Fazia muito tempo que eu não espiava. Fico me perguntando se você ainda conversa com ela. Me arrependo de tudo o que eu fiz. Estou começando a admitir isso. Eu sempre soube, mas não admitia. Estou desistindo de me defender acima de tudo. A Fanny, de Stuttgart, me fez perceber uma coisa da qual eu não queria ouvir falar. É insuportável ser desejado por alguém a quem não pedimos nada. E é insuportável ser confrontado com uma demanda para a qual uma resposta negativa não é uma opção.

REBECCA

Zoé está internada. Já faz um tempo. Por vontade própria. Ela perdeu o controle. Parece que isso está acontecendo com muitos jovens. Estamos nos falando, pelo Signal, porque ela diz que precisa desconfiar dos outros sites, porque a polícia tem acesso a eles e está de conluio com os masculinistas. Acho que ela está delirando por completo. Essa é a ideia, quando você pede para ser internado. Ela diz que não suporta o assédio on--line. Acho que ficou trancada dentro de casa sem ver ninguém durante semanas e lê tudo sobre si na internet.

Fui visitá-la no hospital psiquiátrico, no 19º Arrondissement. Um amigo próximo passou um verão lá, não faz muito tempo. A recepcionista me reconheceu, mas precisei apresentar meus documentos e esperar que um enfermeiro me acompanhasse até o elevador.

Conheço o lugar. Não me impressionei com o saguão comum, com o ambiente bizarro que reinava ali, meio similar a uma grande reunião de família e meio cena de filme grotesco. Ao andar pelos corredores, fiquei tentando ver o que acontecia dentro dos quartos de portas abertas. Um paciente lia, vestido de pijama azul, e estava bem instalado no quarto decorado. Outro cara me parou, disse que nos conhecíamos, estava sorridente. Respondi que não lembrava e ele me falou de pessoas das quais eu nunca ouvi falar. Zoé vestia roupas normais, o que me pareceu ser um bom sinal. Ou apenas sinal de que estão faltando leitos e que eles não pretendem mantê-la ali por muito tempo. Ela não está sob um tratamento pesado. Estava presente e feliz por me ver. Na verdade, nunca tínhamos nos visto pessoalmente. Uma garota nos interrompeu, ela tinha cabelo comprido e uma energia engraçada. Falava das informações sigilosas que tinha sobre o flúor que os poderosos colocavam na água.

A maioria dos pacientes que se encontram nesse andar são tranquilos — pessoas como ela, que não suportam mais estar do lado de fora e que ficam mais tranquilas recebendo cuidados. Eu e a Zoé conversamos como se estivéssemos em um café, eu me perguntando que diabos ela estava fazendo ali. A não ser pelas marcas de corte que ela tinha no braço. Parece que isso é comum entre os jovens de hoje. Outra garota nos interrompeu. Ela chegou falando inglês — respondia a uma entrevista imaginária e se comportava como se fosse a Beyoncé. Seu olhar cruzou o meu, percebi que ela nunca tinha me visto em nenhum lugar e era difícil não olhar para ela. Às vezes as pessoas têm um quê a mais, uma coisa que nos dá vontade de fixar nossa atenção nelas. Zoé gentilmente a acompanhou até o quarto, e voltou rindo — "ela acha que é uma pessoa como você". E eu pensei que faltava pouco, afinal, com o rosto que ela tinha poderia muito bem estar em Cannes em vez de ser paciente daquele hospital.

Não fiquei muito tempo. Não tínhamos nada de muito importante a nos dizer. Eu a fiz rir. Falei bobagem, como costumo fazer. Às vezes ela me olhava nos olhos, num misto de atrevimento e excitação. Não fiz perguntas. Foi ela que me contou das ameaças de morte e que ninguém a protegia. E durante alguns dias ela ficou completamente desorientada. Com a impressão de que sua realidade era feita de algodão. Usou essa expressão. Ela me disse que os médicos chamam isso de despersonalização. Estava convencida de que iriam entrar na casa dela e matá-la e que ninguém diria nada pois matar uma mulher é algo até que normal e, de todo modo, saber o que diriam não tinha a menor importância, pois o que ela mais temia era ser desmembrada. Ela me contou que recebeu pedaços de merda pelo correio, e que não deu muita bola, mas que, ao começar a morrer de medo, aquilo passou a ter muita importância, já que estava convencida de que era a polícia que estava lhe enviando aquilo, e acrescentou que seu endereço estava circulando na internet. Então começou a ver pessoas na sua casa, sendo que não tinha ninguém, e ficava gritando sozinha em seu apartamento. Zoé me contou: "foi difícil acreditar que não havia ninguém ali, mas era verdade. É estranho porque lembro de homens dentro do meu quarto, eu os vi, sei que estava delirando mas os vi. É isso, enlouquecer é ouvir vozes e ver coisas, e se lembrar de tudo com clareza mesmo sabendo que é falso". Perguntei se ela estava tomando alguma coisa no momento da crise. Ela disse: "estou tomando comprimidos para dormir e ansiolíticos", e eu disse: "vai ver a mistura dos dois te deixou perturbada", e ela riu: "considerando tudo o que estão me dando aqui, espero que não sejam os medicamentos...".

OSCAR

Às vezes podemos achar que era fingimento, mas depois dá pra ver que era sinceridade. Eu sentia que estava sendo meio hipócrita ao dizer que começava a entender o que tinha feito com a Zoé. Eu achava que estava agindo como um cara legal, mas no fundo não acreditava nisso. E, no entanto, eu estava dizendo a verdade.

Não aconteceu nada de espetacular, nenhuma voz celeste me convocou ao topo de uma montanha para me fazer uma revelação. Mas minha perspectiva está se ampliando. Agora eu já consigo admitir algumas coisas.

O quanto fico puto da vida por não ser um Don Juan. O quanto engoli minha tristeza ao ver moças por quem eu estava apaixonado escolherem outra pessoa bem diante dos meus olhos. Quantas vezes eu fui o cara para quem disseram sim só porque tinham bebido um copo a mais, ou porque queriam se vingar do namorado, ou porque não sabiam dizer não. Eu reconhecia minha raiva por ter sido tratado assim, mas subestimava minha raiva pelos outros homens. Os que têm o que querem. Porque as coisas são mais simples para eles. Porque sabem como fazer o que eu não sei. Porque me fazem sentir defeituoso ao exibirem suas habilidades. Reconhecia minha vergonha, minha raiva, mas não o terror que eu sentia dos outros caras. Do julgamento deles. Da discriminação contra mim. Eu tenho muito medo deles, mas preferia me concentrar em outros sentimentos. E escutar rap o dia inteiro esperando que a música se infiltrasse em mim, que acabasse me contagiando. Percebo que sou incapaz de atacar a pessoa que me faz sentir mal. Me vingo de outra forma. Minha exteriorização é outra.

Nunca fui violento fisicamente porque não tenho força para tanto. Mas usei a violência a minha vida inteira. E aterrorizei a Zoé. Tenho pensado nela. Ela tem razão — eu escolhi uma que não tinha como escapar. De tudo o que ela era, eu só me interessava pela ínfima parte: a que recusava minhas investidas.

Isso me voltou à memória, eu não menti quando falei que havia esquecido, ocultado, que aqueles aspectos das cenas tinham sido apagados. A caixa de mensagens dela ficou lotada. Eu telefonava pra ela todos os dias, até saturar a secretária eletrônica. Eu a havia escolhido por ser vulnerável o suficiente para estar ao meu alcance. Eu voltava pra casa drogado e continuava cheirando pó enquanto lhe escrevia e-mails. Apaixonado, desesperado, ofensivo. Ela recebia dezenas de e-mails meus, de manhã, ao acordar. E, no fundo, o que eu achava era "ela nem é tão bonita assim, nem tão brilhante, não é a mulher mais linda de Paris", então ela deveria aceitar meu desejo com gratidão, era meu olhar sobre ela que a tornava uma pessoa excepcional. Meu olhar, e nada além disso. Eu tinha um velho celular redondo, amarelo e azul, que mais parecia um brinquedo de criança. Para escrever uma mensagem, eu precisava procurar a letra e apertar três vezes, e mesmo assim eu lhe escrevia romances. Dependendo do dia, fazia ameaças de morte ou de suicídio, ou de repente piadas, como se fôssemos amigos e tudo estivesse bem. Às vezes eu desandava nas mensagens que deixava ou escrevia — havia uma felicidade bizarra naqueles arroubos, um modo extasiado de me destruir, uma maneira de buscar um ponto fraco nela no qual eu pudesse enfiar minha lâmina e lhe fazer sentir o que eu estava sentindo. Com uma felicidade miserável. A felicidade de um estuprador, eu imagino. Ou a alegria do assediador no local de trabalho — o executivo que sabe o que está fazendo e que sabe que o outro não lhe pode escapar. Ela tinha me dito não. Então deveria sofrer o quanto eu sofria. Eu nunca me perguntei como isso reverberava nela. Estou aterrorizado por ser uma pessoa imunda, alguém que não merece nada e que não deveria existir. Fico pensando "não sou nada além disso". Mas, aos poucos, estou começando a perceber. Eu sou isso *também*. Lembro de tê-la feito chorar. Várias vezes.

REBECCA

Você parece estar progredindo, Oscar. Isso é prova de que tudo pode acontecer. Não quero ser defensora de nada que seja morno, mas a moderação pode ser boa. Existe um meio termo entre "eu sou o mais inocente dos homens e um mártir do feminismo" e "eu me sinto como um estuprador". Você se comportou como um típico babaca. Alguém que exerce o poder e ao mesmo tempo defende a igualdade. Vou deixar que você faça um balanço, sozinho, como um adulto. Falta o mais difícil: descobrir como consertar isso.

Fiz uma propaganda para os alemães e o dinheiro caiu na minha conta. Agora tenho um cartão de crédito de novo. Que alegria. Fiz fotos com um grande fotógrafo, um puta de um polonês maluco, já maduro, tipo com uns cinquenta anos, e com quem fiquei a fim de ir pra cama assim que o vi chegando no set. É normal ter vontade de transar com o fotógrafo. Não que alguém vá fazer isso, mas é bom sinal. Eu estava toda de preto. Ninguém pronunciou a palavra "peso" durante o preparo da sessão, mas eles tinham sido informados para evitá-la e, de fato, esse era o elefante branco no meio da sala, todo o conceito da sessão girava em torno de como valorizar um corpo como o meu.

Bem, eu acabo de ver as fotos e elas ficaram ótimas. Eu também. Saí maravilhosa. Esse negócio de parar com as drogas é genial — parece que fiz três liftings e quinze sessões de talassoterapia. Uma grande gostosa. Além do meu rosto bonito, o que mais dá para ver é que meus seios são monumentais. Tipo umas catedrais góticas. É possível que ainda o mencionem pelos próximos cem anos. Não é só mais um decote, mas a prova da existência de Deus.

Tenho um cartão de crédito de novo e a minha vontade é de sair cantando na rua. Do ponto de vista econômico, também é uma boa ideia ficar limpo. Não estou devendo dinheiro pra ninguém, e fui até a livraria comprar livros para a sua amiga Zoé. Eu é que não ia comprar uma blusa pra ela. Pra começar, não entendo o estilo dela. Nem essa mania de usar batom de cores néon. Comprei um livro seu para mim. Em versão áudio — precisei chamar meu agente pra que ele me conseguisse um leitor de CD, já que eu não tenho mais. Comecei a ouvir. Fiquei impressionada com o vigor da coisa. Se, por um lado, quando você me escreve, parece uma princesinha coitada, como romancista você é um homem bem viril. As pessoas ficariam surpresas se descobrissem que, no fundo, você não passa de um cara frágil. Assim como a Zoé. Você tem duas sinceridades — uma quando escreve livros, e outra quando é você mesmo. Eu não odiei o seu romance. Muito pelo contrário.

O novo projeto decadente que os governantes queriam nos impor é o toque de recolher aos finais de semana. Durante a semana você trabalha duro e no fim de semana você se enclausura e cala a boca. É só pra isso que as pessoas servem, para fazer a roda da economia girar. O resto, a vida, o equilíbrio, as pessoas de quem você é próximo, o cinema, foda-se. É espantoso viver isso. Sinto que está cada vez mais duro de engolir. Mas engolimos mesmo assim. Reforço da repressão. Exercida sobre os menos favorecidos. Controle dos pobres. Fazer com que os bairros pobres sofram ainda mais. Polícia, prisão, processo — a partir de agora, é a única comunicação que o Estado mantém com as classes menos favorecidas. A impressão de serem cobaias observadas, que impressionam pela plasticidade, pelo pouco caso que fazem de sua dignidade, cientistas pagos pelas grandes empresas.

Ainda bem que não estou nem aí. Saí maravilhosa nas fotos. Tenho um cartão de crédito de novo. O dia está lindo. Um diretor belga quer me encontrar para falar de um filme. Devagar, a vida vai recomeçando.

OSCAR

Ouço Booba enquanto organizo uns documentos do Word. Estou me esforçando para escrever mais de cinco minutos consecutivos sobre um tema. *"Frérot on ne fait rien quand on doute"* * e meu sonho é escrever um livro como uma letra de rap francês — sem nenhum tema principal, fazendo piada como se fosse declaração —, me mostrar ao mesmo tempo brutal e vulnerável, na mesma frase, sem pretender ser coerente.

Vejo Lil Nas X no *Saturday Night Live*. Eu tinha ouvido falar dessa história de tênis com gota de sangue humano que tinha feito a Nike recuar. Eu não conhecia a cara dele e, quando ouvi falar do seu caso, imaginei um garoto como XXXTentacion —

---

* Em português, "Mano, a gente não consegue fazer nada quando tá em dúvida".

o rosto tatuado e todo drogado, que faz hip hop pra homem, com grandes olheiras, mas ao mesmo doce e suave, como uma dose de codeína, e ao mesmo tempo deslocado, perturbador, agoniado, com uma sedução infantil. Eu estava atrasado nas notícias, isso foi há cinco anos, parece que um trem passou nesse meio tempo. Então temos o Lil Nas X no *Saturday Night Live*: por um minuto pensei "quem é esse palhaço?", depois lembrei do Eddy de Pretto, que me deixa desconfortável, não por sua voz, mas por sua imagem, porque gosto muito de como ele se movimenta, e ele tem umas perninhas magras, consigo me identificar fisicamente com esse tipo e, na verdade, o fato de ele ser gay não me deixa perturbado, mas talvez eu preferisse não saber disso, assim eu poderia pensar apenas que gosto da figura dele, que aprecio a modernidade que ele tem. Não sei explicar muito bem. Com o Lil Nas X foi diferente, porque eu tive dois segundos de tranquilidade, mas depois não pude esconder que o achava bonito, puta que pariu, nunca vi um cara tão lindo, perto dele até o Prince ficava feio.

Ao passo que Lil Nas X... acho que foi pelo programa e por toda essa história de honestidade e de vulnerabilidade e por aprender a reconhecer o que você está sentindo em vez de bloquear imediatamente o caminho. Acho que um ano atrás eu teria evitado sua imagem e talvez teria escrito algo raivoso sobre essa nova geração de cantores decadentes que usam a orientação sexual para falar de si. Hoje em dia acho isso sexy. Ele tem vinte e dois anos. Eu o vi requebrar e nunca tinha visto nada igual, ele estava com seus dançarinos e parecia uma stripper, mas, sem o páthos da stripper, tudo o que sobra é o sexo. Se hoje eu tivesse dezesseis anos, não sei o que pensaria de tudo isso. Se eu tivesse dezesseis anos, você vai dizer que eu seria feio como de fato fui aos dezesseis anos e não haveria nenhum motivo para que um cara como eu se aproximasse de um homem desses, mas vamos supor, acho que eu ia me questionar se tinha vontade ou não de ser gay.

Tem uma história que nunca contei para ninguém. Ela está aí, mas eu evito pensar nela.

A primeira vez que o vi, não era amor, de jeito nenhum. Mas eu fiquei deslumbrado. Ele estava todo vestido de branco, era mais baixo que eu, mas também mais forte — bem constituído. Na verdade, ele tinha o tipo de corpo que eu adoraria ter. Eu não estava incomodado. Era bonito, robusto, tinha noção de estilo. Ele estava ajudando um amigo a pintar um estúdio musical. Passei uma hora com eles e depois saí — e lembro da forma como ele olhou para mim no momento em que apertamos as mãos. Samir. Naquela época, ser gay não era uma possibilidade — sobretudo para os malandros. É verdade que alguns eram, mas foi do mesmo jeito para a minha irmã — só fui entender isso anos depois. Samir me encarou e disse: "até logo", e de repente fiquei desorientado, embora não tenha pensado nada de especial. Só "esse cara é intenso". E muito bonito. No fim daquele verão nos encontramos em um bar, jogamos sinuca, Samir grafitava, e eu o acompanhei até a casa dele. Enrolei uns baseados e coloquei umas fitas cassete pra gente ouvir. Amanheceu. Nos tornamos amigos. Ele era muçulmano, estudava o rótulo de cada lata de conserva antes de abrir. Eu nunca comia porco quando estava com ele, fumava maconha, mas não bebia cerveja. Não fazíamos nada específico. Um dia, porém, Samir bebeu. Não sei por que, acho que teve um problema com a namorada. Foi muito louco vê-lo bêbado. Tão livre, tão risonho. E dançando. Até então eu nunca o tinha visto dançar e ele era um superstar. Naquela noite ele chegou às três da manhã na minha casa. Atirou cascalho na minha persiana, eu ainda morava com os meus pais. Eu pedi para ele entrar sem fazer barulho. Pusemos Notorious B.I.G. bem baixinho. Ele tirou a blusa e me comparei a ele —

meu corpo grotesco perto do dele, tão bem constituído. Ele tinha a cintura fina, flexível, seus ombros eram largos, os músculos, desenhados. Depois disse: "tenho sonhado com você já faz um tempo". E depois: "sei o que você quer e acho que eu também quero". De verdade, não entendi o que ele estava falando. Ele me beijou. Eu não o empurrei, pois achei que ficaria chateado comigo — rejeitar esse gesto depois de ele ter tomado a iniciativa seria impossível. Ele me beijou como fazem algumas moças de quem você não está a fim mas que partem do princípio de que você estava esperando aquilo. Eu não queria que ele me tocasse, eu estava envergonhado por mim e por ele. Mas me adaptei imediatamente à sua pele. Eu me dissociei, como costumam dizer as mulheres hoje em dia. Estava fazendo uma coisa diferente do que a minha cabeça pensava que eu queria fazer, porque imediatamente gostei muito de acariciar a pele dele. Estava desconcertado pelos gestos entre dois homens, e também pelo fato de ele saber o que fazer com tanta facilidade. Ele foi embora logo depois — acho que para encontrar a namorada e fazer as pazes com ela. Eu me senti acabado. Não teve graça nenhuma. Acabado. E quando nos vimos de novo naquela mesma noite na casa de um amigo, esperei que ele fosse ficar desconfortável. Mas ele estava um pouco mais próximo de mim do que antes. De fora não havia nenhum problema. Ele tinha um jeito de procurar a minha presença, mais do que antes, mas sem que isso fosse perceptível ou bizarro para os outros, e ouvíamos Gang Starr enquanto falávamos bobagens. Naquela noite percebi que eu procurava o olhar dele. Aquele jeito muito breve de me deixar a par de que eu era único aos seus olhos. Eu nunca tinha sido desejado por outro rapaz, e a atenção dele me agradava. Tinha tudo o que me faltava. Um modo viril e animal de estar na sala, de se portar, de responder, de sorrir e de afirmar — ele usava roupas estilosas, empregava gírias precisas, tinha um talento para se expressar.

Ele não tentou ficar comigo naquela noite, foi embora e percebi que fiquei um pouco decepcionado. Dois dias depois ele me ligou, ia grafitar um muro em Vandœuvre e eu o acompanhei. Tudo estava de volta ao normal, a não ser no fim do dia, quando ele percebeu que eu não estava conseguindo abrir uma lata de spray e riu — "você é adorável", falando isso não de um jeito grosseiro. Ele abriu a lata na primeira tentativa e continuou rindo enquanto voltou a trabalhar no muro. Começamos a dormir juntos com certa frequência. Eu me adaptei muito rápido. Não falávamos a respeito. Nem entre nós nem com ninguém. Nunca houve aquela cena que vemos nos filmes — em que um cara ameaça matar o outro caso ele conte pra alguém, só porque teme perder a credibilidade de malandro. Aos poucos, entendi que, do ponto de vista dele, aquilo era uma coisa que podia acontecer de vez em quando entre amigos. Contanto que não disséssemos nada, aquilo não tinha acontecido, e não havia problema algum. Era como se passássemos deslizando pela realidade. Ele era carinhoso, durante o sexo e depois. Talvez tenha sido a única pessoa que tenha me falado de amor. E fazia com que eu me sentisse alguém excepcional, cheio de qualidades incríveis. Ele me revelou um mundo audacioso, um mundo em que os caras fazem o que bem entendem, começando por transar um com o outro quando ninguém está vendo, e percebi que eu não sabia nada do mundo dos homens. Só a superfície, aquilo que haviam me ensinado. Tinha a impressão de ser um novato. E estava apaixonado por ele. Mas só fui entender isso quando terminou. Um dia, ele foi até o *taleb* que o desenfeitiçou — fez com que ele cuspisse um pedacinho de pão envenenado que os vizinhos invejosos tinham deixado em um prato. Enfim, acabou. Não teve briga nenhuma. Apenas uma perda de intensidade. Ele não me evitou. Mas parou de me procurar diariamente como vinha fazendo naqueles últimos tempos.

Os tempos mudam. Às vezes penso nele e talvez essa seja a história mais romântica de todas as que tive. Não sei o que aconteceu com ele. Nunca mais o vi.

REBECCA

Você sabe, né, amigo, o Booba ficaria muito decepcionado de saber que você está ouvindo seus discos e fantasiando com o Lil Nas. Ainda que você não deva ser o único nessa situação. Você deveria contar sua história à Corinne, ela ficaria feliz em saber que o irmão é um pouco gay. Para falar a verdade, eu te entendo. Os malandros daquela época tinham um charme incomparável. Quem não experimentou não sabe do que estou falando — ao inventá-los, o universo deu um presente para as mulheres. E para os homens, se é que entendi bem. Os homens são uns idiotas com relação a isso, é claro que não nos apaixonamos por uma pessoa por ela ser de um gênero ou de outro. Nos apaixonamos e ponto-final. Se eu nunca tive nenhuma história com uma mulher, foi só porque eu estava muito ocupada com os homens, e não tinha sequer um minuto para mim. Mas a vida ainda não disse a palavra final — estou aberta para qualquer eventualidade.

Continuo indo nas reuniões do NA. Fiz vários amigos. Fico surpresa de nunca te ver. Mas não moramos no mesmo bairro. No começo, quando eles me disseram que eu precisava vir praticamente todos os dias, pensei que isso estava fora de cogitação, assim que o isolamento passasse eu não ia precisar ouvir todo dia aquelas baboseiras politicamente corretas. Mas quando eu não vou às reuniões, começo a ficar tentada. Então acabo indo. Penso em coisas novas. É incrível. Tenho a impressão de viajar por terras exóticas, só que dentro da minha cabeça.

Por exemplo, encontro meu amigo Patrice e percebo na hora que ele acabou perdendo a cabeça — antes eu não era um cão farejador, não me importava saber se você tinha dado um teco, fumado, injetado, vomitado — você fazia o que bem entendia e não era da minha conta. Agora, é como um reflexo. Eu sei e pronto. Percebo na cara das pessoas, identifico até pela voz no telefone. É constrangedor. E acho esteticamente deplorável. Como um véu opaco, uma cobertura de sujeira — não estamos no estágio do julgamento moral, é completamente estético. É uma coisa feia.

Vi dois deles hoje. Tem aquele que vem toda segunda-feira. Ele está perturbado, mas não mente, diz rápido: "eu usei no sábado", só que não vai direto ao ponto, enrola um pouco a língua antes de anunciar, não menciona recaída, não diz que está arrasado, mas sim "os novos amigos são legais, mas eles nunca me telefonam, então a mulher de um cara com quem eu costumava usar me ligou e me convidou e eu estava a fim de usar, sabia disso quando fui lá e tudo deu certo". Ele está mais feliz do que o normal, parece alguém que sai dizendo que acabou de rever o ex pra várias pessoas a quem havia se queixado do relacionamento, mas está feliz. Estava aguardando esse momento. Ele diz que tinha um mar de gente no ônibus, muda de assunto, depois fala: "no final eu acabei me controlando", acha que tudo correu bem e que só bebeu dois copos, e depois voltou pra casa; ele conta que estava ameaçando uma tempestade, mas à uma da manhã ele acordou, estava doente, ele diz: "pronto, esse é o preço que se paga", e ouvimos que ele está disposto a pagar novamente, que ele se convenceu de que mudou, que vai se controlar. Seu rosto continua marcado pelo álcool mesmo depois de meses de abstinência, está excitado, sabe que voltou a usar, mas, mesmo assim, continua vindo às reuniões.

O outro diz: "eu tive um acesso de raiva, então as pessoas passaram a me evitar, isso dói demais, estou reproduzindo um padrão que conheço desde criança, é só isso que eu sei fazer", e percebemos que ele não está nem aí em ter machucado as pessoas — elas o estão evitando porque ele perdeu o controle e as aterrorizou. O que importa pra ele é que isso o faz se sentir mal. Que essa estratégia não compensa.

Os fracassados.

E também tem aquele outro velho. Solar. Fabuloso. Que deixa todo mundo emocionado ao dizer: "eu vomitava meu medo, eu vomitava minha vergonha, e eu vomitava minha raiva e agora eu vomito minha felicidade e ando dentro dela estou vivo puta merda estou vivo".

E uma menina impecavelmente vestida que eu vejo com frequência e é a primeira vez que a ouço falar do pai que cometia incesto com sua irmã.

E o outro, que tem uma lábia incrível, que nunca fala de si, só do programa, ele está limpo há mais de vinte anos e faz as melhores piadas. Ele briga com todo mundo e costuma dizer: "é assim que estou me curando".

Esses são do meu time. Fico emocionada de ver essas pessoas tão perturbadas quanto eu que, nesse deslize geral rumo ao grande absurdo, se reúnem e fazem o contrário do que as pessoas repetem nos jantares e nas redes sociais: admitem a derrota, admitem a fraqueza, revelam aquilo que têm de mais zoado.

Eu mudei muito. Só agora isso está entrando na minha cabeça. Ainda tenho o reflexo — eu ligava para o dealer pra comemorar uma boa notícia, para me recompensar por um esforço, para afastar ideias sombrias, para me consolar em tempos difíceis, para não me entediar, para ocupar a cabeça, para agradar a um amigo, eu ligava para o dealer como se estivesse apertando o interruptor ao entrar em um cômodo. Automaticamente.

Isso continua em mim. Se algo de ruim acontece e eu sinto o vazio se abrir no chão, tenho o impulso de ligar para o dealer e, como não tem nada ali, fico andando no vazio.

Sou orgulhosa demais para desistir. A sobriedade nunca me pareceu um estado extraordinário, mas estou mudando. Decidi que é isso, e está ótimo assim. Sou orgulhosa demais para desistir. E pronto, passa. Há uma ferida — uma vertigem — mas logo passa.

OSCAR

O trem está lotado. Parece que é uma questão de circulação de ar, então não tem nenhum problema. Faz um ano que estão repetindo para nós que é fundamental respeitar as regras de distanciamento e de repente você se encontra em um vagão blindado. Dá para sentir a respiração das outras pessoas. Janelas fechadas, cabines relativamente pequenas. Nossas máscaras são como escudos. Eu comprei uma máscara na farmácia, um euro cada uma, são mais confortáveis que as máscaras descartáveis. Tenho vontade de arrancá-la, mas ficaria apavorado se estivesse sem.

A menina com quem estou saindo costuma cortar o elástico das máscaras antes de jogá-las no lixo. Nós e nossos gestos ridículos. Faz um ano que estamos poluindo o planeta com milhares de máscaras — das quais arrancamos os elastiquinhos para proteger os peixes e os pássaros. Acho que ela é meio elegante demais para estar com um cara como eu. Vou voltar para a Alemanha em alguns dias para outra série de leituras e perguntei se ela queria ir comigo, ela aceitou. Deu de ombros — disse: "se eu ficar em Paris vou passar meu tempo olhando o celular pra ver se você me escreveu". Fiquei desarmado com a simplicidade dessa resposta.

Na estação, comprei uma passagem para o cachorro. Não dá pra fazer isso pela internet quando vamos passar por uma fronteira, mesmo que ela seja europeia. Eu pego trem sempre que posso. Estou acompanhando a transformação da SNCF.* É mais uma coisa que antes funcionava bem e que vem sendo destruída com uma velocidade atroz.

Hoje em dia, quando chegamos nos guichês, seja na SNCF ou nos correios, como em tantos outros lugares de serviço público, alguém é pago para te esperar na entrada e garantir que o que você vem solicitar não pode ser feito por uma máquina. Eu explico meu caso para a moça que me acompanha diante de uma tela. Tenho vontade de falar pra ela que não sou tão velho assim para não saber usar a internet, mas acato.

Não tem opção de passagem canina para a Alemanha. Então ela me indica um guichê humano. Passei pela barreira e agora posso falar com alguém; isso não me tomou nem dez minutos, sinto-me privilegiado. Outra moça — cujo rosto não posso ver, por causa da máscara, e apenas pelos olhos não saberia dizer se ela está sorrindo ou se está exausta — escuta meu pedido, que não chega a ser tão excêntrico assim, se pensarmos bem. Não somos o único casal a pegar o trem levando um cachorro. Ela não encontra o código. Chama outra moça, que até então estava nos bastidores. Ela sugere o código ChPO QHes — ou coisa parecida, uma sequência de letras cujo sentido é próprio da linguagem da máquina. Não é o código certo, a máquina não quer aceitar. Chamam uma terceira moça para socorrer, que também surge dos bastidores. A partir daí, durante mais de vinte minutos, essas três pessoas procuram um código que a máquina possa entender. Duas delas estão ao telefone, a terceira digita

---

* Société Nationale des Chemins de Fer Français, estatal responsável pelo sistema ferroviário de cargas e de passageiros na França.

no teclado — proponho hipocritamente que elas escrevam um papel explicando que vou comprar a passagem para o cachorro dentro do trem, direto com o fiscal. Elas me respondem que não dá, que assim eu serei multado. Elas são um pouco mais jovens do que eu, não se dão conta do absurdo da situação na qual um humano do guichê não pode se comunicar com um fiscal humano por meio de uma mensagem escrita. Elas tentam códigos diferentes e dizem "está indisponível". Elas são simpáticas, não parecem surpresas — a máquina é exigente, elas passam o dia inteiro tentando agradá-la, tentando estar à altura para não fazer parte dos riscos da empresa. Elas não se surpreendem que eu tenha vindo à estação com uma hora de antecedência. Talvez pensem que é o mínimo a se fazer para comprar passagem para um cachorro.

Sinto que estou participando de um ritual meio delirante, menos preciso do que uma sessão de espiritismo. É preciso encontrar o termo que a máquina aceita, traduzir um pedido de humano para a inteligência da máquina. É complicado, pois não dá pra explicar nada à máquina do serviço público — é uma linguagem abstrata, ainda mais complicada que a linguagem da justiça ou da ciência, porque aí existe uma chance de explicar um pedido simples em uma linguagem simples. Aqui, não, ou é a sequência correta de letras, na ordem correta dos procedimentos, ou nada. Essas três moças não parecem desinformadas, e elas têm uma verdadeira rede de comunicação na empresa, pois ligam o tempo inteiro para novos números para fazer perguntas. Um homem simpático se junta ao grupo de mulheres e sugere algo — sua masculinidade não impressiona a máquina, que continua dando como indisponíveis as áreas em questão. Quatro salários à procura de um código, o importante é que todos permaneçam sorrindo — e aquiescendo. E uma delas consegue. Ela me entrega uma passagem e me aconselha a guardá-la com cuidado, pois o código está escrito atrás. Isso também pode ser útil da próxima vez.

Quando encontro a moça com quem vou viajar, ela me diz que costuma comprar a passagem só até a última estação da França, e que nunca teve problema com isso. Ela é mais jovem do que eu: não lhe parece inusitado que quatro pessoas precisem unir esforços para resolver algo tão simples.

O ritual do qual participei — sempre com o sorriso no rosto, porque tenho feito diariamente um esforço para ser menos babaca, porque a raiva faz parte dos meus defeitos e sei que berrar sob pretexto de que vou perder o trem só vai aumentar o caos da situação — me deixou humilhado. Pela primeira vez na história da humanidade, qualquer celular é mais inteligente do que o mais inteligente de todos os homens. Qualquer merda de celular tem mais memória, inteligência, velocidade, calcula melhor, fala mais línguas — é mais inteligente do que o mais inteligente de todos nós humanos. Ou melhor, tem uma inteligência diferente. Que faz a nossa ficar obsoleta. Nós não temos mais nenhuma legitimidade para governar este mundo — e talvez isso seja bom.

Só nos resta fazer barulho nas redes, e, ao fazê-lo, concordamos que o mais importante nesse ruído é o aplicativo por meio do qual nos expressamos. Nossas expressões semânticas são totalmente secundárias. Nossa humanidade, até então, estava reduzida ao seu valor econômico — criar necessidades, escoar os estoques de mercadorias inúteis, sacrificar nosso tempo em nome dessa espiral de lucro. A humilhação do humano diante da máquina é a próxima etapa. Aquela que os economistas não arriscam explicar, pois eles não costumam pensar sobre nada. Estamos fazendo mais esforços para aprender a operar a máquina do que fizemos diante de qualquer linguagem. Com os animais, isso já foi resolvido há muito tempo — não tem negociação, só queremos matá-los do modo mais eficaz possível. Pelo menos isso sabíamos, como tirar vantagem da vida, como privatizar a vida. Entre humanos é a mesma coisa, é rápido — quem tem a maior arma, quem exerce o máximo de violência no campo adversário. Já os loucos, há muito tempo não buscamos mais entender o que se passa com eles, a única utilidade que eles têm é ser cobaias de tratamentos embrutecedores. Mas a máquina. O código para a máquina. Não estamos falando de conhecimento, de entendimento da regra, de síntese moral, de cultura, de raciocínio matemático ou filosófico: nada do que compunha nossa vida em comum em tempos de paz tem importância agora. O pouco de civilização que conseguimos implementar entre duas guerras... agora é só código. Encontrar o código que fará com que a máquina te permita obter o que você precisa.

Voltamos para a plataforma, munidos da passagem que ninguém vai conferir. Um homem que deve ter dez anos a mais do que eu está nervoso escaneando os bilhetes; ao me aproximar dele, percebo que está tremendo. Provavelmente passou a vida na SNCF, no passado deve ter sido um ferroviário seguro de sua prática, de saber fazer o que devia fazer. Mas ele não tem segurança com relação ao seu aparelho de escanear. Que se recusa a ler todas as passagens. Ele não tem sequer tempo para temer ser contaminado pela multidão que desfila à sua frente. Está tremendo porque alguns bilhetes — que parecem perfeitamente corretos ao olho humano — não estão sendo lidos pelo scanner. E a cada vez que isso acontece, o cara entra em pânico, ele não sabe como dizer para a máquina que está tudo bem, que o passageiro deve passar, que não dá pra bloquear as pessoas indefinidamente por causa de um leitor com defeito.

Eu mostro meu celular e o código funciona, procuro o olhar do homem, sorrio pra ele, mas por causa da máscara ele não percebe. Estamos entre humanos, humilhados pelas mesmas máquinas. O olhar do homem na plataforma não cruza o meu — ele está concentrado nas passagens, à espera da próxima leva, do momento em que será um babaca, preso entre o trabalho que precisa cumprir e a severidade implacável da máquina que o remeterá à sua incompetência humana.

ZOÉ KATANA

Recebi alta do hospital. Eles estão precisando de leitos. Desde o confinamento, a coisa não para. As pessoas, assim como eu, cruzaram uma linha em suas cabeças, no meu caso a que separa "não estou me sentindo bem" de "estou vendo homens dentro do meu quarto". Uma médica me disse que o tratamento estava surtindo efeito e que eu poderia voltar pra casa e descansar. Eu nunca a tinha visto antes, mas não me atrevi a dizer que preferia falar com a médica que me recebeu logo que fui internada. Juntei minhas coisas e parti.

Uma amiga me acompanhou. Ela percebeu que eu olhava para as minhas coisas como se minha própria casa pudesse me trair a qualquer momento. Agora sei que as paredes podem desabar, ou que o chão pode ceder, ou que meu quarto pode se encher de vozes hostis. Nada é estável. Minha amiga propôs ficar comigo naquela primeira noite e aceitei. Eu me sentia estrangeira no meu próprio hábitat, não queria ser entregue a mim mesma. A última coisa que deveria fazer era ligar o computador e abrir minhas contas. Me parece estranho que se chamem contas. Como uma conta bancária, como prestar contas, como a conta redonda.

Então essa amiga se instalou na minha casa por um tempo e foi como conviver com um técnico de boxe, alguém que a qualquer momento do dia, caso me visse nocauteada no chão, se ajoelhava ao meu lado e me dizia ao pé do ouvido: "está tudo bem, fica de pé, você é capaz de fazer isso, você é uma campeã, pode se levantar". E dava certo. A médica tinha razão, o tratamento estava surtindo efeito. Era isso o que eu pensava, mas resistia. Até o dia em que uma calma fenomenal tomou conta de mim. Eu tinha encontrado o interruptor. Sem procurá-lo. A angústia tinha passado. Eu sabia disso. Passei minhas senhas para a minha amiga verificar se nenhuma má surpresa me esperava entre as mensagens na internet, ela fez uma limpeza e me prometeu que não havia nada. Eu podia ir em frente. Retomei as atividades. E também minha vigília, isto é, a permanência no celular em um grupo de vigilância contra o assédio on-line.

Uma garota entrou em contato comigo, ela era vítima de assédio. Eu não tive tempo de temer que isso fizesse minha angústia voltar. Eu estava operacional, blindada e concentrada. Normalmente, para fazer o trabalho, você precisa se dissociar — deixar as emoções de lado, vê-las como coisas estrangeiras. Quando recebi a mensagem dela eu estava olhando para uma pomba na sacada. Sempre a mesma, menor do que as outras, cinza com uma mancha preta no pescoço, que acabara de pousar na borda da minha janela; naquele dia, o vento levantava suavemente suas penas e ela, um pouco nervosa, bicava o pescoço olhando na minha direção. Me perguntei se ela estava gostando do que eu ouvia. Tina Turner. E eu diria que sim, ela parecia atenta ao ouvir aquela voz. Ela avançava com passinhos prudentes para dentro de casa.

E a menina me escreveu, eu liguei pra ela imediatamente — ela estava em pânico, aos prantos. Eu ainda não sabia que iria acontecer algo capaz de me transformar. Ela não era especificamente simpática. Uma usuária de TikTok que acabara de chegar à maioridade, pouco conhecida antes do ataque. Ela é morena de olhos claros, gótica, tranquila e bem-humorada, com um público de cinco amigos e três fãs. Não publicava conteúdo feminista, não estava acima do peso, não tinha pelos nas axilas, não havia feito nenhum comentário sobre negros ou árabes, nunca atacou o papa, nunca se declarou a favor do aborto: a maior parte dos sinais que a internet fascista interpreta como provocações diretas estava ausente do perfil. Exceto pelo fato de que, certo dia, ela se declarou bissexual. Ela não tem namorada. Tampouco namorado. Ela se sentiu bissexual e teve vontade de anunciar. Teria feito melhor falando da migração das borboletas-monarcas... Tudo começou de forma tímida, alguns comentários insultuosos e banais — você é bi porque ninguém quer transar com você, sua porca gorda imunda, você merece morrer, você é tão feia que deveria se suicidar etc. Um clássico. Então ela teve uma iniciativa inocente e declarou "caí no TikTok hétero, socorro". No telefone ela me explicou que a partir de então passou a ser identificada e agredida. Tudo começou com umas cem mensagens em uma hora. Ela pensou que as coisas parariam por ali, mas no dia seguinte continuaram. E no outro dia. Em geral, os ataques duram vinte e quatro horas — é um passeio punitivo. Se a garota não postar um novo conteúdo com o qual eles não concordam, eles passam para outra menina que pretendem corrigir. Mas no caso dela não foi assim. Talvez ela não tenha me contado que tentou se defender no privado e que teria melindrado a sensibilidade, que sabemos que é frágil, de um dos agressores. Por fim, um deles encontrou o número de telefone da mãe dela e a contactou para dizer que sua filha era uma cadela que se exibia sem qualquer pudor nas redes sociais, e a mãe não quis nem saber, voltou-se contra a menina.

Eu não deveria fazer isso, mas comparei o inferno que vivi, o inferno que centenas de nós temos que enfrentar — um assédio regular, intenso, sem fim —, com a péssima semana que ela está passando, e fiquei insensível à sua dor. Talvez seja efeito do tratamento. Eu a apoio mecanicamente. E tenho consciência de estar aliviada em fazer isso sem ser levada por uma onda de ansiedade. Peço para que não leia os comentários e digo que cuidarei de fazer prints das telas para guardar provas caso seja necessário, ou se ela quiser ler, mais tarde, quando a tempestade tiver passado. Será que depois ela pode pedir para uma amiga apagar o conteúdo degradante e bloquear os comentários por um tempo? Recomendo que desligue o celular e saia de casa, faça alguma coisa que goste de fazer; pergunto se ela tem medo de sair, se teme por sua segurança, ela responde que poderia ir encontrar uma amiga. Repito: "e o mais importante, não entrem juntas nas redes sociais, mesmo tarde da noite, façam outra coisa, protejam-se; durante esse tempo, você me passa as senhas, depois pode trocá-las".

Entro na conta dela, mas estou esgotada — pelo lado repetitivo da situação, pelo absurdo de tudo isso e também por perder meu tempo com uma pessoa que não é politizada, que não é feminista, por quem não chego a sentir empatia. Mas estou, em igual medida, extremamente aliviada por poder fazer esse trabalho. Me sinto bem melhor. Não tenho enjoo, não ouço vozes, não sinto vontade de morrer. Percorro os comentários para verificar se não há conteúdo preocupante, como o endereço de sua escola ou da sua mãe, ou o número de telefone de sua irmã mais nova, e abro um dossiê em seu nome; faço prints da tela, com cuidado — porque é esse o protocolo. Não tenho detalhes das organizações masculinistas, mas entre eles não é normal passar uma semana vingando um "parça".

E, subitamente, percebo que não estou tentando afastar minhas emoções. Não estou em piloto automático. Sinto pena.

Mas não de nós, vítimas sistematicamente perseguidas. Pela primeira vez na vida — graças ao tratamento medicamentoso — sinto dó deles. Dos insultadores, dos ameaçadores, dos agressores. Postaram milhares de comentários na página dessa menina. Horas a fio perseguindo-a, com a intenção de atingi-la.

Eles têm organogramas que reúnem contas de voluntários a quem indicam a vítima do dia. Os voluntários, por sua vez, compartilham a instrução com seus contatos, e assim por diante. Uma cadeia eficaz do ódio anônimo. Quando isso começou, há uns dez anos, foi algo impressionante, porque ninguém estava acostumado e foi surpreendente descobrir que estavam tão organizados e com uma violência tão exacerbada. A Justiça não havia condenado ninguém por mensagens na internet e não havia nenhum limite para a brutalidade deles.

Hoje em dia estão mais cautelosos. Suas contas existem — são pessoas de verdade que agem abertamente, dá para descobrir rápido quem são. Não existe um perfil único. Tem os virgens e os feios que já esperamos encontrar, mas também os pais de família, os velhos, todas as categorias socioprofissionais estão representadas, eles vivem na cidade ou no campo, podem ser semianalfabetos ou professores universitários. Sabem que nunca sofrerão represália. Fazem o que bem entendem na internet. Nunca vimos um masculinista pedir para ser hospitalizado depois de ser assediado por feministas. Se recebem uma carta de insulto, vão reclamar por meses a fio. São "Laranjas Mecânicas" quando se trata de atacar em grupo, e "a Polegarzinha" se uma de nós ousar lhes responder. Não suportam nenhuma contrariedade e defendem seu território: na internet, eles só querem encontrar um conteúdo que esteja de acordo com suas opiniões, não suportam contradição.

No entanto, somos superiores. Não abortaremos os homens, não os privaremos de educação, não os queimaremos numa fogueira, não os mataremos nas ruas, não os mataremos quando saírem para correr, não os mataremos nas florestas, não os mataremos em nossas casas, não os faremos se envergonhar por terem nascido com esse sexo, não os difamaremos, não os estupraremos, não os tocaremos por debaixo da mesa, não os humilharemos porque querem sexo, não os proibiremos de frequentar o espaço público, não os excluiremos de nossos círculos de poder, não os mutilaremos, não os impediremos de se vestir como quiserem, não os forçaremos a ter filhos, não os culpabilizaremos quando eles tiverem uma paixão que os afaste de casa, não os chamaremos de loucos quando não forem bons maridos, não confiscaremos sua sexualidade, não monitoraremos suas atitudes, seus gestos e suas declarações como se pertencessem a nós, não exigiremos ver como está seu cabelo, não humilharemos aqueles que nos desobedecerem. Quando dizemos igualdade, não é dessa igualdade que estamos falando. Caso contrário, estaríamos numa boa posição para entender a raiva que nossos desejos suscitam. Mas eles são tão frágeis. E habituados a se defender. O poder minusculista branco tem suas próprias estratégias de resistência.

E percebo que eles não me dão mais medo. É uma epifania escandalosa. Eu os leio. Se disserem para eles que devem bater, eles batem. Eles contam com os números. Analisadas uma a uma, falta inspiração a suas mensagens, elas são estúpidas, repetitivas. Começo a ler com atenção. Leio cem vezes, estão falando de um cara que entrou em contato com a mãe da garota: "o cara que fez isso é um gênio", e outras centenas de vezes "elas precisam de uma lição", e outras centenas "eu nem te estupraria, você não merece, sua puta gorda feminista". E sinto pena deles. É a miséria. Eles são a miséria. A pobreza. A mediocridade. E eles a reivindicam. O imaginário deles é paupérrimo. É uma simulação grotesca de felicidade e de amizade, de solidariedade, mas, antes de tudo, é a expressão da mais sórdida miséria. "Ela está precisando de uma correção — elas acham que podem tudo, espero que sua mãe bote ordem na casa — essa mimada de merda certamente é sustentada por alguém, tomara que cortem o seu sustento para ela virar uma puta — você é genial, cara, genial." Que merda. Os milicianos da masculinidade minúscula. Os minusculistas.

Não sinto enjoo. Não tenho medo. Isso sim é sofrimento. Essa exposição do vazio, do nada, de pequenas forças anônimas. Esse é o sofrimento humano em estado bruto. Eles são conscientes. Sabem que não valem nada. Que merecem padecer como baratas. Estão aterrorizados por serem quem são. Sabem que não servem para nada e marcham na escuridão, se chocando contra as paredes. Um montinho nojento de merda, e pela primeira vez leio com clareza o que eles estão declarando: estão cientes disso, estão morrendo por isso.

OSCAR

Recebi esta manhã meu extrato de direitos autorais. É um belo *jackpot*. O romance vendeu três vezes mais do que os anteriores. Você bem que me avisou — qualquer publicidade é válida. Mas eu não estava esperando. Bendita seja Zoé Katana: essa vagabunda semiterrorista uniu meus leitores. Ao menos não sofri a troco de nada. Pelo bom humor dos meus interlocutores na editora, entendi que o ano não foi dos piores. Mas eu estava muito abatido para ligar pra eles, estava envergonhado. Enquanto isso, as vendas deslancharam. Comprar meu livro passou a ser um gesto de resistência aos ataques feministas. Percebo que recebi muitos e-mails de apoio. Que não tinham sido enviados apenas por homens solidários. As mulheres também me apoiaram. É deprimente ser apoiado por babacas. Mas é impossível não comemorar quando vejo na tela a quantidade de direitos que ainda tenho para receber.

Leio o texto de Zoé Katana e sinto uma leve vergonha. Sei como é isso. Então imagino os dias que ela tem passado, fugindo do celular e cerrando os dentes ao receber as demonstrações de simpatia que sempre são acompanhadas de um retrogosto amargo. Conheço essa mensagem de comiseração do amigo que, no fundo, comemora por não estar no seu lugar. E também entendo essa obsessão de dizer que vai dar certo, que é coisa do passado, que somos mais fortes que isso.

Pela primeira vez desde que ela fodeu com a minha vida, percebo que ela também foi muito atacada. Estava tão preocupado com a minha angústia que não tentei entender o que estava acontecendo do lado dela. Mas a menina que ela menciona no texto me faz pensar em minha filha, e percebi que isso poderia muito bem acontecer com ela, que isso pode acontecer com qualquer menina nas redes sociais. E que eu não poderia fazer nada para protegê-la.

Leio o texto da Katana e sinto tanto alívio por ela não estar mais falando de mim que começo a ouvir o que ela tem a dizer. E me dou conta de que nunca citei uma mulher na lista de autores que me influenciaram. E nunca ninguém me disse isso. Nunca cito mulheres porque sei que isso me faria perder crédito. Isso não se faz. Eu até poderia citar a Duras, *A dor* é uma das experiências de leitura mais marcantes da minha juventude. E gosto da sua megalomania. Poderia citar Anne Rice, li diversas vezes sua trilogia. Mas não faço isso. Não deixo de fora Stephen King, mas deixo *Entrevista com o vampiro*. Porque sei que estou sendo vigiado, enquanto homem, sobre a relação que tenho com as mulheres.

Não é preciso ir muito longe, ou afirmar que é hormonal ou complexo. Tudo se resume a uma cena do ensino fundamental. E todos nós a conhecemos. Você brinca com as meninas porque elas são suas colegas, e o valentão te agarra no corredor, te puxa pelas orelhas até te levantar do chão e, quando ele se cansa, te deixa cair, "olha essa bichinha que gosta de pular elástico". E todo mundo morre de rir. Tanto os meninos quanto as meninas. Todo mundo ri das bobagens do valentão. E esse cara existe em todas as escolas, é ele quem explica aos outros como as coisas devem ser. Bem como seu círculo mais próximo dele, que espera que ele agrida alguém. E também seu público — todas as crianças que olham de longe e se distraem com a cena. Tudo se resume a isso. Depois desse episódio, você considera aquilo normal — se uma menina te convida para brincar, você pede para ela dar o fora. A amizade dela te deprecia. Se algum dia você for brincar na casa dela, vai escondido. Você não quer mais ser aquele cara que chama a atenção do valentão. Você quer ficar com as outras crianças, rindo da cara de quem será martirizado. Vejo, agora adulto, quando conseguimos a aprovação e o entusiasmo dos valentões, por exemplo, em um livro, que aqueles dentre nós que eram fracos e mirrados não entenderam direito as regras do jogo do parquinho. Vejo o menino humilhado na época das bolinhas de gude disfarçado de autor adulto criando polêmica, oferecendo aos valentões o que eles reivindicam agora que descobriram como funciona, e esse menino fará qualquer tipo de coisa para ser aceito em seu grupo. A aprovação dos brutos, é isso o que estão procurando.

No TikTok, colombianos muito jovens imitam o gesto de atirar para denunciar a repressão das manifestações. Mais adiante, um americano anuncia que hoje acabou com o sonho de alguém, "tenho um emprego que consiste em verificar os currículos antes da contratação, e essa menina tinha um currículo perfeito para a vaga, perfeito, e seu histórico na internet era irrepreensível, mas tinha a história daquele vídeo que foi apagado" — ora, hoje em dia nada pode ser completamente apagado. Ele não descreve o vídeo, mas é um vídeo pornô. Não postou o vídeo, mas como nada pode ser totalmente apagado e seu nome então aparece, ele diz: "sinto muito, mas, se eu não faço esse trabalho, outra empresa vai fazer, todas as grandes empresas hoje fazem esse rastreamento". E ele complementa: "a empresa está certa em não contratá-la, é uma vaga importante — esse vídeo pode vir à tona a qualquer momento". Não lhe ocorre dizer: "e daí?". É um vídeo de sexo. Não é um vídeo em que ela tortura um refugiado, ela não está tocando fogo em um morador de rua, não está ameaçando a comunidade asiática de morte, não faz saudação nazista tirando sarro — provavelmente ela está chupando um pau. Ou se masturbando. Ou se divertindo em um quarto de hotel, sob efeito de ecstasy, com quatro caras que acabou de conhecer. Sexo consensual. Há algo de errado em tudo isso — e eu sou um cara, e branco, ou seja, incapaz de imaginar como deixar de ser parte desse problema e passar para o lado da solução.

REBECCA

Fico consternada em ver que a Zoé continua com o que ela chama de "ativismo" na internet. É uma insanidade que as garotas da geração dela se vejam obrigadas a se expressar em um espaço que hoje lhes é tão hostil. Estruturalmente hostil. Facebook Twitter Google Amazon Microsoft Apple — sempre homens brancos. Eles não têm o menor interesse que isso mude. Eu me sinto privilegiada por ter minha idade e ter passado a vida sem me sentir obrigada a abrir minha lojinha na internet, pois estou vendo o que isso provoca nas jovens atrizes, como elas apanham a cada vez que aparecem, eu não teria suportado esse tipo de coisa.

No geral, você pode contar comigo para apreciar tudo o que revele má conduta, mas é chocante que a sua editora te parabenize pelos bons resultados bem no momento em que a Katana está saindo do hospital psiquiátrico.

Não é sempre que eu tenho vontade de telefonar para o dealer. Isso passou a ser uma questão de honra. Por um lado, várias pessoas do meu círculo estavam convencidas de que eu não aguentaria muito tempo. Isso fere meu orgulho. Eu vou aguentar, só para provar que elas não sabem nada sobre mim e que deveriam ficar de boca fechada. Por outro lado, diversos amigos começaram a reclamar que eu fiquei menos divertida desde que parei com as drogas. Acho que eles pensam que eu estou aqui para diverti-los. Mas adivinha? Eu os entedio.

Não tenho vontade de me drogar, mas às vezes gostaria de tomar alguma coisa que me fizesse perder os sentidos. Queria ter paz. Não sou eu que estou fodida. É o mundo.

Não ficar chapada não me custa muito, o que começa a me custar é a recuperação. Esse esforço constante de fazer as coisas direito. Quero fazer umas besteiras. Por exemplo, quebrar a cabeça do cara que está me propondo gravar um filme com ele. Talvez porque, pela primeira vez, eu serei bem paga e isso lhe dá poder sobre mim, então me dá vontade de xingá-lo. Ou vai ver ele é um chato, tipo um menino mimado que exige que o tratemos como um grande artista benevolente. Seus filmes são péssimos. Ele é cheio da grana, então todo mundo é legal com ele. Tenho vontade de lhe dar um tapa na cara, só para me divertir.

Esse tipo de coisa vai e vem. Posso estar irritada agora e daqui a pouco me sentir muito bem. Vejo Paris, onde mesinhas temporárias de bar estão florescendo na cidade inteira e, assim que faz cinco minutos de sol, as pessoas vão correndo até elas para ficar bebendo e rindo, e percebo que amo essa cidade. Ela está cheia de patinetes, de motoboys de delivery, de bicicletas de todo tipo, de belos carros pretos turísticos com chofer. Os canteiros de obras a deixam desfigurada em todos os quarteirões. E quando estou bem, ando a pé. Ando por essa cidade, de cima a baixo, e desde o primeiro confinamento desenvolvi uma coisa louca por ela. Lembro que a amo como alguma coisa que você percebe que pode perder.

OSCAR

Eu ia responder à sua carta e te aconselhar a não minimizar sua vontade de tomar comprimidos para ter um pouco de paz. Quando comecei a inventar uma recaída você ficou preocupada comigo, e agora é a minha vez de perguntar se você está bem. Eu queria te escrever sobre isso e também dizer que tenho tido com cada vez mais frequência breves momentos de empatia pela Zoé, e certa culpa tem me invadido... Mas Corinne passou mal. Está hospitalizada. Eu não sabia que ela estava em Paris, ela não me contou. Uma noite dessas, ela sentiu as panturrilhas formigarem, e, mais tarde, acordou a mulher em cuja casa estava dormindo: ela não conseguia mais mexer a perna direita e sentia seu braço dormente. Então entendeu que era alguma coisa grave quando foi atendida imediatamente no pronto--socorro.

Quem me ligou foi a Marcelle, a namorada dela. Corinne tinha sido transferida para o hospital François-Quesnay, em Mantes-la-Jolie. Teve um derrame. Ela está com o lado direito paralisado. Marcelle é professora de educação física no ensino fundamental, então não poderia ficar com ela na segunda-feira. No início, eu fui meio babaca, falei que tinha tido uma semana pesada demais e prometi fazer o possível para ir visitá-la o mais rápido que desse. Depois de desligar percebi que eu não tinha outra opção a não ser ir na segunda-feira. Fiquei pensando em tudo o que deveria cancelar, mas, na verdade, o que eu temia mesmo era que tivesse sido muito grave. E também tinha medo de ir ao hospital. E de ver minha irmã sofrendo.

De fato, é chato ir até lá, porque é longe, mas não é o tipo de hospital que imaginamos. O prédio é espaçoso, muito calmo — ele me lembrou de quando eu era pequeno e vivíamos em um país bem rico, com um serviço público do qual não tínhamos medo. Não senti dificuldade em encontrar o quarto, no último andar, e Corinne também não estava tão mal quanto eu imaginava. Estava lendo *Viendra le temps du feu*, com uma expressão um pouco estranha, é verdade, e um jeito engraçado de falar; uma parte do seu rosto estava paralisada. A princípio ela disse: "não sabia que você viria hoje" e como nós temos uma relação um pouco peculiar, não me surpreendi, e respondi: "não sabia que você estava em Paris, vim assim que consegui". Como ela acabou de sofrer um derrame, não imaginei que faria uma cara estranha ao me ver, não percebi seu constrangimento. Marcelle tinha me avisado que o importante era ajudá-la a sentar na cadeira de rodas para poder descer para fumar, então lhe propus que déssemos uma volta. Vi que ela hesitava em me dizer alguma coisa, mas achei que o cansaço estivesse lhe tirando a vontade de tomar um ar fresco. Em um leito ao lado do dela, uma senhora jogava Candy Crush com o áudio ligado, então eu lhe pedi com gentileza para que baixasse o volume, e ela foi amável, mas estava meio fora do ar e incapaz de encontrar o botão do som, então a ajudei. E quando virei para a minha irmã, orgulhoso de mim e de minha intervenção, vi que a Zoé estava parada na porta. Corinne repetiu "não sabia que você viria hoje" e eu, que fico me queixando de não estar em contato com minhas emoções, não pude reclamar. Em alguns segundos veio uma avalanche de sentimentos — medo, vergonha, raiva, angústia, covardia. Lembrei que é assustador ser um menininho, quando você é invadido por sentimentos contraditórios, violentos e impossíveis de controlar.

Também tive tempo de perceber que a Zoé continuava linda. Durante todo o tempo em que fiquei pensando nela, não sabia como ela tinha envelhecido e disse a mim mesmo: "esses dez anos a mais lhe caem bem". Ela não se mexeu por longos segundos, levando o tempo necessário para me odiar até se fartar. Anos e anos de rancor acumulado, expressos num único olhar. Nenhuma palavra, tudo nas pupilas.

Então Corinne levantou a mão que estava funcionando para chamar a nossa atenção, se contorceu na cama e declarou "o.k., essa situação é uma merda, mas estou fraca demais para fazer mediação", e Zoé, sem dizer nada, saiu de novo para o corredor procurando uma cadeira de rodas, trouxe-a para perto da cama e ajudou minha irmã a sentar; ao vê-las fazer aquilo, adivinhei que ela viera no dia anterior, que sabia como fazer.

Levantei. Estava com as pernas bambas. De repente nós três estávamos no enorme elevador e minha irmã, tentando fazer com que a situação parecesse suportável, me explicou: "eu estava hospedada na casa da Zoé quando tudo aconteceu. É por isso que eu não tinha te contado que estava em Paris. Não contei para Marcelle na casa de quem eu estava, senão ela ia ficar imaginando coisas...".

Faz anos que Marcelle e Corinne estão juntas. Não sei se minha irmã a traiu. Acho que não. Mas ela sempre precisa mentir. Da mesma forma que durante anos eu enfiei a droga no meio dos relacionamentos com minhas namoradas, Corinne tem seus segredinhos. Nós dois temos tanto pavor da intimidade que inventamos desculpas para evitá-la.

Corinne continua fumando tanto quanto antes. Ela insistiu para que a Zoé ficasse ali, e pediu que eu comprasse água e *donuts* na lanchonete. Elas sentaram ao sol. Enquanto me juntava a elas, com as garrafinhas de plástico e o pacote daquele biscoito gorduroso, pensava nesse encontro que eu havia fantasiado milhares de vezes, de diferentes formas — eu lhe daria um tapa, ou lhe explicaria como as coisas tinham sido para mim, ou a faria chorar contando meu sofrimento por causa do seu post, ou lembraria a ela que antes nos dávamos bem e que ela me traiu, ou pediria desculpas e ela choraria nos meus braços dizendo que esperava por esse momento havia muito tempo —, e que agora não transcorria como eu havia previsto. A vida é sempre assim, a gente imagina cenas e, quando elas acontecem, não têm nada a ver com a estética esperada. É também por isso que eu gosto de escrever livros.

Zoé não parecia nem um pouco perturbada. Ela me ignorava. Seu olhar não cruzava o meu. Conversavam descontraídas.

Enrolei um cigarro sem sentar. Eu também estava fingindo que não estava ali. Elas falavam das feministas *terfs*, e eu só entendi o que era isso ao voltar pra casa, quando fui pesquisar na internet.

Corinne, mesmo com a boca torta, mantinha todo o seu juízo: "É um clássico da extrema direita estigmatizar um grupo minoritário pelo que as pessoas são e não pelo que fazem. E também é um clássico considerá-los estupradores. Antes era o negro, o árabe, o cigano, o pobre, agora são as pessoas trans. Sempre são estupradores da respeitada mulher branca que vive conforme as vontades de Deus". Zoé concordava. Eu estava testemunhando o entendimento recíproco delas, e isso era muito doloroso. E eu sendo o cara estoico, elegante, gente boa. Que sabe que o mundo não gira ao seu redor. Que sabe que a personagem que realmente importava ali era minha irmã, e não eu. Corinne continuou: "e sua presença é uma constante histórica na história do feminismo. É a Sojourner Truth, *again and again*, 'Ain't I a Woman?'",[*] ao que Zoé replicou: "mas o assédio que as *terfs* estão sofrendo é tão inaceitável quanto o que eu sofro. É o mesmo. Não podemos usar os métodos do inimigo e acreditar que vamos chegar a outros resultados". Corinne balançava a cabeça, "que elas morram". "Você está falando isso porque não está nas redes sociais. Você não sabe como é, isso faz uma pessoa ficar louca", e eu não sabia que aquela balbúrdia feminista era tão complicada e aguardava um momento de silêncio tal como esperamos um ônibus que nunca passa para eu poder levantar e me despedir. Bom, eu tinha acabado de pegar uma hora de transporte público para nada, então ia fazer a mesma

---

[*] Referência ao discurso "E eu não sou uma mulher?", de Sojourner Truth (1797-1883), ex-escravizada norte-americana e importante nome dos movimentos abolicionista e dos direitos das mulheres nos EUA, proferido em 1851, na Women's Rights Convention, em Akron, Ohio.

coisa no sentido inverso. Não importava, o dia estava bonito e minha irmã se recuperava visivelmente bem, em um ambiente tranquilo. Levantei, disse à Corinne que voltaria e acrescentei "e dessa vez te avisarei antes de vir", então cometi um erro, virei a cabeça e sorri pra Zoé, e, como ela não estava esperando, não teve tempo de evitar meu olhar.

Acabei parando na lanchonete para pegar um café. Não fiz por mal, não imaginei que ia parecer um gesto de provocação, uma vez que elas estavam em um banco distante da entrada e não poderiam me acusar de passar debaixo do nariz delas. Pedi um café expresso, o atendente o serviu no balcão e a Katana apareceu sem aviso. Ela estava em um estado de raiva completamente fora de hora, dadas as circunstâncias — cá pra nós, o tratamento dela não deve ter sido adequado: era desconcertante a discrepância entre a menina calma e simpática que conversava com minha irmã cinco minutos antes e a fúria que eu via na minha frente. Ela não gritava: guinchava. Uma verdadeira metralhadora, impossível de interromper "vai começar tudo de novo? Você diz que está indo embora e quando levanto os olhos vejo você por perto, o que está esperando? Me forçar a ficar cara a cara? Faz dez anos e quando te vejo sinto um embrulho no estômago de tanto medo da besteira que você vai fazer quando ninguém estiver olhando. Quero que você desapareça, Oscar Jayack, não quero te ver nunca mais, está ouvindo? E esse sorrisinho malicioso, quero que você o engula".

Mantive a calma. Mas não deveria. Expliquei: "não se preocupe, engoli há muito tempo isso que você chama de sorriso malicioso...".

Deveria ter ficado de boca fechada, mas, como ela continuava plantada ali, me encarando, pensei que deveria acrescentar alguma coisa, e que era o melhor momento para eu lhe dizer: "sinto muito, Zoé. Pensei no que aconteceu. Passei um momento difícil quando você deu sua versão da história e demorei para entender. Fui péssimo com você. E não me perguntei como você estava se sentindo. Sinto muito. Me desculpe".

Foram mais ou menos essas as palavras que usei e com o passar do tempo me arrependi de tê-las dito. Quando falei "me desculpe", pode-se dizer que ela reagiu mais ou menos como se eu tivesse tirado meu pau para limpá-lo no seu casaco. Ela pulou para trás. Estava lívida, balbuciou "não quero suas desculpas de merda, você acha que vai sair dessa com a consciência limpa? Quem vai me devolver a pessoa que eu era antes de você me destruir? Quem vai me devolver os anos que passei em depressão? Desculpas suas? Enfie elas no cu, seu desgraçado".

E ela chegou perto de mim, pude sentir o perfume que estava usando e quase o calor do seu corpo, e, no balcão da cafeteria do hospital, ela cuspiu na minha cara.

Mais adiante, sob o sol, minha irmã, em sua cadeira, nos dava as costas enquanto falava ao telefone.

Zoé se afastou. Eu peguei um guardanapo no balcão. O atendente estava enviando uma mensagem pelo celular e sorriu para mim — não sei o que ele tinha entendido daquela cena, mas com certeza tinha se divertido. Paguei o café e ele disse que adorava os meus livros, fiquei puto por perceber que ele tinha me reconhecido. Preferiria que me cuspissem na cara de forma anônima.

REBECCA

Revi a Zoé. Foi a primeira vez que eu fui à casa dela desde aquele primeiro confinamento. No caminho parei na mesma mercearia e comprei frutas, salgadinhos e Coca-Cola. Ela abriu a porta e Alicia Keys estava cantando *"New York New York"* com o Jay-Z. Conheci seu minúsculo apartamento. Adorei que estivesse uma bagunça, assim parecia um pouco a minha casa. Havia uma luz bonita na sala e me senti confortável ali.

Ela estava muito perturbada. Eu me apeguei a essa menina e me incomodava vê-la assim, mas não sabia como acalmá-la. Eu só conheço as drogas como solução milagrosa para esse tipo de abalo.

Não entendi muito bem o que aconteceu. Vi que compartilharam fotos de vocês dois nas redes sociais. Entendi que tinham sido tiradas no dia da sua visita ao hospital. Então dá para ver vocês, à distância, fumando, e parece que estão conversando. E dá para ver vocês, muito perto um do outro, na lanchonete — não parecia que estavam brigando. Parecia mais que estavam quase se beijando. A coisa toda foi temperada com comentários mortais — a mentirosa e o babaca, os dois mitômanos armaram todo aquele circo pra viralizar na internet, e por aí vai.

E a Zoé passou a noite brigando no Twitter. Ela conseguiu brigar sobretudo com as feministas de correntes diferentes da dela — e aí eu te confesso que parei de acompanhar. Na minha opinião, o excesso de movimentos feministas acaba matando o movimento feminista. O que estou vendo é uma coisa tipo faroeste. E vi a Zoé acabada. Quando você lê as respostas que ela posta, ela parece uma deusa da guerra e da destruição. E quando você a vê na vida real, ela não passa de uma menina que está prestes a desabar.

Tentei distraí-la, consolá-la. Mas preciso ser sincera: eu sou uma diva. Normalmente, são as pessoas que cuidam de mim, e não o contrário. Eu não sabia como me comportar. Fizemos uma chamada de vídeo com a sua irmã. Ela estava sentada no leito do hospital, com a cara meio deformada, fazia muito tempo que eu não a via e pensei que, mesmo depois de ter tido um derrame, ela estava melhor do que muitas outras mulheres por aí, pra quem está na casa dos cinquenta anos.

É claro que falamos de você. Zoé contou que, quando as fotos de vocês dois começaram a circular, você lhe enviou uma mensagem no privado, pedindo desculpas de novo. Pare de se desculpar, amigo. Não é do seu feitio. Com a idade que ela tem, posso te dizer que ela não dá a mínima para nossas histórias de reabilitação, de perdão e de serenidade. Não dá mesmo; além disso... Ela fala coisas contraditórias. Diz que sonha em te dar um tiro na cabeça. E, dois minutos depois, fala que ficou mais calma por você reconhecer que aquilo aconteceu, que ela não mentiu, que ela não inventou nada. Você precisa ver como ela fica calma... Depois diz que você é igual a um Windows 95, impossível de atualizar. E daí ela volta atrás outra vez, fala que se tivesse coragem iria até a sua a casa e encheria o seu corpo de facadas.

Prefiro te avisar antes que ela escreva isso no blog — como ela não tem nenhum filtro e parece que mantém um diário aberto pra quem quiser ler, acredito que vá escrever sobre a cena... Da minha parte, eu a aconselhei a te pedir dinheiro. Dava pra ver que ela estava ardendo de raiva porque você ousou pedir desculpas. Eu disse:

"Dá uma de americana. Como faria a Solanas, de quem você vive falando. Ela teria pedido dinheiro. Você pede a metade dos direitos do livro dele. No fim das contas, foi você que o promoveu."

Corinne foi categórica:

"Você tem que pedir o valor integral. Isso é o mínimo."

Eu perguntei:

"Quanto ganha um autor? Tão pouco assim? É isso o que consideram um sucesso de vendas? Corinne tem razão: você tem que pedir cem por cento do lucro."

Achei que o dinheiro podia ser bom. Ele serve para comparar as coisas matematicamente. Você só precisa avaliar o quanto vale isso que você está lhe devendo, já que quer tanto pagar sua dívida. Mas percebi que as duas tinham uma relação ambígua com a ideia. Zoé é dessas garotas que temem que receber dinheiro lhes faça passar por mulheres sem virtude:

"Eu adoro a ideia porque isso é ir direto na jugular. Os homens só pensam em dinheiro. Só isso interessa a eles. E eu estou precisando. Mas o dinheiro dele acabaria comigo, acabaria cheirando mal. Como se ele tivesse me comprado. Ele se sentiria quite. E eu me sentiria imunda."

Eu não insisti. Depois que entendi o que você chama de "*jackpot*", compreendi que não podíamos cobiçar os seus trocados, pois você não tem muito. Vocês literatos se contentam com muito pouco... Zoé tem razão, com esse valor é melhor nem negociar. Então propus outra coisa:

"Peça pra ele se desculpar publicamente. Isso pode ser bom. É humilhante."

"Estou pouco me fodendo para as desculpas dele. Ele vai pedir desculpa e repetir tudo no dia seguinte. Assim fica fácil..."

Foi então que a sua irmã, que sempre tem algum disparate na manga, apresentou uma ideia surpreendente:

"Peça pra ele um dedo. Pra ele cortar um dedo."

Ficamos sem saber o que falar. Corinne explicou:

"Ele tirou uma coisa da sua integridade. Você tem que tirar uma da dele. Você não costuma dizer que ele te mutilou? Ele se mutila. Ele vai se lembrar disso toda vez que olhar para a mão."

Se a sua irmã tiver que escolher entre a justiça e a mãe, ela não hesita nem um segundo: pedirá a cabeça da mãe. Dá pra perceber que, na sua família, os laços de sangue são sagrados. Mas pela primeira vez a Zoé riu. Ela disse:

"Se é pra ser assim, vou pedir um rim. Pelo menos vai ser útil para alguém."

Desculpa te contar desse jeito, já que estamos falando do seu corpo, mas isso deixou o clima descontraído. Não fomos muito longe, mas revisamos todas as formas de automutilação que poderiam ser exigidas de você. Não, não falamos do pau. Acho que nenhuma de nós queria te imaginar cortando seu sexo. De resto, falamos de tudo.

No fim, a coisa de que ela mais gostou, em tudo o que dissemos, foi aquele suposto provérbio chinês "sente-se à beira do rio e verá o cadáver de seu inimigo passar". Isso lhe trouxe um pouco de conforto. Ela disse que esperaria.

Nesse caso, daria pra dizer que não estou do seu lado, que não escolhi de qual lado ficar, e é verdade. Estou com os pés em duas canoas. Detesto vê-la nesse estado porque ela é cativante e me faz rir. E percebo que ela põe a culpa em você, mas o que a faz sofrer, de novo, é ser assunto de muitas discussões na internet. Não é humano esse tanto de vozes que se expressam ao mesmo tempo e das quais tomamos conhecimento em detalhe. O cérebro não dá conta de acompanhar. Mas é em você que ela fixa. E, por outro lado, a ideia de que você deveria renunciar a um de seus dedos para pagar por suas ações passadas não me agrada muito. Porque eu gosto de você, preciso admitir. Mas também porque, em algum lugar na minha cabeça, fico calculando quantas pessoas teriam direito de pedir um dedo meu, e posso te dizer que não estou pronta para reconhecer meus erros.

Desligamos o computador e fiquei ali por um tempo, ouvimos Cardi B, Rah Digga, Kae Tempest. Zoé me disse que só ouve artistas mulheres e respondi que isso não me surpreendia. Não voltamos a falar de você. Na verdade, eu monopolizei a conversa porque estava tentando fazer com que ela não pensasse mais em você, nem nas mulheres com quem tem brigado on-line, nem nos velhos bolorentos que a xingam na internet. Mas eu sei que, a partir do momento que ela fechou a porta atrás de mim, voltou ao teclado para alimentar as chamas de sua fúria.

Voltei pra casa a pé e gostei de ver os bares cheios e as pessoas na rua, a cidade estava saindo daquela consternação. Não contei pra Zoé que o que mais me choca nessa história não é tanto a violência do que você fez. Você se comportou como um típico babaca, que encontra alguém sem estratégia de defesa e se aproveita disso para descarregar sua frustração. O que me choca é que ela não se demitiu logo de cara. Isso também poderia ter acontecido. Você lhe diz uma vez que gosta dela, ela te responde que não é recíproco. E no dia seguinte você fala de novo. Ela troca de trabalho. E se você aparece na casa dela uma noite, ela te arrebenta a cara. Eu me sinto tão privilegiada por nunca ter tido que trabalhar. Cada vez que ouço falar disso, parece um desastre. Já me dei mal em sets de filmagem. Mas estou na mesma situação que você: se uma coisa não me agrada, são os outros que saem de cena. Não dá pra trocar a atriz principal. Dá pra mudar o diretor. Sim, é um privilégio. Então eu nunca vou sentir na pele o que uma garota de vinte anos tem na cabeça quando ela vai trabalhar com vontade de cortar os pulsos. A única coisa que quero dizer pra ela é: "não vá mais".

ZOÉ KATANA

Se Valerie Solanas voltasse, acho que ela abandonaria aquele projeto de eliminar os homens. É, aquilo é uma utopia. Um tanto difícil de ser realizada (embora bastasse abortá-los sistematicamente, instaurar uma cláusula de consciência e transformar o aborto na prática ética que ele já deveria ser) e delicada de ser defendida. Por mais sedutora que seja essa ideia de um mundo livre de homens, sua aplicação prática acabaria, de fato, nos levando de volta à cultura patriarcal: a cultura da morte, da autoridade e da crença em duas humanidades distintas, a dos que têm o direito de matar e a dos que agonizam.

Se Solanas voltasse, sessenta anos depois de seu manifesto, acho que ela renunciaria a essa ilusão de dignidade humana. Se Solanas voltasse, acho que diria: "morram todos. Arruínem-se uns aos outros, atomizem-se, julguem-se, contagiem-se, desprezem-se de uma vez por todas e acabem com toda essa merda. Morram, vocês todos".

Se Valerie Solanas voltasse, será que ainda pretenderia levantar o moral das amigas? É difícil imaginá-la nas assembleias gerais do feminismo burguês, juntando-se aos aplausos do grotesco "vivam as mulheres" entoado pelas diretoras que estariam arquitetando mirabolantes planos de carreira. Não sei o que ela pensaria da façanha do feminismo liberal, que se esquece de ser revolucionário. E que direciona a maior parte de sua agressividade — que surpresa! — contra seu próprio campo. Sacrifiquei minha tranquilidade por este sonho. Feminismo. E agora decidi ser sincera. Eis quem sai vencendo a revolução na qual tanto acreditei: feministas vendedoras de armas. Feministas hétero-xucras. Feministas convencidas da importância do chefe, feministas ávidas por promoção, por recompensas, por sucesso, por reconhecimento social. Feministas pró-polícia, pró-julgamento, classistas. Identitárias. As ditas virtuosas. Isto é, feminismo das mulheres respeitáveis, das puras, das fiscalizadoras, das caga-regras.

Queridas manas, vamos fazer um esforço, já estamos nos tornando quase tão babacas quanto os homens. Mas com menos poder. Parodiamos as mesmas assembleias estúpidas. As mesmas indignações fingidas. O mesmo ódio pela prisão, o mesmo amor pela autoridade. Com a mesma paixão pelo papai que nos escuta e nos julga. Podemos chamá-lo de mamãe, se quisermos, vai dar na mesma. É o mesmo jogo. E não tenho nenhuma intenção de perdoar o que vocês fizeram comigo, assim como não perdoo os homens. Digamos, para ser exata: nem mais, nem menos. É a mesma merda. E, como faz tempo que como essa merda, sei reconhecê-la.

Algumas de vocês começaram a me bater assim que o texto dos minusculistas foi publicado. Herético demais para o gosto de vocês. Como eu não tinha feito um texto para caber na estampa da bolsinha de vocês, vocês começaram a se queixar e a vir pra cima de mim. Como fazem os homens. Vocês não criticaram, não se comprometeram com a discussão, não vieram debater comigo no plano das ideias. Vocês me atacaram. Seus métodos são mais rudimentares, suas redes são arcaicas, vocês são menos organizadas. Mas é a mesma agressividade — que só pretende anular, que não está a fim de ouvir nada. A voz da mais forte, a que fará com que todas as outras se calem. Vocês não tentaram entender por que esse texto circulou tanto, nem por que foi tão comentado — não se preocuparam de a crítica ter vindo da extrema direita. Vocês pegaram o bonde andando e quiseram sentar na janelinha. Eram meus quinze minutos de fama, minha festa que estava começando.

Depois fui fotografada com o Oscar Jayack. Dessa vez, sim, vocês lavaram as mãos antes de bater — muitas de vocês pensaram em dizer que não se solidarizavam com quem tinha tirado a foto e a publicado. Mas, mesmo assim, precisaram dar suas opiniões sobre o caso. Um caso do qual não conheciam nada.

Eu poderia ter desfrutado por alto do fato de que isso foi mais violento para ele do que para mim. Ele foi muito mais zoado que eu. Todos vocês, mulheres e homens, acabam indo para o mesmo lugar: o mais imundo. Isso é a extrema direita, vive na merda e adora desprezar. Essas pessoas não têm nenhum tabu, são pragmáticas. Querem o poder. Só pensam nisso. Um pouco de poder. Vocês sempre podem lavar as mãos, minhas senhoras, antes de se juntarem a eles para bater, mas estão afundadas na mesma merda que eles.

E, nesses últimos dias, estou reencontrando uma sensação que eu tinha esquecido um pouco, a de que estou sendo perseguida por onde quer que eu ande, e que o perigo está em todo lugar. Eu bem que procurei por isso: escrevi sobre eles. Levaram a mal o meu pequeno post sobre os minusculistas. Estou acostumada com a vulnerabilidade deles. Apaguei os comentários. Não abro as mensagens diretas do Instagram. Então eles foram além — insultaram, ameaçaram e assediaram todas as pessoas que curtiram ou compartilharam o meu texto. Um trabalho minucioso. Como só eles sabem fazer. As represálias. Eficazes, disciplinadas, previsíveis. Chatos como a morte.

Mas a surpresa desta vez foram as feministas. E mulheres que não se declaram feministas, mas que se sentem afetadas. Elas têm razão. Nós somos todas feminilizadas. Mesmo quando isso não nos agrada. Mesmo quando preferiríamos que isso não nos afetasse. A feminilidade é uma prisão onde ficamos a vida toda. Elas estavam a fim de comentar alguma coisa. Sobre o post e sobre a foto. Não passou pela cabeça de ninguém que eu estava saindo de um hospital psiquiátrico. Que eu estou exausta. Que meu coração está machucado. Que fui ferida no combate e agora estou frágil. Elas não pensaram que temos os mesmos inimigos. Isso, entretanto, é tudo o que temos em comum. Os mesmos inimigos. Quanto ao resto, somos a humanidade, é gente demais para construir um grupo homogêneo. Ainda assim temos os mesmos inimigos. Que nos observam. E que sabem o que está acontecendo. Que se regozijam quando nos voltamos umas contra as outras para nos atacar, em círculos de atiradoras consanguíneas. Agora me junto a esse círculo porque estou engolindo há meses seus ataques sem dizer nada, em nome do ativismo e do respeito aos nossos compromissos. O silêncio nunca salvou ninguém. Venho contar o que penso de vocês, mas em seguida vou passar a evitá-las. Como evito nossos amigos homens.

Suas mensagens se misturaram às dos assediadores. Algumas eram amigas, pessoas próximas, ou mulheres que conheci em manifestações; todas vocês tinham algo a dizer sobre minha suposta amizade com o Oscar Jayack. Poucas tomaram o cuidado de se dirigir a mim no privado. Era preciso expor a própria opinião sobre minha presença no quarto de hospital da irmã do

Oscar Jayack, meu agressor. Minha intimidade com ele, visível na foto. Meus textos imbecis. De repente, eu era uma coisa só, a silhueta que deveria ser alvejada. Nenhuma de vocês fez questão de ser original. O mais importante era se pronunciar. Ou seja, na maior parte do tempo, me rebaixar. E algumas saíram em minha defesa. Dessas vou guardar o nome, pois foi um ato corajoso. Muitas acharam engraçado. Até que enfim caíram as máscaras e a verdade da minha conta foi revelada! Você vai ver só, vai me pagar até o último centavo. Uma vira-casaca, fracote, o elo frágil, maria vai com as outras. E, é claro, uma putinha. Sempre acabamos sendo umas putinhas. O circo do julgamento estava montado. Quem sou eu, o que eu estava fazendo ali, o que eu represento, o que eu escrevo. Foi uma fogueira, manas. Com suas nuances, como o fogo — da raiva ao desprezo. E um entretenimento, é claro. Que ótima oportunidade para cair na risada. É a diversão daquele que segura a câmera enquanto o outro estupra uma mulher. Não se engane, é a mesmíssima diversão. Uma coisa rizômica. Vocês se procuravam na escuridão do solo úmido dos seus inconscientes em uma terra envenenada. Vocês sabiam o que eu tinha acabado de atravessar. Vocês sabiam que eu tinha sido enganada. Vocês sabiam que era uma mentira. Que nunca mais o vi. Que não sou amiga dele. Vocês sabiam e isso não era grave. O que me destruiu, nesse circo, é que eu tinha respeito ou afeto, ou ambos, por muitas de vocês.

E desde então me encontro nessa posição de merda. Na qual Jayack é quem me procura para dizer: "vi o que está acontecendo com você, é nojento". E aproveita para acrescentar uma camada, com seus pedidos de desculpa idiotas, agora que temos uma *shitstorm* em comum. Não faço questão das desculpas dele.

E independente do que eu responda a ele, terei caído na armadilha. Não podemos voltar aos acontecimentos. Não dá para arrancá-los do nosso corpo. Ele despeja a velha ladainha do arrependimento e da tomada de consciência. E lhe digo: "tenho vontade de vomitar só de te ouvir". Não é uma figura de linguagem. O medo que sinto dele volta à tona. O medo de que tudo recomece. Já que tudo começou assim. Não importa o que eu faça — estou alimentando a rede que está me estrangulando. Se eu falo, provoco o ódio. Se me calo, sufoco. E se hoje escrevo o que escrevo, eu me ligo a ele de uma forma ainda mais íntima. A coisa que mais quero é esquecê-lo. E que ele me esqueça também. E eu penso, queridas manas feministas e as outras que não são feministas mas que são feminilizadas e terão vontade de dizer alguma coisa sobre esse caso — eu penso na raiva de vocês que vai se abater sobre mim. Vocês me deixam louca porque entraram na minha cabeça e, a partir de agora, quando escrevo, essa raiva me aterroriza. Me isola e me separa da minha própria voz. O jogo da ameaça. Saímos de uma situação de impossibilidade de falar e dizer para entrarmos em outra situação de impossibilidade de falar e dizer. O resultado disso é que estamos morrendo da mesma asfixia. As paredes até podem ser outras, mas o espaço continua restrito.

Quando decidi contar a história do assédio que sofri, ou seja, quando decidi unir minha voz à de milhares de outras mulheres, pensei "o importante é a possibilidade de criar espaço". E eu estava convencida de que iríamos aprender a nos ouvir. Ouvir essas palavras que nunca haviam sido pronunciadas e nos perguntarmos "o que fazer com essas vozes?". Com essas histórias que nunca havíamos contado antes.

No meu caso: qual é o mecanismo do assédio? O que ele provoca em mim? O que é essa coisa para a qual nunca fui preparada, que não tem vocabulário e que é gerada por esse medo crescente de cada novo dia, em que me pergunto quando virá o pedido, a provocação, o elogio indesejado, a ameaça velada?

Em que momento terei medo? Em que momento o assediador terá razão sobre tudo o que sou, contaminará tudo o que eu sou? Em que momento a incapacidade do meu entorno em escutar minha angústia me deixará inerte? O que é possível fazer? Em que momento a impunidade do agressor me fará me sentir completamente abandonada? Em que momento tomarei más decisões? O que é um cotidiano feito de destruição paciente e metódica? Que diz: "é do desejo", mas o desejo é me destruir. Um tentáculo que vasculha o seu dia a dia e procura seu ponto fraco, tateando, obstinadamente, e que o encontra — e você não diz nada, porque o assédio se caracteriza por essa sensação: não importa o que você faça, será pior. O que é desejado é que você se cale para sempre. Você sabe disso por instinto. Você se cala. Isso dura anos.

Bem, quando eu falei, tive a impressão de que estava sendo ouvida. Ouvi "eu também" e "essa é a minha história" e ouvi "você não está sozinha" e recebi "acredito em você", como tantas outras curas, vínculos justos que estavam sendo criados.

Mas, ao mesmo tempo, e desde que minha voz, destacada pelos meus detratores, ganhou importância, tive também a impressão de que ela havia sido confiscada, instrumentalizada. A minha voz e a das outras. E não disse nada. Precisava ter enfrentado. Nós tínhamos os mesmos inimigos. Não podíamos nos expor. Mas cansei desse silêncio. Então vou lhes dizer citando um homem: "se vocês não me amam, eu posso dizer que também não vos amo".*

E, por essa razão, não vou deixar vocês se apossarem da palavra feminismo. O feminismo é a casa de todas. Todas nós que

---

* Fala do diretor de cinema Maurice Pialat ao vencer o prêmio Palma de Ouro no Festival de Cannes pelo filme *Sous le soleil de Satan*. (Fábio Savino [Org.], "Naturalismo cru". *O cinema de Maurice Pialat*. Trad. de Fábio Savino. Rio de Janeiro: Catálogo CCBB, 2014.)

compartilhamos o mesmo inimigo. Os mesmos torturadores, os mesmos assassinos, os mesmos estupradores. Os mesmos assediadores protegidos por seus pares.

É minha casa também. E eu não pretendo sair porque vocês estão tentando confiscar as chaves. As chaves estão na porta. E aí elas vão permanecer.

Vou deixá-las fazer a bagunça que bem entenderem na sua ala do feminismo. Recuperar as partes que lhes cabem — de subvenções, de responsabilidades, de cargos gloriosos. Cada uma de vocês na frente do seu próprio estande monitorando sua metragem de interseccionalidade com os estandes vizinhos. Sua política pragmática empresarial que não tem nenhum escrúpulo quando se trata de satisfazer as próprias ambições, que vocês chamam de desejo de justiça. Vocês querem continuar no mesmo supermercado para vender outras porcarias e assumir posições de poder? Fiquem à vontade, boa sorte, mas me deixem em paz.

Vou procurar o canto da casa do feminismo onde as pessoas queiram aprender a ouvir até que a fala do outro derrube, quebre e bagunce as superstições, e vou tolerar a presença dos outros. Em todos os seus estados. Não aproveitarei a vulnerabilidade dos outros para servir a meu plano de carreira. Buscarei entender se posso me curar e, se for impossível, me sentirei inútil e suportarei isso também. Vou amar o meu próximo ao máximo e vou calar a boca desse idiota, custe o que custar. Esse será o meu feminismo.

Vou sair do círculo de vocês e me instalar no canto que me cabe na casa do feminismo: o lixo, com os ratos e outras garotas más.

OSCAR

Um formigueiro cintilante. Volto para Paris na hora do rush, vejo que está anoitecendo cedo. No anel viário, uma guirlanda ininterrupta de luzes brancas à minha esquerda e, à minha frente, um fluxo infinito de luzes vermelhas — estou ouvindo Prince Rakeem. Todos em seu mundinho, grudados ao volante, e sonho em ouvir, em cada carro, o que está tocando lá dentro, qual é a rádio, qual comentário de futebol, conversa telefônica, estação de notícias vinte e quatro horas, ópera, música antiga, silêncio angustiante, aula do Collège de France, conversa sobre trabalho, *À procura do tempo perdido* em audiolivro, discussões sobre o passaporte da vacina. Um mosaico de nossas diversidades em uma uniformidade visual — esse fluxo de luzes. Todos, à mesma hora, voltando para nossos lares. Para sempre sufocada o que nós pensávamos ser nossa vida, sem nenhum gemido. Obedecemos. Não é difícil nos convencer de que não temos escolha.

Fora isso, está tudo bem. Estou levando uma surra na internet porque aquele imbecil da lanchonete publicou fotos de Zoé e de mim no hospital. E outra, logo depois, dizendo que era o momento em que eu pedia desculpas pra ela. Os homens são tão minuciosos... A solidariedade masculina funciona muito bem desde que você ande nos trilhos. Mas tente dar um passo pra fora para ver o que acontece. Eles te devoram. Fazer o que, sabe, até que estou me saindo bem. Minha irmã propõe que me cortem um dedo. Minha melhor amiga, que confisquem todo o meu dinheiro. Está tudo certo. Estou recebendo apoio.

É verdade. Está tudo certo. Nem euforia nem negação, porque dessa vez sei que isso vai passar. O importante é que a Corinne melhore. Que eu continue sóbrio. Que você esteja bem. Eu sei, amiga, estou progredindo. Já reclamo menos do que antes.

Estive de férias com a minha filha por cinco dias. Tenho a síndrome do pai indigno. Não me sinto à vontade com ela e me entedio. A boa relação daquele dia da fechadura não deu em nada. Não é que seja desagradável ficar junto, mas não temos o que conversar. Ela passou o fim de semana inteiro no celular. Ela é um clichê, uma menina do seu tempo. Assim que recebe uma notificação, precisa pegar o aparelho para ver o que é. Ela passa o tempo todo tirando fotos de si mesma — a única hora em que a vi se animar foi quando me disse: "vamos fazer uma sessão de fotos" enquanto caminhávamos pela costa, e mesmo assim não deu muito certo — eu quis conversar sobre lembranças divertidas das sessões de foto que já fiz e ela se fechou como uma ostra quando eu lhe pedi para evitar ficar de frente — ao mesmo tempo me senti um velho babaca e fiquei com raiva dela, pois nada podia se tornar interessante ao seu lado. Não estou conseguindo, e você não pode imaginar o quanto me odeio por não querer mais tentar.

Clara veio me encontrar com o cachorro. Eu fico bem na companhia deles. Ela chegou atrasada. Estou começando a conhecê-la melhor. Tem suas manias. Ela é capaz de sair do vagão do metrô, trocar de plataforma em pânico e voltar pra casa para verificar se tirou o ferro de passar da tomada. No celular dela tem uma pasta com vídeos dela mesma fechando a porta. Para provar a si mesma que fez isso corretamente. Mas é um trabalho perdido: quando consulta os vídeos para se tranquilizar, fica em dúvida se não teria voltado logo depois para abrir de novo a porta e esquecera de trancá-la. Ela também tem vídeos tirando os eletrodomésticos da tomada ou fechando as janelas. Ela diz: "é mais forte que eu. Sei que pode parecer absurdo. Saio uma hora mais cedo do que o necessário porque conheço o meu TOC. E três paradas depois, quando surge a necessidade irreprimível de voltar para verificar, já que o vídeo não é suficiente, fico em dúvida, me pergunto se não abri a porta para pegar ou fazer alguma coisa. Os outros passageiros do metrô não pensam nisso, porém alguns deles se esqueceram de desligar um eletrodoméstico, e na maioria das vezes isso não terá nenhuma consequência. Eu sei. Mas preciso fazer isso, preciso fazer isso de qualquer jeito. Já perdi muito trabalho por causa dessa mania, pelos atrasos, mas também pelo estado de angústia em que fico se não volto pra verificar". É difícil de suportar. Mas gosto muito disso. Gosto porque acho que ela sabe como é não ter controle racional dos próprios pensamentos. E também porque me vejo solidário nesses tormentos e entendo que deve ser tão chato pra ela quanto é pra mim, mas não faço nenhum julgamento específico. Também sei que ela não é só isso. Do mesmo modo que não sinto que sou apenas minhas falhas. Ela é a moça meio maluca com quem é difícil viajar no fim de semana. E também é a moça genial que sempre me surpreende quando assistimos a um filme ou a um documentário juntos, porque sua inteligência é o oposto de suas obsessões compulsivas. Sua capacidade analítica está solidamente fundamentada em uma cultura política que eu não tenho e que sou incapaz de desenvolver sem ela. Não lembro ter me sentido tão tranquilo com alguém.

Clara te adora em todos os filmes. O fato de eu te conhecer faz parte do meu charme. Ela leu em algum lugar que você ia começar a gravar um filme com um grande diretor. Fiquei me perguntando se é o cara com quem você quis brigar. E se você ficou com vontade de xingá-lo porque temia que o filme dele fosse mais um desses que não são filmados. Tem muita coisa que eu gostaria de conversar com você, estou começando a me sentir um pouco confinado em nossas cartas.

Clara adora todos os seus filmes e ela também gosta dos posts de Zoé Katana. É isso que significa viver nestes tempos. Antes as meninas liam revistas femininas em que se falava da semana de moda e de dietas, agora elas leem perfis feministas.

REBECCA

Liguei para Corinne. Ela está bem. Deu em cima de mim, de um jeito tranquilo e direto. Ela tem jeito com as palavras, me fez uns elogios legais. Estou deixando rolar. Faz algumas semanas que ela vem falando que está em um relacionamento "aberto". Aberto a qualquer tipo de bobagem, pensei. Propus passar no hospital para visitá-la e ela respondeu: "com certeza, vou ficar feliz". E três dias depois eu estava naquela cidadezinha, a uma hora de Paris. É longe. A namorada dela estava lá, Marcelle. Que gostosa é aquela? Eu a vi e antes mesmo de conversarmos já tinha percebido que estava deixando de ser heterossexual. Com esse nível de sensualidade, não tem hétero, gay, nem ninguém que resista: ela está além das categorias. Corinne parecia uma rainha em sua poltrona, estava resplandecente. Sempre me disseram que as lésbicas envelhecem melhor que as héteros, porque são menos infelizes. E ela envelheceu bem. Quanto à Marcelle, bem, vamos falar a verdade, mas voltaremos a falar disso. Não acho que este seja o momento certo para tratar da mulher da sua irmã, mas estou com isso na cabeça.

Zoé não tem falado mais de você pra mim. Acho que ela está melhor. Está criando um jornal on-line com mulheres da idade dela e elas falam em se mudar para o interior. Ela tem me escrito com menos frequência e não tem visitado sua irmã. Isso lhe traz más lembranças.

À noite, assisti à série *The Crown*. A noite inteira, tantos episódios quanto durou a escuridão, e chorei. Chorei pensando que nunca mais vou interpretar uma princesa.

Eu estava morrendo de tristeza, mas não tive o reflexo de procurar o número do dealer.

Sou como um vagão descarrilhado. A máquina de se drogar foi recolhida. E, sem ter usado nada, fiquei com essa emoção desagradável.

Tenho mais de cinquenta anos e é a primeira vez desde os treze que faço essa experiência: não fico chapada há meses. Estou emergindo do nevoeiro e nada que surge me deixa feliz. Eu já sei quem sou, não estou caindo na real. No entanto, minhas fragilidades, a amplitude das minhas oscilações de humor, a solidão, o medo de envelhecer e o medo de morrer fazem com que nada me dê prazer e não consigo ver solução para todos os problemas. Penso na oração do NA — a serenidade de aceitar as coisas que eu não posso mudar. E entendo cada palavra dessa frase. Estou presente. De plantão.

O confinamento me ajudou a segurar as pontas. Esse bicho vai acabar destruindo o planeta inteiro, mas a nós ele ajudou. Pude me acostumar a tudo isso. Sem o jantar na cidade que não podemos perder, e o álcool rolando em abundância, as pessoas falando cada vez mais alto, as taças sempre cheias de vinho tinto ou de bolhas douradas, e as pessoas se divertindo com qualquer coisa, se envolvendo nas conversas, sendo intensas, a festa no auge e o cheiro de maconha em um canto, e a cervejinha do fim de tarde, as rolhas que estouram no teto, e os gritos excitados após a estreia, o som das taças que brindam — e os dealers passando daqui pra lá, caras que conhecemos e identificamos, que costumam ter boa aparência, que poderiam ajudar, deixar um número de telefone, as filmagens — o cara que aluga caminhões-camarins e que sempre tem algum bagulho, porque o tempo é longo, a maquiadora prestativa cujo namorado é viciado, o produtor que quer virar seu amigo e pergunta se você está precisando de alguma coisa, o show, seus amigos tocando e você no camarim com tudo rolando e é muito fácil participar da noite, basta se drogar. Tudo isso nos foi poupado.

Não havia mais bares abertos, nem filas para o banheiro, nem camarins, nem espera, nem angústias a serem administradas, nem ensaios, nem seduções rolando rápido. E nós dois vivemos isso juntos, eu e você. Quando penso em nossas primeiras interações, percebo que era pouco provável que você mudasse a minha vida. E que você mudasse a sua.

Entendi isto faz pouco tempo: ninguém pode tirar minha vida de mim. Só a amnésia pode estragá-la. Isso foi uma revelação, um caminho sem volta. Sentada naquele avião, eu olhava as nuvens pela janela, a luz alaranjada, radiante, toda a tranquilidade, e esse sentimento voltou como se eu estivesse em um ponto preciso da minha consciência — as centenas de vezes em que me senti bem num avião — sempre gostei de voar. E tudo estava ali, ao mesmo tempo, uma vida magnífica, em todos os sentidos, feita de desejos realizados e de paixões que a destroçaram e que me preencheram e me criaram; uma vida feita de encontros como colisões suaves e de curiosidades, e tudo isso existe em mim. É real, e é fato, tudo está aqui enquanto minha memória aguentar, gravado em mim tão profundamente quanto a tristeza. As coisas que aconteceram são contrárias à nostalgia, permanecem aqui para sempre, e não podem me tirar isto: eu sou esse passado e eu o venero.

Estou em casa, Paris voltou a ser barulhenta, mas não recuperou sua arrogância. A cidade vai se reerguer, ela é resistente. Estou limpa. Zoé pode me ligar quando quiser. Corinne pode me ligar. Marcelle também pode me ligar, mas ela ainda não ousou fazer isso. Sim, nós também podemos nos encontrar um dia. Você tem razão, estamos começando a ficar confinados nestas cartas.

A marca FSC® é a garantia de que a madeira utilizada na fabricação do papel deste livro provém de florestas gerenciadas de maneira ambientalmente correta, socialmente justa e economicamente viável e de outras fontes de origem controlada.

Copyright © 2022 Virginie Despentes e Éditions Grasset & Fasquelle
Copyright da tradução © 2024 Editora Fósforo

Todos os direitos reservados. Nenhuma parte desta obra pode ser reproduzida, arquivada ou transmitida de nenhuma forma ou por nenhum meio sem a permissão expressa e por escrito da Editora Fósforo.

Título original: *Cher connard*

DIRETORAS EDITORIAIS Fernanda Diamant e Rita Mattar
EDITORAS Eloah Pina e Maria Emília Bender
ASSISTENTE EDITORIAL Millena Machado
PREPARAÇÃO Fred Spada
REVISÃO Thaisa Burani e Gabriela Rocha
DIRETORA DE ARTE Julia Monteiro
CAPA Alles Blau
PROJETO GRÁFICO Alles Blau
EDITORAÇÃO ELETRÔNICA Página Viva

Dados Internacionais de Catalogação na Publicação (CIP)
(Câmara Brasileira do Livro, SP, Brasil)

Despentes, Virginie
  Querido babaca / Virginie Despentes ; tradução Marcela Vieira. — 1. ed. — São Paulo : Fósforo, 2024.

  Título original: Cher connard.
  ISBN: 978-65-6000-016-2

  1. Ficção francesa I. Título.

24-201042   CDD — 843

Índice para catálogo sistemático:
1. Ficção : Literatura francesa   843

Aline Graziele Benitez — Bibliotecária — CRB-1/3129

Editora Fósforo
Rua 24 de Maio, 270/276, 10º andar, salas 1 e 2 — República
01041-001 — São Paulo, SP, Brasil — Tel: (11) 3224.2055
contato@fosforoeditora.com.br / www.fosforoeditora.com.br

Este livro foi composto em GT Alpina e
GT Flexa e impresso pela Ipsis em papel
Pólen Natural 80 g/m² da Suzano para a
Editora Fósforo em junho de 2024.